人猿泰山全译精编插画系列（全25种）

人猿泰山
之
落难军团

［美国］埃德加·赖斯·巴勒斯/著
焦 丹/译

Tarzan and the Foreign Legion
by Edgar Rice Burroughs

图书在版编目（CIP）数据

人猿泰山之落难军团 ／（美）埃德加·赖斯·巴勒斯著；焦丹译．－－上海：上海文艺出版社，2018
（人猿泰山全译精编插画系列）
ISBN 978-7-5321-6728-9

Ⅰ．①人… Ⅱ．①埃… ②焦… Ⅲ．①长篇小说－美国－现代 Ⅳ．① I712.45

中国版本图书馆 CIP 数据核字 (2018) 第 106455 号

书　　名	人猿泰山之落难军团
著　　者	[美国] 埃德加·赖斯·巴勒斯
译　　者	焦　丹
责任编辑	蔡美凤　高　健
装帧设计	周　睿
责任督印	张　凯
出　　版	上海文艺出版社
出　　品	上海故事会文化传媒有限公司
	(200020　上海市绍兴路74号　www.storychina.cn)
发　　行	上海文艺出版社发行中心
	(上海市绍兴路50号)
印　　刷	上海中华印刷有限公司
开　　本	889毫米x1194毫米　1/32　印张8.125
版　　次	2018年7月第1版　2018年7月第1次印刷
ＩＳＢＮ	978-7-5321-6728-9/I·5371
定　　价	25.00元

版权所有·不准翻印

故事会　大众文化出版基地　www.storychina.cn　上海故事会文化传媒有限公司 出品 (00787) www.storychina.cn

上海故事会文化传媒有限公司所有图书可办理邮购，免收邮费（挂号除外）
汇款地址：上海市绍兴路74号(200020)，　收款人：上海故事会文化传媒有限公司出版发行部
联系电话：021-64338113
如发现本书有质量问题，请与印刷厂质量科联系 T:021-60829062

人猿泰山全译精编插画系列（全25种）
编 委 会

总 策 划：夏一鸣

主　　编：黄禄善

副 主 编：高　健

编辑成员

（按姓氏笔画为序排列）

田　芳　朱崟滢　李震宇　张雅君

胡　捷　高　健　夏一鸣　黄禄善　詹明瑜　蔡美凤

百年文学经典 文化传播之最
人猿泰山驰骋的奇幻世界

黄禄善

美国文学史上不乏这样的作家：他们生前得不到学术界承认，死后多年也不为批评家看好，然而他们却写出了最受欢迎的作品，享有最大范围的读者。本书作者埃德加·赖斯·巴勒斯即是这样一位作家。自1912年至1950年，他一共出版了一百多本书，这些书涉及多个通俗小说门类，而且十分畅销，其中不少被译成多种文字，在世界各地广为流传。当代科幻小说大师亚瑟·克拉克曾如此表达对他的敬仰："埃德加·赖斯·巴勒斯具有重要地位。是巴勒斯，激起了我的创作兴趣。"另一位著名通俗小说家雷·布莱德伯利也说："埃德加·赖斯·巴勒斯也许可以称为世界历史上最有影响力的作家。"然而，正是这个被众人交口称誉的作家，对前来采访的记者说："我不认为我的作品是'文学'。"而且，面对众多书迷的"如何走上文学道路"的提问，他也只是轻描淡写地回答："那是因为我需要钱。我35岁时，生活中的一切尝试都宣告失败，只好开始搞创作。"

确实，埃德加·赖斯·巴勒斯在从事文学创作前，有过一段十分坎坷的生活经历。他于1875年9月1日出生在美国芝加哥，父亲是南北战争期间入伍的老兵，后退役经商。儿时的巴勒斯对未来充满了幻想，曾对人夸口说父亲是中国皇帝的军事顾问，自己住在北京紫禁城，并在那里一直待到10岁才回国。但是，后来的事实表明，这一良好愿望只不过是一团泡影。从密歇根军事学院毕业后，他在美国骑兵部队服役，不久即为谋生四处奔波。他先后尝试了许多工作，包括警察和推销商，但均不成功。1900年，他和青梅竹马的女友结婚，之后两人育有两儿一女。接下来的日子，埃德加·赖斯·巴勒斯是在贫困中度过的。为了养家糊口，他开始替通俗小说杂志撰稿。他的第一部小说《在火星的卫星下》于1912年分六集在《故事大观》连载。这部小说即刻获得了成功，为他赢得了初步的声誉。同年，他又在《故事大观》推出了第二部小说，亦即首部"泰山"小说。这部小说获得了更大成功。从此，他名声大振，稿约不断，平均每年出版数部书。第二次世界大战期间，他以66岁的高龄奔赴南太平洋，当了战地记者。1950年3月19日，埃德加·赖斯·巴勒斯因心力衰竭在美国逝世。

埃德加·赖斯·巴勒斯是美国文学史上第一个重要的通俗小说家。他一生所创作的通俗小说主要有四大系列。第一个是"火星系列"，包括《火星公主》《火星众神》和《火星军魁》。该"三部曲"主要讲述一位能超越死亡界限、神秘莫测的地球人约翰·卡特在火星上的种种冒险经历。第二个系列为"佩鲁塞塔历险记"，共有七部。开首是《在地心里》，以后各部依次是《佩鲁塞塔》《佩鲁塞塔的塔纳》《泰山在地心里》《返回石器时代》《恐惧之地》《野蛮的佩鲁塞塔》，主要讲述主人公佩鲁塞塔在钻探地下矿藏时，不小心将地壳钻穿，并惊讶地发现地球核心像一个空心葫芦，那里住着许多原始人，还有许多古生动物和植物。1932年，《宝库》杂志开始连载埃德加·赖斯·巴勒斯的第三个系列，也即"金星系列"的首部小说《金星上的海盗》。该小说由"火星系列"衍生而出，但情节编排完全不同。主人公卡森·内皮尔生在印度，由一位年迈的神秘主义者抚养成人，并被教给各种魔法，由此开始了金星上的冒险经历。该系列的其余三部小说是《金星上的迷失》《金星上的卡森》和《金星上的逃脱》。第五部已经动笔，但因"二战"爆发而搁浅。

尽管埃德加·赖斯·巴勒斯的"火星系列""佩鲁塞塔历险记"和"金星系列"奠定了他的美国早期重要通俗小说作家的地位，但他成就最大、影响也最大的是第四个系列，也即"人猿泰山系列"。该系列始于1912年的《传奇诞生》，终于1947年的《落难军团》，外加去世后出版的《不速之客》，以及根据遗稿整理的《黄金迷城》，总共有25种之多。中心人物泰山是一个英国贵族后裔，幼年失去双亲，由母猿卡拉抚养长大。少年泰山不仅学会了在西非原始森林的生存本领，还具有人类特有的聪慧。凭着这一人类特性，他懂得利用工具猎取食物，并从生父遗留下来的看图识字课本上认识了不少英文词汇。随着时光流逝，他邂逅美国探险家的女儿简·波特，于是生活发生急剧变化，平添了无数波折。接下来的《英雄归来》《孤岛求生》等续集中，泰山已与简·波特结合，生了一个儿子，并依靠猿人和大象的帮助，成了林中之王，又通过一个非洲巫师的秘方，获取了长生不老之术。再后来，在《绝地反击》《智斗恐龙》《大战狮人》《神秘豹人》等续集中，这位英雄开始了种种令人惊叹的冒险，足迹遍及整个西非原始森林、湮没的大陆。

  从小说类型看，"人猿泰山系列"当属奇幻小说。西方最早的奇幻小说为英雄奇幻小说，这类小说发端于古希腊荷马史诗《伊利亚特》和《奥德赛》，成形于19世纪末英国小说家威廉·莫里斯的《世界那边的森林》，其主要模式是表现单个或群体男性主人公在奇幻世界的冒险经历。他们多为传奇式人物，有的出身卑微，必须经过一番奋斗才能赢得下属的尊敬；有的是落难王子，必须经过一番曲折才能恢复原有的地位。在冒险中，他们往往会遭遇各种超自然邪恶势力，但经过激烈较量，正义战胜邪恶，一切以美好告终。人猿泰山显然属于"落难王子"型主人公。他本属英国贵族后裔，却无端降生在无名孤岛，并险些丧命。在人迹罕至的西非原始森林，他与野兽为伍，经历了难以想象的生存危机。终于，他一天天长大，先后战胜大猩猩和狮子，又打死猿王哥查，并最终成为身强力壮、智慧超群的丛林之王。值得注意的是，埃德加·赖斯·巴勒斯在描写人猿泰山的这些经历时，并没有简单地套用英雄奇幻小说的模式，而是融入了自己的创造。一方面,他删去了"魔法""仙女""精灵"等超自然因素;另一方面,又增加了较多的现实主义成分。人们在阅读故事时,并不觉得是在虚无缥缈的奇幻天地漫步,而是仿佛置身栩栩如生的现实主义世界。正因为如此,"人猿泰山系列"比一般的纯英雄奇幻小说显得更生动、更令人震撼。

毋庸置疑,人猿泰山驰骋的奇幻世界是"人猿泰山系列"的又一大亮点。在构筑这一虚拟背景时,埃德加·赖斯·巴勒斯显然借鉴了亨利·哈格德的创作手法。亨利·哈格德是19世纪英国著名小说家,自80年代中期起,他根据自己在非洲的探险经历,创作了一系列以"遗忘的年代、湮没的城市"为特征的奇幻作品。譬如《所罗门王的宝藏》,述说一个名叫阿兰的猎手在两千多年前的奇幻王国觅宝,几经曲折,终遂心愿。又如《她》,主人公是非洲一个奇幻原始部落的女统治者,她精通巫术,具有铁的统治手腕,但对爱情的执着酿成了她一生最大的悲剧。"人猿泰山系列"的故事场景设置在人迹罕至的原始森林,在那里,虎啸猿鸣,弱肉强食,险象环生。正是在这一极端恶劣的环境中,泰山进行了种种惊心动魄的冒险。在后来的续篇中,埃德加·赖斯·巴勒斯还让泰山的足迹走出西非原始森林,到了传说中的亚特兰蒂斯、废弃的亚马孙古城,甚至神秘的太平洋玛雅群岛。所有这些埃德加·赖斯·巴勒斯笔下的荒岛僻壤,与《所罗门王的宝藏》《她》中"遗忘的年代,湮没的城市"如出一辙。

如果说,亨利·哈格德的"遗忘的年代,湮没的城市"给"人猿泰山系列"提供了诡奇的故事场景,那么给这个场景输血补液的则是西方脍炙人口的动物小说。据埃德加·赖斯·巴勒斯的传记,儿时的他曾因体弱多病辍学,并由此阅读了大量西方文学著作,尤其是鲁德亚德·吉卜林的《丛林故事》、欧内斯特·西顿的《野生动物集》、杰克·伦敦的《野性的呼唤》。这些小说集动物故事、探险故事、寓言故事、爱情故事、神秘故事于一体,给埃德加·赖斯·巴勒斯以深刻印象。事实上,他在出道之前,为了给自己的侄儿、侄女逗乐,还写了一些类似的童话故事,其中一篇还在《黑马连环漫画》上刊登。西方动物小说所表现的是达尔文和斯宾塞的"物竞天择""适者生存",体现了自然主义创作观。以杰克·伦敦的《野性的呼唤》为例,主要角色布克原是法官的看家狗,过着养尊处优的生活。但有一天,它被盗卖,并辗转来到冰天雪地的阿拉斯加,当起了运输工具。在那里,布克感到自然法则无处不在:狗像狼一般争斗,死亡者立刻被同类吃掉。但它很快学会了生存,原始的野性和狡诈开始显现,并咬死了凶残的领头狗,最终为主人复仇,加入了荒野的狼群。"人猿泰山系列"尽管将"弱肉强食"的雪橇狗变换成了虎、狮、猿以及由猿抚养长大的泰山,但这些人猿、半人半兽之间的殊死争斗同样表现出"生存斗争"的残忍。特别是泰山攀山越岭、腾掠树梢,战胜对手后仰天发出的一声长啸,同杰克·伦敦笔下布克回到河边纪念它的恩主被射杀时的长嚎简直有异曲同工之妙。

鉴于"人猿泰山系列"成书之前曾在美国《故事大观》《宝库》等杂志连载,不可避免地带有杂志文学的某些缺陷,如情节雷同、形象单调,等等。历来的文论家正是根据这些否定"人猿泰山"的文学价值,否定埃德加·赖斯·巴勒斯的文学地位。但"二战"以后,尤其是20世纪70年代之后,随着西方通俗文化热的兴起,学术界对于"泰山"小说的看法有了转变,许多研究者都给予积极评价,肯定埃德加·赖斯·巴勒斯的美国奇幻小说鼻祖地位。而且,"读者接受"是评价一部作品的最佳试金石。"人猿泰山系列"刚一问世,即征服了美国无数读者,不久又迅速跨出国界,流向英国、加拿大和整个西方。尤其在芬兰,读者简直到了如痴如醉的地步。一本本英文原著被译成芬兰语,一版再版,很快取代其他本土小说,成为最佳畅销书。更有甚者,许多西方作家,包括芬兰、阿根廷、以色列以及部分阿拉伯国家的作家,在埃德加·赖斯·巴勒斯去世后，模拟他的套路，创作起了这样那样的"后泰山小说"。世纪之交，埃德加·赖斯·巴勒斯的"人猿泰山系列"再度在西方发酵，以劳雷尔·汉密尔顿、尼尔·盖曼、乔·凯·罗琳为代表的一大批作家，基于他的"泰山"小说模式，并结合其他通俗小说要素，推出了许多新时代的奇幻小说——城市奇幻小说，并创造了这类小说连续数年高踞《纽约时报》畅销书排行榜的奇观。而且，自1918年起，"泰山"小说即被搬上银幕。以后随着续集的不断问世，每年都有新的"泰山"影片上映和电视剧播放，所改编的影视版本之多，持续时间之长，观众场面之火爆，创西方影视传播界之"最"。2016年，华纳兄弟影业又推出了由大卫·叶茨导演、亚历山大·斯卡斯加德等众多知名演员加盟的真人3D版好莱坞大片《泰山归来：险战丛林》。21世纪头十年，伴随迪士尼同名舞台剧和故事软件的开发，"泰山"游戏又迅速占领电脑虚拟世界，成为风靡全球的少年儿童宠爱对象。此外，西方各国还有形形色色的"泰山"广播剧、"泰山"动漫、"泰山"玩偶，等等。总之，今天的"泰山"早已超出了一个普通小说人物概念，成了西方社会的一种文化符号、一种文化象征。

优秀的文化遗产是不分国界的。为了帮助中国广大读者欣赏埃德加·赖斯·巴勒斯、读懂埃德加·赖斯·巴勒斯，了解当今风靡整个西方的奇幻小说的先驱，上海故事会文化传媒有限公司组织翻译了这套"人猿泰山系列"，这也将是国内第一套完整的"人猿泰山系列"。译者多为沪上高校翻译专业教师，翻译时力求原汁原味、文字流畅，与此同时，予以精编、插画。相信他们的努力会得到认可。

目　录

前言	人猿泰山驰骋的奇幻世界	1
1	逃难的荷兰人	001
2	"粉红佳人号"不幸坠机	010
3	荷兰女孩争夺战	022
4	荒野求生	029
5	爱情萌芽	036
6	掳掠后的机智逃脱	045
7	格雷斯托克勋爵	052
8	关于仇恨	060
9	罗塞蒂舍身救战友	067
10	美食中憧憬未来	076
11	与巨蟒的殊死搏斗	083
12	泰山落入凶残的土匪团伙	093
13	成功营救战友	100
14	叛国通敌者	108
15	寻找游击队盟友	117

16	科里第三次被绑架	125
17	知恩图报的萨琳娜	134
18	科里森林遇险	141
19	泰山决战大猩猩	149
20	老友重逢　遭遇误解	157
21	误会化解　准备伏击	163
22	杰瑞不幸中弹	169
23	食人族后裔萨琳娜的加盟	179
24	患难见真爱	186
25	永葆青春的巫术	195
26	十人外籍军团	203
27	美国人的精神	215
28	外籍军团首战告捷	222
29	筹备出海	230
30	王者归岸	240

人物介绍

泰山：本集中，泰山已化身为英国皇家空军约翰·克莱顿上校，带领落难军团艰难突围，以智慧和勇敢与敌人周旋。

科里：荷兰美丽少女，几番落入敌寇之手。加入落难军团后，在共同的战斗中，与杰瑞·卢卡斯相恋。

杰瑞·卢卡斯：美军上尉飞行员。科里的到来，改变了偏见，并与之相恋。

托尼·罗塞蒂：美军侦察机炮手，曾对英国人有偏见，但为人正直，舍身救战友，后与萨琳娜成为恋人。

萨琳娜：荷兰美女，性情刚烈。童年随父亲在海上漂泊，成年后流落为土匪，后归顺落难军团，并与托尼·罗塞蒂相恋。

阿玛特：当地土著人，阴险狡诈，多次向日寇告密泰山、科里及落难军团行踪。

小岛：日军中尉，凶狠残暴，觊觎科里美貌，以卑劣手段把她掳掠至兵营。

胡夫特：日寇监狱里放出来的死刑犯，粗野凶残，诡计多端，指使阿玛特诱骗科里，交给日本人领赏。

凯塔：泰山在原始森林收留的小猴子，常骑坐泰山肩上，能用兽语与泰山对话，帮泰山传递信息。

Chapter 1

逃难的荷兰人

荷兰人有很多特征，固执被认为是其民族特征之一。但或许并非所有荷兰人都如此，也有些荷兰人并不那么固执。亨德里克·范德米尔就是这一类型的典范。于他而言，固执无异于一门艺术，也是首要副业。他的主业是在苏门答腊做橡胶种植员，做得倒也小有成就，但他的朋友们向人吹嘘更多的是他的固执，而不是他橡胶种植员的成就。

面对菲律宾遭袭和新加坡沦陷的事实，他仍不相信日本人会占领荷兰东印度，更不打算带着妻女撤离，因此人们都指责他太过固执。然而，愚蠢的人远不止他一个，数百万英美人都低估了日本的实力和资源，其中不乏一些身份显赫的人。

亨德里克·范德米尔憎恨日本人，就像人们憎恨害虫一样。"再等等，"他说，"过不了多久我们就可以把他们赶回去。"从年代学理论来看，他的预言完全是错误的，这正是他的可悲之处。

日本人终于入侵了，亨德里克·范德米尔带着妻子埃尔斯杰·范德米尔、女儿科里和两个中国仆人开始逃难，他的妻子是他十八年前从荷兰娶回来的，两个中国仆人分别叫林甘和星泰。逃难有两个原因：一是出于对日本人的恐惧，他们非常清楚日本人入侵的企图；二是源自他们对范德米尔家族的厚重情感。爪哇种植园工人的思想还很落后，他们认为入侵者还将继续经营种植园，所以他们不会失业。此外，对大东亚共荣的憧憬也吸引着他们：扭转乾坤，发家致富，雇佣白人男女侍候他们，那就是最美好的生活了。

所以日本人刚开始入侵时，亨德里克·范德米尔并没有立即逃离。日本人一直紧密追踪，有条不紊地追捕所有荷兰人。范德米尔全家在马来群岛的村庄落脚休息，告诉了村民们外面正在发生的事。现在日本人就在村外几英里处，此时谈论村民们以何种自然或神秘的力量获取外界信息似乎有点离题万里，但原始人获取信息的速度总是像文明人通过电报或收音机一样快，他们甚至都已经知道了巡逻队有多少士兵组成——一个中士、一个下士和九个士兵。

"真是糟透了！"曾参加中国抗日战争的星泰说，"有时候军官大小还算是个人物，可当兵的却什么也不是，所以我们千万不能让他们抓住。"他朝两个女人点点头。他们越往山上走，情况越糟糕，连日的雨水使道路愈发泥泞。虽然已经接近范德米尔所能承受的极限，但他仍然很坚强，而且还是那么固执，力气殆尽却依然强打精神。

十六岁的科里身材苗条，金发碧眼，她健康、强壮、坚韧。与埃尔斯杰·范德米尔相比截然不同，她总是能和队伍中的男人们齐肩并进。埃尔斯杰·范德米尔也很坚韧，但不够强壮。一路上几乎无法休息,他们经常好不容易走到一个村庄的小屋里,正筋疲力尽地瘫倒在潮湿泥泞的地上时,又不得不在当地人向他们发出警告时匆忙逃离。村民们给他们通风报信,有时是因为日本巡逻队正在逼近他们,但更多是因为当地人害怕敌人发现他们窝藏白人。

甚至到了最后,他们连马也放弃了,被迫步行。他们现在已爬上高山,与村落相隔已远。几年前,这些村民还是食人族,他们对逃难者很恐惧,也不太友善。

三个礼拜后,他们偶然发现了一个可以栖身的好地方。现在埃尔斯杰·范德米尔显然能继续前行了。他们整整两天都没有遇到任何村落,只能在丛林中寻找食物,饥寒交迫。

傍晚,他们终于来到一个村庄。村民虽然不太友好,但也没有拒绝给他们提供帮助。酋长听了他们的遭遇后,告诉他们,虽然他们不能留在村里,但会把他们带到一个偏僻的地方,一个日本人永远都找不到他们的地方。

几个礼拜以前,范德米尔还可能发号施令,可现在,他必须放下自尊,乞求酋长霍森允许他们至少能在这里过上一夜,让他的妻子稍作休整后继续前行,但霍森拒绝了。"请现在就走吧!"霍森说,"我给你们提供向导。如果你们留下,我就把你们关起来交给日本人!"与他们经过的其他村庄的首领一样,霍森害怕侵略者发现村里窝藏白人后的愤怒。

于是,梦魇般的旅程又重新开始了,他们又穿越了一个险峻的峡谷,还有一条被附近火山的凝灰岩侵蚀多年的河流。这条河不止一次切断了他们的路,有时他们也能涉水过河,但有时只能在漫长漆黑的夜晚从摇摇欲坠的索桥上穿过。

埃尔斯杰·范德米尔现在太虚弱了,没法走路了,林甘用一条简易的皮带把她绑在背上。带路者急于到达安全的村落,不断催促他们加快速度,因为他们已经两次听到了老虎的吼声——这吼声令人毛骨悚然。

范德米尔靠近林甘,帮他保持平稳,以防在泥泞的小路上滑倒。科里跟在父亲后面,星泰断后。两个带路者走在最前面。

"小姐,你累了吗?"星泰问,"或许我背着你会好些。"

"我们都够累了,"科里回答,"但我能坚持下去,像你们一样。我只是想知道还有多远。"

他们开始攀爬一条陡峭的山路。"很快就到了,"星泰说,"带路的说村落就在悬崖顶上。"

实际上,他们并没有那么快,这是行进中最艰难的一段路。他们不得不经常停停歇歇。林甘心跳加速,但正是这颗忠诚的心和铁一般的意志支撑着他,使他没有因为精疲力竭而倒下。

终于,他们到达了山顶。此时,犬吠声告诉他们,他们距离村落越来越近了。土著人被吵醒,盘问起他们。带路人向土著人解释了由来,塔库穆达酋长和村民们接纳了他们,对他们友好相待。

"你们在这里很安全,"他说,"你们是我们的朋友。"

"我妻子已经累得不行了,"范德米尔解释说,"我们出发前必须让她好好休息。但我也不想暴露你们,日本人一旦发现你们帮了我们,肯定会非常生气。请允许我们留在这里休息,只今晚;明天如果我妻子能继续走了,请帮我们在深山里找个藏身之地,偏僻峡谷里的山洞什么的就行。"

"是有山洞,"塔库穆达说道,"但你们可以继续留在这里。你们在这里很安全,敌人找不到这儿。"

酋长给了他们食物和一间可以睡觉的房间,房间一点儿都不潮,但是埃尔斯杰·范德米尔却什么也吃不下。她发着高烧,但其他人却无能为力。亨德里克·范德米尔和科里坐在她的身边,陪伴她度过了余下的夜晚。这个男人究竟在想些什么?正是他的固执带给他所爱的女人痛苦!还没有挨到中午,埃尔斯杰·范德米尔便死去了。

发生这样的事情令他们悲痛欲绝,痛哭流涕。父女俩在尸体旁干坐了几个小时,流干了眼泪,突如其来的灾难瞬间击垮了他们。

这时,他们麻木地意识到院子里的骚动和喊叫声。突然,星泰冲了进来:"快!"他喊道,"日本人来了,昨晚有人把他们引来,霍森这个坏蛋,是他派人把日本人引过来的。"

范德米尔站起身,"我去跟他们谈谈。"他说,"我们没做过什么,也许他们不会伤害我们。"

星泰说:"你不了解这些猿人。"

范德米尔耸了耸肩:"没有别的办法了。如果我失败了,星泰,你带小姐离开这儿,不能让她落到他们手里。"

林甘跟着他走到小屋门口,走下楼梯。日本人正在村子大院儿的另一头。范德米尔大胆地朝他们走去,林甘跟在他身边。两人赤手空拳。科里和星泰从小屋的暗处往外看,他们可以看到别人,但别人看不到他们。

他们看到日本人围住了他俩,听到白人和日本人之间叽里咕噜的说话声,但他们听不清说的是什么。突然,他们看到一个步枪枪托从他们头顶上方举起,然后突然向下俯冲。他们知道步枪的另一端是刺刀,随后听到一声惨叫。更多的枪托举起来,朝下刺去。惨叫声停止了,传来的是野兽般残忍的笑声。

星泰抓住女孩儿的胳膊:"快跑!"他边说边把她往屋后拉。那儿有一个洞,下面是硬地。"我先跳,"星泰说,"然后小姐你跳,我在下面接住你。听明白了吗?"

逃难的荷兰人 | 005

她点了点头。他安全落地后，女孩儿斜着身子从洞口处向下察看。她感觉自己能爬下去，因为纵身跳到星泰的怀里很有可能伤到他。于是，她小心翼翼地爬到距离地面几英尺的地方，星泰缓缓接住她，然后带她跑进村落附近的丛林里。

天还没黑，他们在石灰岩峭壁上发现了一个山洞。在那里躲了两天后，星泰打算回村察看一下日本人是不是走了，再找些吃的东西。

傍晚，他两手空空地回到了山洞。"完了，"他说，"人都死光了，房子也烧成灰烬了。"

"可怜的塔库穆达，"科里叹息道，"这是对他人性的报应。"

两年过去了，科里和星泰在天奥马尔酋长的偏远山村里找到了避难的地方，只是偶尔能听到来自外界的消息。对他们来说，最好的消息莫过于日本人被赶出群岛，但是这个消息却迟迟未到。有时，在战场上做生意的村民会带来一些消息，比如日本的巨大胜利，美国海军的沉船，德国在非洲、欧洲或俄罗斯的胜仗，等等。对科里来说，未来几近绝望。

有一天，一个天奥马尔酋长村外的土著来到村子，他盯着科里和星泰看了很长时间，什么也没说。他走后，星泰告诉科里："这下坏了，"他说，"他是霍森酋长的人，现在他肯定回去报信了，猿人很快就会来。你最好假扮成男孩儿，我们得赶紧躲起来。"

星泰把科里的金发剪短，染成黑色，还给她画了眉毛。她晒得肤色黝黑，穿上星泰设计的蓝色裤子和宽松上衣，如果不仔细甄别，简直就和土著男孩儿一模一样。然后他们继续赶路，开始了逃亡旅程。天奥马尔派人带他们到一个离村子不远的新的藏身之处，毗邻山洞的一个山洞里。在苏门答腊的丛林里，很多东西都可以吃，小溪里还有鱼。时不时地，天奥马尔还会差人送来鸡蛋和鸡，有时还有猪肉或狗肉。因为科里不吃狗肉，所以狗肉都被星泰包了。一个叫阿拉姆的年轻人经常来送吃的，于是，三人很快便成了朋友。

日本人东九条松松尾上尉和小岛曾我部中尉率领人马来到深山，目的是为重型海岸炮组寻找战略定位，并侦察作战路线。

他们来到出卖了范德米尔家族的霍森酋长部落。虽然他们知道酋长有意与日本人合作，但仍要给他一种权威感。所以，当他们走近他时，因为霍森没有鞠躬到九十度，他们就大扇他的耳光。一个士兵用刺刀刺穿了一名拒绝向他鞠躬的土著，还有一个士兵把一个尖叫的女孩拖进了丛林。东九条松松尾上尉和小岛曾我部中尉得意地大笑着，然后他们开始勒索食物。

霍森此时真想割断他们的喉咙，不想给他们任何食物。军官们许诺要授予他一项殊荣，就是在他们驻留期间，把他的村落设为总部。霍森凝视着镜子里他被打肿的脸，痛苦地想着摆脱这些不速之客的办法。他想起前几天一个外乡人讲述的故事。仅凭他自己，赶跑这些家伙似乎不太可能，但试试无妨。这一夜，他辗转难眠。

第二天一早，霍森问日本人对寻找在山里避难的人感不感兴趣，他们点头称是。"两年前，三个白人和两个中国人来到我的村落，我把他们送到另一个村子，因为我当时不想藏匿大东亚的敌人。这个白人的名字叫范德米尔。"

"我们听说过他，"日本人说，"他被杀死了。"

"是的。我曾派人带你们找到他们藏身的地方，但他女儿和一个中国人跑掉了。他女儿非常漂亮。"

"这些我们都听说了。你到底想说什么?"

"我知道她在哪儿。"

"你竟然没有报告?"

"我只是刚刚才发现了她的藏身之处。我可以带你们找到她。"

松尾队长耸耸肩:"先给我们拿点儿吃的来!"他命令道。

霍森只能俯首帖耳。他给他们送去吃的,然后回到自己的小屋。他向真主或佛陀或上帝祷告,保佑他杀死那些猿人,或者至少让他们赶快滚蛋。

松尾和曾我部吃饭时商量着:"也许我们至少应该先调查一番,"松尾说,"留有后患对我们可是很不利。"

"他们说她很漂亮。"曾我部补充道。

"但你我不能两人都去。"松尾说。因为懒于奔波和作为指挥官的身份,他决定派曾我部中尉去把那个女孩儿带回来。"你要杀了中国人,"他命令道,"但要把那个女孩儿完好无损地带回来。明白吗? 完好无损!"

几天后,曾我部中尉来到了天奥马尔首领的村落,中尉狠狠地掴了老酋长一巴掌,老酋长摔倒在地。又一番拳打脚踢后,他问道:"白人女孩和中国人在哪儿?"

"这里没有什么白人女孩,也没有什么中国人。"

"他们在哪儿?"

"我不知道你在说什么。"

"你撒谎。很快你就知道了。"他下令一个中士给他拿一些竹片,把一根竹片插进老酋长的指甲下面。老酋长痛苦地尖叫着。

"白人女孩儿在哪儿?"日本人问道。

"我不认识什么白人女孩儿。"天奥马尔坚持说。

又一根竹片插进去了,但老人仍然守口如瓶。

当曾我部准备继续施刑时,天奥马尔最年长的妻子来了,跪在他面前。她说:"如果你不再伤害他,我就告诉你那个白人女孩和中国人的下落。"

"这还差不多。"曾我部说。

"怎么找?"

"阿拉姆知道他们藏在哪里。"老妇人指着一个青年说。

此时,科里和星泰正坐在他们的洞口。阿拉姆已经一个星期没来给他们送吃的了,他们正盼着他快点儿给他们送来鸡蛋、猪肉或一块狗肉。科里盼望的是鸡蛋和一只鸡。

"有人来了,"星泰听着远处的动静,说,"来了很多人。快回到山洞里去。"

阿拉姆把山洞指给小岛曾我部中尉看。年轻人眼中涌出了泪水,如果他自己可以选择死去的方式,他宁可死也不会把这些可恶的猿人带到这里,他是那么喜欢这个女孩儿。但中尉威胁他,如果他不这样做,就要把全村人赶尽杀绝。阿拉姆知道他们说到做到。

中尉和他的部下进入了山洞,曾我部手持利剑,其他人手握刺刀。昏暗的光线下,曾我部看到了一个中国人和一个年轻的土著男孩儿。他把他们拖了出来,问阿拉姆:"那个女孩在哪里?你和全村人都要受死。"他对手下人说:"杀了他们!"

"不!"阿拉姆惊叫道,"这就是那个女孩,她只是扮了男装。"

曾我部撕开科里的外衣,得意地笑了。一个士兵用刺刀刺穿了星泰,这群人带着他们的战利品离开了山洞。

逃难的荷兰人 | 009

Chapter 2
"粉红佳人号"不幸坠机

乔·布博诺维奇中士来自布鲁克林,他是一名助理工程师兼机身中部射击手。此时,他正和"解放者号"战斗机机组人员一起站在"红粉佳人号"的机翼下。

"我发现这些小伙子可真棒。"他与来自芝加哥的炮塔炮手托尼·罗塞蒂中士的观点完全不同。

"是吗?所以我认为乔治·图德是个了不起的家伙。比如,芝加哥有个市长曾经都不敢见他,因为图德说会揍扁他的鼻子。"

"你一定搞错了,小矮子。"

"是吗?好吧,我可不想在'红粉佳人号'上运载没有血性的英国人。我听说他是个公爵或者其他什么身份。"

"我想现在你的公爵来了。"布博诺维奇说。

一辆吉普车停在B-24轰炸机的机翼下,从车上下来三名军官:一名皇家空军上校、一名陆军航空队上校和一名陆军航空队少校。

来自俄克拉荷马市的杰瑞·卢卡斯上尉是"红粉佳人号"的飞行员，他走过来，陆军航空队上校把他介绍给克莱顿上校。

"都准备好了吗，杰瑞？"美军上校问道。

"报告上校，一切准备就绪。"

电工和军械师对飞机上的电子设备和枪支做了终检后，从弹舱门下来，战斗机组人员进入机舱。

约翰·克莱顿上校曾是一名飞行侦察员，在荷兰东印度群岛对日本控制的苏门答腊岛执行机场侦察和拍摄任务。克莱顿上校进入机舱后，直接来到飞行甲板。在整个飞机起飞期间，他一直站在飞行员身后。在之后的长途飞行中，他有时坐在飞行员副驾驶位置上，有时坐在飞行员的位置上，还与领航员和无线电工程师交流。有时，他还会沿着狭窄的通道察看备用油箱间的弹舱。这架飞机没有装备炸弹。甲板上，罗塞蒂、布博诺维奇、尾炮手及其他机身中部枪手正放松地靠着救生筏和降落伞躺着。

罗塞蒂最先看到克莱顿打开了球形炮塔门。

"快！"他警告大伙儿说，"公爵来了。"

克莱顿绕过球形炮塔，从罗塞蒂和布博诺维奇身边走过，停在了正在摆弄相机的摄影师旁。没有一个士兵起立。战斗机一升空，军事化礼节似乎就形同虚设了。摄影师是一名陆军通信中士，他抬起头朝克莱顿笑了笑，克莱顿也对他报以微笑，坐在他旁边。

冷风吹打着球形炮塔敞开着的窗户，马达的响声震耳欲聋。克莱顿只能凑近摄影师的耳朵，大声喊着问了一些关于相机的问题，摄影师也是大喊着回答。虽然飞机噪声影响了交谈，但克莱顿得到了他想要的信息。

随后，克莱顿在罗塞蒂和布博诺维奇之间的救生筏边缘坐下，他给大家分发香烟。只有罗塞蒂拒绝了。布博诺维奇给克莱顿点上火儿。罗塞蒂看起来很反感这一切,他想起乔治三世,但他想不起他的所作所为,他只知道他不喜欢英国人。

克莱顿扯着嗓子问布博诺维奇的名字叫什么,从哪里来。当布博诺维奇说他来自布鲁克林时,克莱顿点点头说:"我听说过很多关于布鲁克林的事。"

布博诺维奇说:"大概都是关于布鲁克林'那些流民'的吧?"克莱顿笑着点了点头。

"他们都叫我'那个流民'。"布博诺维奇咧嘴笑着说。不一会儿,他又给英国上校看了他妻子和孩子的照片。他们互相在对方的纸币上签名留念。这吸引了机身中部枪手、机尾炮手和摄影师也凑过来看照片,只有罗塞蒂依然是态度冷漠、高高在上的样子。

克莱顿继续往前走后,罗塞蒂宣称他宁愿允许东条英机或希特勒在他的纸币上签名,也不愿让一个"肮脏的英国人"签名。"看看他们都干了些什么?"他质问道。

"你是说塞莫皮莱?"布博诺维奇问。

"对,但是有区别吗?"

"他是个好人。"机尾炮手说。

"就像我们的军官一样,"另一个腰部机枪手说,"非常好。"

当他们看到苏门答腊岛的西北角时,天已破晓。在这个时辰完成拍摄任务,堪称完美。群山之上的云层形成了一千一百英里长的岛屿脊梁,横跨赤道南部和马来半岛西部,但他们所看到的最感兴趣的海岸线却是万里无云。

日本人一定是措手不及,因为他们用了近半小时才完成高射炮探测,这效率简直太低了。当"粉红佳人号"沿着海岸向下飞行时,遇到一些弹片并险些被击中,但很幸运没影响飞行。

在巴东附近,三架"零号"战机从日光下呼啸而过。布博诺

"粉红佳人号"不幸坠机

维奇开始指挥。他们看到其中一架飞机突然燃烧起来，垂直向地面坠落下去。另外两架飞机突然改变方向，在空中飞行了一段距离后，掉头回返了。飞机的燃烧提高了导弹袭击的精确度，一枚导弹直击向右舷舵引擎，弹片飞溅在驾驶舱内。杰瑞的防弹背心挡住了弹片，但副驾驶员的脸被弹片击中了。领航员解开副驾驶的安全带，把他从驾驶舱拖出来抢救，但他已经死了。

此时此刻，高射炮射得又近又密集，这架飞机震荡得如一匹美国西部的野马。为避免再次遭袭，杰瑞向靠近海岸的方向驶去，因为他知道大部分防空部队都驻扎在那里，靠近海岸山脉上的云层也可以掩护他们回家。

回家！"解放者"曾依靠三个引擎获得过伟大的飞行胜利。这位二十三岁的机长必须迅速思考做出决断。这是一个仓促间形成的决定，但他知道这是正确的。他命令机组人员把所有的物品都扔到舱外，枪、弹药、救生筏等，只留下降落伞。这是他们唯一重建阵地的机会。杰瑞并不担心"零号"战机，因为他们通常与重型轰炸机保持一定的距离。除了与马六甲海峡的一段交叉水域外，他可以一直靠近陆地，环绕马来西亚北海岸。一旦他们被迫在海面上跳伞，就会靠近海岸，救生背心必定会派得上用场，这就是他认为可以扔掉救生筏的原因。

当他们升向山峦和云雾时，高射炮发射得越来越密集了。日本人一定是已经预测到了飞行员的计划。杰瑞很清楚有的山峰高达一万二千英尺，而他现在已经到达两万英尺的高度了，已经把海岸炮兵远远甩在身后，所以开始缓慢减速。

当一座山炮朝他们发射时，他们刚好就在山顶。杰瑞听到一阵震耳欲聋的爆裂声，飞机像受了重伤一样倾斜着，失去了控制。他向对讲机喊话请求支援，却无人应答，他只得派无线电员去检查坏了的对讲机。克莱顿正坐在副驾驶座位上协助操控,但是需要两个人的力量才能避免机头着地。杰瑞叫来领航员,"检查一下,然后全体跳伞,"他说,"你最后跳。"

领航员把头探进机头,想去告诉机头炮手跳伞,但发现机头炮手已经死了。无线电员回到了飞行甲板上:"该死的,整个机尾都炸掉了,"他说,"布奇和摄影师都不见了。"

"好吧,"杰瑞说,"跳下去,快!"然后他转向克莱顿,"先生,您最好也快点跳。"

"队长,如果你不介意的话,你跳完我再跳。"克莱顿说。

"跳!"杰瑞呵斥道。

"这就对了!"克莱顿笑着说。

"我已经打开了弹舱门,"杰瑞说,"这样更容易出去,抓紧时间!"

克莱顿走到炸弹舱狭窄的通道,飞机正偏向机翼的一侧往下落,马上就要旋转了。因为一个人支撑不住,所以克莱顿想一直坚持到杰瑞跳下去,坚持到最后一刻。在这最后一分钟里,飞机倾斜了,把克莱顿从狭窄的通道里甩了出去,撞在炸弹舱上,滚向空中。

他失去了知觉,不省人事,身体透过厚厚的云层向下坠落。"红粉佳人号"的三个马达还在咆哮着,从他身边飞驰而过。如果它现在坠机就肯定会被烧毁,不会给敌人留下任何有价值的情报或海上营救的线索。

片刻的昏厥后,克莱顿很快恢复了知觉。但过了好一会儿,他才意识到自己的处境,如同在一个陌生的房间里醒来。他穿过云堤,遭遇了一场热带暴雨,也许正是冰冷的雨水救了他。就在这几秒钟内,他及时拉开了降落伞的曳索,才将他从死亡线上拉回来。

降落伞在他头顶上鼓起来，可在降落伞下降的突然减速过程中，克莱顿的身体与降落伞的一个绳索不知为什么断开了。他身下是一片树叶的海洋，正经受着汹涌的雨水的拍打。几秒钟后，他的身体颠簸着坠落到树叶和树枝里，降落伞挂在树枝上，把他悬挂在距离地面只有几百英尺的半空中。他与死亡擦身而过。

此时，他听到几百码以外的地方传来一阵刺耳的撞击声——一声沉闷的爆炸声，伴随着一团熊熊升起的火焰。"红粉佳人号"的火葬点燃了阴暗潮湿的森林。

克莱顿抓住一根小树枝，借力爬到一根大树枝上，支撑着他的身体。然后他卸下降落伞的带子，脱下救生背心。他整个人从里到外都湿透了，跌落过程中也把帽子给弄丢了。他把鞋脱下来扔了，然后把手枪和弹药腰带、袜子、上衣、裤子和内衣全都扔掉了，只在剑鞘里留了一条军用腰带和一把刀。

克莱顿接着往上爬，直到能解下钩着他的降落伞。他剪掉所有线，然后把丝线打成捆儿绑在后背上，开始向地面下落。他轻松娴熟地从一根树枝荡到另一根树枝。藤蔓植物的生长取决于地面灌木丛下最低树枝的长势。他像猴子一样敏捷地在藤蔓植物下爬行。

克莱顿用降落伞上的丝线做了一条腰布。一种幸福和快乐的感觉油然而生，现在，他的最爱又失而复得了，那就是——自由！于他而言，文明的装束，甚至他国家的军服，都只是束缚的象征。尽管他身着荣耀的军服，但这些束缚就像他的囚犯枷锁一样，能够摆脱这些对他来说真是再好不过了。也许是命运的安排，注定他要为他的国家服务，而且还是以裸身作为特殊制服。否则，为什么命运会把他安排在敌人的要塞？

倾盆大雨冲刷着他古铜色的身体，弄乱了他的头发。他仰起脸任雨水冲刷着自己，兴奋的叫喊声从他颤抖的唇边呼之欲出，因为他此时还置身于敌人的领地，不敢大声呼喊。

他现在首先想到的是他的战友们，这是从坠机中幸存下来的人的本能反应。他朝着爆炸声走去，边走边搜索地面。他在寻找某种植物，但并没有抱多大希望能在这片陌生而遥远的土地上找到这种植物。可是他竟然做到了。他发现这种植物生长得很茂盛。他收集了一些，把一些大片的叶子用手掌碾碎。然后把汁液抹到全身，包括脸、四肢和头上。

然后，他在树林里穿梭，这比穿过茂密而杂乱的灌木丛要容易得多。过了一会儿，他发现有人正跌跌撞撞地走向失事的飞机。是杰瑞·卢卡斯！他在他上方停了下来，喊他的名字。杰瑞朝四周看了看，没有看到任何人，但他能听出克莱顿的声音。

"你到底在哪儿，上校？"

"我要是现在跳下去，就会落到你头上。"

杰瑞抬起头向上看，瞠目结舌。一个几乎裸体的巨人坐在他上方的树上。他的第一感觉就是：这家伙一定是疯了。可能他落地时把头给撞了，也或许只是一时受到了惊吓。他决定不再关注他的裸体。"你还好吗？"他问道。

"我很好，"克莱顿说，"你呢？"

"非常棒。"

他们现在离"红粉佳人号"很近了。飞机的残骸还在燃烧，周围的树也在燃烧。当他们靠近燃烧的火焰时，看到了布博诺维奇。布博诺维奇也看到了杰瑞，高兴地跟他打招呼。但直到克莱顿从树上落到他面前时，他才看到克莱顿。布博诺维奇找到了他的45口径手枪，也认出了克莱顿。

"天呐！"他喊道，"你的衣服呢？"

"扔了。"

"扔了？"

克莱顿点点头："衣服都湿透了，穿起来很不舒服，而且很重。"

布博诺维奇不解地摇了摇头，他的目光扫视着这个英国人，看到了他身上的刀，"你的枪呢？"他问。

"也扔了。"

"你疯了吧！"布博诺维奇说。

站在克莱顿身后的杰瑞使劲地摇着头，他以为布博诺维奇的话会刺激到克莱顿，但克莱顿似乎没有，他只是淡淡地说："不，没那么疯。你们很快也会扔掉。二十四小时之内，枪就会生锈，变得毫无用处。但刀不能扔，而且要保持清洁和锋利，它一样具有杀伤力，还不会像45口径手枪那样声音那么大。"

杰瑞正在眼睁睁地看他心爱的飞机被火焰慢慢吞噬掉。"他们都出来了吗？"他问布博诺维奇。

"是的。我和陆军少尉伯纳姆一起跳下来。他应该也在附近的某个地方。所有活着的人都跳出来了。"

杰瑞抬起头，喊道："杰瑞在呼叫！杰瑞在呼叫！"

随后，隐约传来回应声："罗塞蒂呼叫杰瑞！罗塞蒂呼叫卢卡斯！看在老天的分上，快来把我弄下来。"

"收到！"杰瑞大声喊道，三人向传出罗塞蒂声音的方向走过去。

他们发现罗塞蒂正在离地面一百英尺的降落伞吊带上悬荡着。杰瑞和布博诺维奇向上看着，挠挠头。

"你们打算怎么把我弄下来？"罗塞蒂问。

"鬼知道。"杰瑞说。

"过一段时间，等你长熟了，自己就落下来了。"布博诺维奇说。

"有意思，聪明的家伙！你们从哪儿捡到这个没穿衣服的人？"

"这是克莱顿上校，笨蛋！"布博诺维奇回答。

"噢。"这个简单的回复里充满了轻蔑，托尼·罗塞蒂将它表达得淋漓尽致。杰瑞脸红了。

克莱顿笑了："那个年轻人对英国人过敏吗？"

"请原谅他的无知，上校。他来自芝加哥郊区的西塞罗。"

"你们打算怎么把我弄下来？"罗塞蒂又喊道。

"我也不知道。"杰瑞说。

"也许我们明天就能想出办法来。"布博诺维奇说。

"你难道要我在树上待一整夜？"罗塞蒂这个球形炮塔炮手哀号着。

"我来把他弄下来。"克莱顿说。

罗塞蒂悬挂的树上没有能让克莱顿够得着的藤蔓，他像猴子一样爬到另一棵树的藤蔓上，在离地面约五十英尺的地方发现了一根松动的藤条。他试了一下，发现藤条很结实，于是把自己荡了出去，脚一蹬爬到了另一棵树上。他又试了两次荡到悬挂罗塞蒂那棵树的藤条上，但也只能用手指尖碰到藤条。荡到第三次，手指离藤条就更近了。

克莱顿试了一下这根藤条，感觉和刚才那根一样牢固后，就把第一根藤条缠绕在一只胳膊上，向罗塞蒂爬了过去。当爬到他对面时，仍然够不到他。罗塞蒂还在距离树干比较远的位置。

克莱顿把他旁边树上一根藤条的一端摇荡着递给他："抓住，"他说，"别松手。"

罗塞蒂抓住藤条，克莱顿把他缓缓拉过来，直到他能抓住降落伞的护罩。克莱顿坐在一根粗壮的树枝上，把罗塞蒂拉到他旁边。

"脱掉降落伞绑带和救生背心！"他命令道。

罗塞蒂照做了，克莱顿把他甩到自己肩膀上，抓住旁边树上的藤条，从树枝上滑了下来。

"天呀！"他们在空中荡来荡去时，罗塞蒂尖叫起来。

克莱顿一只手抓住一根摇摆着的树枝，停了下来，然后顺着藤蔓，爬到地面。当克莱顿把罗塞蒂从肩膀上甩下来时，罗塞蒂瘫倒了。他根本站不住了，颤抖得像一片树叶。

杰瑞和布博诺维奇也半天说不出话来："如果不是亲眼所见，我绝不会相信！"飞行员说。

"真是难以置信。"布博诺维奇说。

"我们去找其他人吧？"克莱顿提议，"我们要设法找到他们，然后离飞机远点儿。因为几英里外都能看到这些浓烟，日本人肯定会知道这是什么。"

他们搜寻了几个小时，一无所获。就在天快黑时，他们发现了领航员伯纳姆少尉的尸体，他很可能是因为降落伞没打开而死。大家用刀挖了一个不是很深的坑，用降落伞把他裹起来埋葬了。杰瑞·卢卡斯做了一个简短的祷告后，大家就离开了。

他们就这样默默地跟着克莱顿。克莱顿的眼睛扫视着他们经过的每一棵树，显然他在寻找着什么东西。很自然地，他们似乎都对这个魁梧的英国人充满了十足的信心。罗塞蒂的眼睛几乎就没离开过他。谁知道这个西塞罗的小无赖在想什么呢？自从他从树上被救下来后，就一直没有说过话，甚至也没有向克莱顿道声谢。

雨停了，蚊子蜂拥而来。"您是怎么忍受这些的，上校？"杰瑞边说，边拍打着脸上和手上的蚊子。

"抱歉！"克莱顿喊道，"我忘了告诉你们了。"他四处寻找，找到了下午早些时候发现的一些植物。"把这些叶子捣碎，"他说，"把汁液涂在身体裸露的部位，蚊子就不会再来骚扰你们了。"

不久,克莱顿发现了他一直在寻找的那棵树——在距离地面约二十英尺的地方,树枝错综复杂地交叉在一起。他很轻松地摇荡着,开始搭建一个棚屋。"谁上来帮我一下,我们要在天黑前完工。"

"这是什么?"布博诺维奇问道。

"这是我们今晚要睡觉的地方,也可能不止今晚。"

三个人缓慢而笨拙地爬了上去。他们砍下树枝,把树枝穿插在克莱顿挑选的四个枝干上,搭成了一个大约十英尺长七英尺宽的结实的平面。

"在地面上搭个小棚子不是更容易吗?"杰瑞问道。

"那是很容易,"克莱顿附和道,"但如果那样做,我们中有一个人就可能在天亮前死掉。"

"为什么?"布博诺维奇感到不解。

"因为这是老虎的地盘。"

"有什么根据?"

"它们的气味我已经闻了一个下午了。"

罗塞蒂飞快地用眼角的余光瞥了克莱顿一眼,然后迅速移开了目光。

Chapter 3
荷兰女孩争夺战

英国人克莱顿把几段降落伞绑带打成结连在一起,系成了一条能够到达地面长度的绳索,他把绳子的一端抛给了布博诺维奇。"我让你拽的时候你就往回拽,中士。"说罢,他迅速跳到地面上。

"闻到它们的气味儿!"罗塞蒂中尉语气里充满疑惑地说。

克莱顿弄了一大捆叶子阔大的植物,用绳子的一端系紧,让布博诺维奇拽着。又捆了三捆,才回到了平台上。大家一齐帮他把剩下的一些摊开在平台上,又在平台顶部做了遮阴棚,这样,棚屋就做好了。

"明天我们要去找点肉吃,"克莱顿说,"我对这里的果子和植被都不熟悉,认识的不多,我们得观察一下猴子都在吃些什么。"这儿附近有很多猴子,整个下午都在"唧唧吱吱"地叫,似乎在讨论着这些不速之客。

"我认识一种可以吃的水果,"布博诺维奇说,"瞧,旁边那棵树上的是榴莲。那只合趾猿正在吃呢,合趾猿是产于苏门答腊的黑长臂猿,最大的长臂猿。"

"他又走了,"罗塞蒂说,"他连只蚂蚁都认不出来。"

杰瑞和克莱顿笑了笑。"我去摘些榴莲,随便你们怎么说吧。"克莱顿说完便动作敏捷地向那棵树荡去,摘了四个刺皮的大榴莲,一个一个地把它们扔给他的同伴们后,又荡了回来。

罗塞蒂最先打开榴莲。"臭死了!"他说,"我还没那么饿",他准备扔掉,"坏掉了"。

"等等,"布博诺维奇提醒说,"我读过关于榴莲的书,就是这样闻着臭,吃着香。当地人都烤榴莲籽吃,就像烤栗子一样。"

克莱顿认真地听了布博诺维奇的话。当他们吃水果时,他不禁感慨:多好的国家啊!多好的一支军队!

一个来自布鲁克林的中士,说起话来就像大学教授一样。他也感慨着:世界真是对美国知之甚少,纳粹是最不了解美国的!吉特巴舞者、花花公子、一个颓废的民族!他想到这些男子是多么的英勇善战,想到杰瑞是如何确保他的机组成员和乘客逃生后才自己跳下飞机,即使希望渺茫,也要挽救他的飞机。

夜幕降临了,丛林中的声音完全变了。他们四周似乎到处都有动物移动着,隐秘地、悄无声息地移动着。突然间,树底下传来一阵空洞的、咕哝的咳嗽声。

"那是什么?"罗塞蒂问。

"条纹动物。"克莱顿回答说。

罗塞蒂很想追问条纹动物是什么,但到目前为止,他还没有跟这个英国人说过话。然而,好奇心最终战胜了心中的傲气:"条纹动物?"他反问道。

"就是老虎。"

"天呐！你的意思是树底下有只老虎？"

"对，两只。"

"我的天！我只在芝加哥动物园见过老虎。我想树下肯定是不安全的，听说他们会吃人。"

"我们必须感谢你，上校，幸亏我们现在不在下面。"杰瑞·卢卡斯说。

"幸亏他，不然我们都成了森林里的猎物了。"布博诺维奇说。

"我在萨法兰上校的丛林训练营里学了那么多，"罗塞蒂说，"但却从没教过我们如何对付老虎。"

"它们大多在夜间狩猎，"克莱顿解释说，"这是你必须保持警惕的时刻。"过了一会儿，他对布博诺维奇说："我在书里读到关于布鲁克林的不多，据说布鲁克尼特人说英语有自己独特的口音。你就有点像。"

"你也是。"布博诺维奇说。

克莱顿笑了起来："我没有在牛津上过学。"

"布博诺维奇在布鲁克林受过高等教育。"杰瑞解释道，"他读过六年级。"

布博诺维奇和罗塞蒂很快就睡着了。克莱顿和杰瑞坐在他们搭建的棚屋边缘，两人的腿悬空晃着，谋划着下一步的打算。他们都认为，最好的机会就是能从岛屿西南岸友善的土著人那里弄来一艘船，开往澳大利亚。他们还谈了很多，杰瑞谈到他的机组队员，充满了自豪感。

他很担心那些下落不明的人。死者已逝，对于那些已经死去的人，现在任何人都无能为力。但当杰瑞说到对死去士兵的感受时，克莱顿能够听出杰瑞颤抖的声音。

谈到罗塞蒂时，杰瑞说："他真是个好孩子，是个顶级的球形塔炮手,他天生适合做这份工作。球形炮塔里空间有限,布博诺维奇曾说军部应该让侏儒和俾格米人杂交来繁衍后代。罗塞蒂得了一大堆杰出飞行奖和美国空军飞行奖章。他真的很棒。"

克莱顿笑道:"他对英国人没什么用处。"

"在芝加哥的爱尔兰人和意大利人都是如此,这并不奇怪。罗塞蒂从来没有学习的机会,他年幼时,父亲死于西塞罗的帮派战争,我猜他的母亲也只是一个女混子,她从来没有帮过罗塞蒂,罗塞蒂也没帮过她。在这样背景下成长的孩子只能靠自己,他也没上过多少学,但是为人正直。"

"我对布博诺维奇很感兴趣,"英国人克莱顿说,"他真是非常聪明。"

"的确,他不仅聪明,而且受过良好的教育。当然,聪明未必就一定受过良好的教育。布博诺维奇毕业于哥伦比亚大学,他的父亲是老师,他正是认识到了这一点。布博诺维奇上高中时,对纽约的美国自然历史博物馆展览产生了兴趣,所以他专攻动物学、植物学、人类学和其他与博物馆相关的知识,毕业后,他就在那里工作了。他喜欢给罗塞蒂安上一些科学的名字,只是为了故意惹恼他,寻开心。"

"这样看来,我没有牛津口音可能对于罗塞蒂的血压是件好事。"克莱顿说。

现在来说科里·范德米尔,她和俘获她的人一起跋涉前行的时候,脑海里想的只有两个问题:一是如何逃生;一是如若无法逃生,如何自杀。阿拉姆走在她旁边,用自己的语言与她交谈,只有她能听懂,日本人听不懂。"请原谅我,"他恳求道,"请原谅我把他们带来抓你。他们拷问了天奥马尔酋长,他不肯说。后来他的大老婆受不了了，就告诉他们说，我知道你藏在哪里。如果我不把他们带到你的藏身处，他们就会杀光全村所有人，我能怎么做呢？"

"你做得对，阿拉姆。我和星泰只有两个人。两个人死，总比全村人都死要好。"

"我不想让你死，"阿拉姆说，"我宁愿自己死。"

女孩儿摇摇头，"我担心的是，"她说，"我可能来不及找到死去的方式。"

小岛曾我部中尉在天奥马尔的村里过了一夜。村民们充满敌意，于是小岛曾我部派了两个人在他和俘虏睡觉的房门口守卫。为了防止科里逃跑，他捆住了她的手脚，否则，他不会碰她一根汗毛。松尾上尉的坏脾气臭名昭著，因此小岛曾我部对松尾上尉自然有种恐惧感，此外他还有个自己的小算盘。第二天早上出发时，小岛曾我部带着阿拉姆，以便必要时让他做翻译。阿拉姆的陪伴让科里心里放松了一些，他们像以往那样一起交谈。科里问阿拉姆是否见过游击队，她听说这些游击队员是由逃往山上的荷兰人组成的——有种植园主、公司职员和士兵。

阿拉姆说："不，我没见过他们，但我听说过他们。听说他们杀了很多日本人，他们很疯狂。日本人一直在找他们，对提供他们藏身线索的土著人重金悬赏，所以游击队不信任不认识的土著人，认为他们可能是间谍。据说，如果土著人落入游击队手中，除非取得信任，否则就永远不能回来。这能怪他们吗？我还听说很多土著人也加入了他们的队伍，现在我们知道了大东亚共同体只为日本人服务，我们恨死他们了。"他们经过了大磨山村（塔库穆达村）。目前还没有证据能够证明人类曾来过这里，因此丛林完全没有开垦。"这些足迹都是日本人带来的。"阿拉姆说。

清晨慢慢过去了。他们在热带倾盆大雨中前进，乌云密布，阴暗的森林里散发着植被腐烂的味道，四处蔓延着死亡的气息。死亡！女孩儿知道她的每一步都更加接近死亡。除非——年轻人心中的希望永远不会轻易破灭。但除非怎么样呢？

她听到头顶上飞机的阵阵轰鸣声，她早已习惯了这种声音，因为日本人的飞机总是在岛上飞来飞去。远处传来一声巨响，随之而来的是沉闷的爆炸声，随后，马达的轰鸣声没有了。一想到那应该是一架敌机，她心里充满了快感。日本人焦躁不安，激烈地讨论着。小岛曾我部中尉正在调查飞机的情况，他和一位中士谈话后，决定不在森林里搜寻那架战机了，因为距离他们太远。

天快黑透了，他们才到达松尾上尉曾指挥过派遣部队的村庄。两名军官已占据房子作为根据地，松尾站在房间过道上看着小岛曾我部他们走过来。

他问小岛曾我部："囚犯在哪里？"

中尉粗暴地抓住科里的胳膊，把她拉出了队列，朝上尉走去。"站这儿。"他说。

"我派你去找一个中国人和一个黄头发的荷兰女孩儿，你却带回一个黑头发的土著男孩儿，你给我解释清楚。"

"我们杀了那个中国人，"小岛曾我部说，"这就是那个荷兰女孩儿。"

"我可不想跟你开玩笑，你个蠢货。"松尾吼道。

小岛曾我部把女孩儿推搡到通往门口的梯子上。"我没开玩笑，"他说，"这就是那个女孩儿。她把头发染成黑色，穿着土著男孩儿的衣服。你看！"他用肮脏的手指粗鲁地拨开科里的头发，露出了金色发根。

松尾靠近去仔细观察了一番，然后点点头，说："符合我的口味，我要留着她。"

"她是我的,"小岛曾我部说,"是我找到她,把她带到这儿的。她是我的。"

呸!松尾吐了口口水。他开始发怒了,但他设法克制住自己:"你忘了自己是谁,小岛曾我部中尉,"他说,"要听我的命令。我是这里的指挥官。把这个女孩儿留在这里,你现在可以去其他地盘指挥了。"

"你现在还可能是个上尉,"小岛曾我部说,"但是皇军伤亡惨重,大多军官都出身低微。我的祖先是光荣的武士,我叔叔是受人尊敬的东条英机将军,而你的父亲和叔叔都是农民。我只消给我尊敬的叔叔写封信,你就上尉难保了。现在,这个女孩可以归我了吗?"

松尾心里恨得咬牙切齿,恨不得杀了他,但他还是选择了掩饰自己的愤怒,他要给小岛曾我部制造一次意外死亡。"我把你当成是我的朋友,"他说,"现在你竟然背叛了我。但我们不要草率行事,这个女孩什么都不是,天皇后代不该为这样一个下等人争吵。让我们把这事儿交给上校来裁决吧,他很快就会来这里视察。"松尾说完,心里想,没等上校到这儿,你就会遭遇意外了。

"这倒公平。"小岛曾我部同意。他也在想,最不幸的莫过于没等上校来,上尉就死了。

女孩儿对他们所说的内容一无所知,她不知道她暂时还是安全的。

第二天一早,阿拉姆离开这里回他自己的村庄去了。

Chapter 4

荒野求生

　　树上棚屋剧烈的晃动吵醒了杰瑞·卢卡斯,布博诺维奇和罗塞蒂也醒了。"什么东西掉了?"他们惊呼道。

　　布博诺维奇环顾四周:"什么也没看见啊。"

　　杰瑞探出身子,向上看去。只见他头顶几英尺处有一个黑色的庞然大物,正猛烈地摇晃着树。

　　"天呐!"他大叫道,"你们知道我看到了什么?"

　　他们两个人也抬起头向上看去。"我的天!"罗塞蒂说,"我没见过这么大的猴子。"

　　"那不是猴子,笨蛋。"布博诺维奇说,"那是婆罗洲猩猩,我还不能完全确定,但应该是婆罗洲猩猩。"

　　"用美国话说!"罗塞蒂咆哮道。

　　"这是一只猩猩,小矮子。"杰瑞说。

　　"来自马来语的'oran-utan'(注:orangutan,猩猩)一词,意

思是野人。"布博诺维奇补充道。

"它想要干什么?"罗塞蒂问道,"它到底为什么摇晃这棵树?难道是想把我们晃下去?我的天!看它的脸,它是食人动物吗,布博诺维奇教授?"

"它是食草动物。"布博诺维奇回答。罗塞蒂扭头看了看杰瑞。

"猴子吃人吗,上尉?"

"不吃人,"杰瑞回答,"只要别打扰他们,他们也不会打扰你。不过别对他无礼,否则他会轻而易举地把你撕成两半儿。"

罗塞蒂边检查他的枪边说:"他不会把我撕成两半儿的,我这儿可有贝尔莎大炮。"

红毛猩猩的好奇心得以满足,慢慢走开了。罗塞蒂又开始捣鼓他的枪。"我的天!已经开始生锈了,就像——"他环顾四周,"就像——公爵呢?"

"见鬼!他走了。"杰瑞说,"我还没注意到。"

"他是不是掉下去了,"罗塞蒂说着,从棚屋边缘往下看,"他这个英国人还不算坏。"

"你终于妥协了,"布博诺维奇开玩笑说,"上尉,你知道吗,小矮子不玩台球是因为他害怕被放到母球上打。"

罗塞蒂突然坐起来,看着他们。"我突然想到,"他说,"你们有人听到昨晚上的尖叫声了吗?"

"我听到了,"杰瑞说,"那是什么声音?"

"听起来像是有人被杀的声音,像不像?"

"嗯,听起来的确有点像人的声音。"

"确实像,估计就是。公爵掉下去了,老虎把他吃了,那是他发出的尖叫声。"

这时,布博诺维奇手指向一个方向:"他的鬼魂来了。"

其他人也朝他指的方向看过去。"我的天！"罗塞蒂说,"这家伙太棒了！"

只见克莱顿肩上扛着一只鹿,穿过树林向他们荡过来,跳到棚屋里。"这是早餐,"他说,"准备吃吧。"

他丢下死鹿,拔出刀子,切下一大块鹿肉,然后用手指使劲儿把皮撕下来,蹲在棚屋远处的一个角落里,下口咬那块儿生鹿肉。罗塞蒂看得目瞪口呆,"不弄熟就直接吃吗？"他问。

"用什么弄熟？"克莱顿反问道,"这儿附近没有什么干东西能生火,如果你想吃肉,就得学会生吃,除非我们能找到可以驻扎的营地,找到能点火的东西。"

"那好吧,"罗塞蒂说,"我真是饿了——"

"我来试试。"布博诺维奇说。

杰瑞·卢卡斯割下一小块肉,放在嘴里嚼。克莱顿看着三个人嚼着温热的生肉碎片。"不是这样吃,"他说,"撕成能咽下去的小块儿,然后整个儿吞下去。不要嚼。"

"你怎么学来这些的？"罗塞蒂问。

"跟狮子学的。"

罗塞蒂瞥了瞥其他人,摇了摇头,然后试图吞下一大块鹿肉。他卡住了,噎得够呛。

"去他妈的！"罗塞蒂吐出来噎住的那一口生肉后,说,"我可从没在学校跟狮子学过吃生肉。"但在那之后,他可以吃得很好了。

"整个吞下去确实没那么糟。"杰瑞也承认。

"它可以填饱肚子,给你力量。"克莱顿说。

克莱顿又跳到旁边的树上,摘了更多榴莲。大家津津有味地吃了起来。罗塞蒂说:"以后我什么都能吃了。"

"我刚才路过一条小溪,就在附近。"克莱顿说,"我们可以先去喝点水，然后就得开始行动了。我们必须先侦察清楚，才能制定明确的计划。如果你觉得很快还会饿，最好口袋里放点儿肉带着，不过这里到处都是猎物，倒也饿不着我们。"

谁都不想再把肉带在身上了，于是克莱顿把鹿肉扔在地上。"喂老虎吃吧。"他说。

阳光明媚，森林里充满了生机。布博诺维奇很自在地享受着这一切。这里有他曾在书本上看过的动物和鸟类，还有在博物馆里见过的动物尸体和骨骼标本，这里有太多他从未见过或听说过的动物。"真是一个活生生的自然历史博物馆。"他说。

克莱顿把他们带到小溪边，解渴后，又带他们来到一个用猎物做了标记的小路上，这是他早上发现的。

小路蜿蜒向下直通西海岸，路途很远，克莱顿和杰瑞都决定要走这条路。

克莱顿说："最近这条小路上没有人走过，但有动物出没——大象、犀牛、老虎、鹿。我就是在这条路上找到早餐的。"

罗塞蒂很想问他是如何抓到鹿的，但又下意识地觉得他最近和这个英国人走得太近了。罗塞蒂暗自想，他可能是乔治三世的朋友，但憋住没问。他也绞尽脑汁地想，这帮家伙如果知道他这么想会说些什么。当然，尽管他表面上不愿意承认这一点，他的内心已承认这家伙是个好样的。

几个人沿着蜿蜒的小路前进，克莱顿突然停了下来，举起手做了个警告手势。"前面有人。"他低声说。

"我怎么没看见。"罗塞蒂说。

"我也没有，"克莱顿说，"但确实有。"他一动不动地站了几分钟。"他和我们走的是同一条路，"他说，"我到前面看看，你们在后面慢慢跟着。"他跳到一棵树上，消失在前方。

"什么也没看见,什么也没听见,这家伙却告诉我们前面有人——还能说出这人走的哪条路!"罗塞蒂希望得到杰瑞的认同。

"至少目前他还没有错过。"杰瑞没有顺着罗塞蒂说。

星泰没有死。日本人用刺刀残忍地刺伤了他,但还没有刺到身体最重要的脏器。星泰藏在山洞里,在血泊中躺了两天。后来他爬了出来,遭受了昏迷不醒、失血过多、没有食物和水的磨难,不时因疼痛昏厥。他沿着小路慢慢向天奥马尔村蹒跚走去。东方人比西方人更屈从于死亡,两者的人生哲学也大相径庭。但是星泰不会死,因为他怀揣着希望,他心爱的女人还活着,而且需要他,他也一样需要她,所以必须活下去。

他相信他可能会在天奥马尔村得到她的消息,那时再来决定自己的生死不迟。虽然星泰虔诚的心依然跳动,但心跳微弱。他有时会怀疑自己是否有足够的力量支撑自己到达村庄,这种想法时常使他感到沮丧,特别是当他看到一个几乎赤裸的巨人突然出现在他的面前——古铜色的皮肤、黑色的头发、灰色的眼睛。他吓呆了,心想,或许我的末日到了。

克莱顿从一棵高悬的树枝上跳了下来。他用英语和星泰交谈,星泰用带着一点儿洋泾浜的英语回答着,星泰曾在香港的英国人家中生活过多年,所以会点儿英语。

克莱顿观察到他的衣服浸透了鲜血,人很虚弱,已经快撑不住了。"你是怎么受伤的?"他问。

"是日本人用刺刀刺穿了我——这里。"他指出他身上的那个位置。

"为什么?"克莱顿问。星泰讲述了事情的经过。

"这附近有日本人吗?"

"我想应该没有。"

"你要去的村庄有多远?"

"现在已经不太远了——大概一公里吧。"

"那个村子的人亲日吗?"

"不。他们非常恨日本人。"

这时,克莱顿的同伴们出现在小路的拐弯处。"你看,"杰瑞说,"他又是对的吧。"

"那家伙总是对的,"罗塞蒂咕哝道,"但我不明白他是怎么做到的——没有玻璃球或其他任何东西帮他。"

"也没有魔镜。"布博诺维奇说。

他们一行人走近星泰,星泰惶恐地看着他们。"他们是我的朋友,"克莱顿说,"美国飞行员。"

"美国人!"星泰松了一口气,"小姐有救了。"

克莱顿把星泰的遭遇又给大家讲了一遍,决定一起去天奥马尔村。克莱顿用手臂轻轻把这个中国人拖起来,背着他沿着小路走去。到了村子附近,英国人把星泰放下,让所有人都等着他,他去侦察一下日本军队是否还在。他很快就回来了,告诉大家日本军队已经离开了。

星泰向村民介绍了这些美国人,天奥马尔村长友好地收留了他们。星泰帮着翻译。天奥马尔告诉他们,日本人是前一天早上离开的,带走了荷兰女孩和一个年轻的小伙子。他不知道他们的目的地,只知道西南方向有一个日军营地,需要一天的路程。如果他们愿意,可以在这儿等着,因为他确信年轻的阿拉姆一定会回来,日本人带着他只是需要他帮助翻译而已。

他们决定在这里等。可是克莱顿特别焦急,经过思考,他决定独自一人再次进入森林。"他可能会夹着一头水牛回来。"罗塞蒂猜想着。但他回来时,只带回了一些坚韧细长的枝条和一些竹子,他用这些东西和村民给他的鸡毛、绳子,做了一个弓、几支箭,还有一个矛。他的武器装备壮大了。然后他又用降落伞布做了一个箭袋。

克莱顿的同伴们饶有兴趣地看着他,他解释说,这些武器不仅能让他们狩到大量猎物,还能帮助他们防御人类的进攻。罗塞蒂对此并没有很大兴趣,"难道让我们手拿着猎物等他射吗?"他问布博诺维奇,"我是说,如果有人用这些东西来射我,我马上就会发现——"

"别再老生常谈了。"布博诺维奇说。但是对罗塞蒂来说,武器的确只意味着45口径手枪、汤米冲锋枪和机枪,而不是一些满是鸡毛的银色竹片。

傍晚时分,阿拉姆回来了。村民们马上把他围了起来,叽叽喳喳地问个不停。等村民们终于问完了,星泰才得知他的经历,转述给了克莱顿。阿拉姆告诉他们,两名日本军官因为这个女孩儿大吵了一架,至少他离开村庄的那天早晨,她还是很安全的。

星泰眼里噙着泪水,乞求克莱顿从日本人手中救出科里。克莱顿和美国人讨论这件事时,所有人都赞成前去营救,但动机不尽相同。克莱顿和布博诺维奇想救那个女孩儿,杰瑞和罗塞蒂想要收拾日本人。

杰瑞和罗塞蒂对这个女孩儿都没什么兴趣,因为他俩都不喜欢女性。杰瑞讨厌女人,是因为他俄克拉荷马州的女友在他出国两个月后就嫁给了一个征兵体检不合格的美国人;罗塞蒂对女人的憎恨源于他一生中对母亲的情感。第二天一早,阿拉姆领路,他们出发了。

荒野求生 | 035

Chapter 5
爱情萌芽

克莱顿走在前面侦察,带领着队友缓慢而小心地前进。罗塞蒂确定他们肯定不会迷路,可他不明白为什么还要带着阿拉姆,他用自创的奇怪的符号语言不停地问阿拉姆他们有没有走错路。阿拉姆一点儿都不明白罗塞蒂比比划划的含义,所以罗塞蒂带着奇怪的表情指指点点时,阿拉姆就笑着点头。

杰瑞和布博诺维奇并不像罗塞蒂那么多虑,他们对那个英国人更有信心。然而,他们并不知道,其实克莱顿根本不需要白人女孩和土著小伙子来告诉他日本兵的路线。对于训练有素的克莱顿而言,只要查看沿途的景色就可以判断行军路线。

他们快到达村庄时,夜幕已降临。克莱顿让其他人等着,他上前去打探情况。他发现这个村子没什么看守,不费吹灰之力就可以进入。今夜无月,就连星星也藏到了云层后面。几户房子里透出昏暗的光线,对于克莱顿的计划来说,真是天时地利。

克莱顿凭着敏锐的嗅觉锁定了女孩儿被困的房子，他凑过去听到两个日本人在那里正喋喋不休地说着什么，他们应该就是那两个因为女孩儿争吵的日本军官。

克莱顿悄悄离开，绕过村子来到下游。这里有一个哨兵，克莱顿认为他这个位置对行动很有利。这家伙来回巡逻着，克莱顿蜷伏在一棵树后，等待着时机。哨兵走近了，突然间，哨兵身后跳出一个人影，还没等哨兵发出任何警报，一把锋利的刀刃就已经深深地刺进了他的喉咙。

克莱顿把哨兵的尸体拖出了村子，然后回到同伴身边。他低声指引着，带他们走到村子的下游。克莱顿对他们说："你们的45口径手枪有可能会引爆村内的弹药库；还有一种可能是，现在机械生锈了，无法弹出弹壳，也不能重新上膛，但只要一开枪就会引爆。三分钟后，一旦情况异常，你们就往村子里扔石头，吸引大家朝这个方向注意，还要一齐大喊；四分钟后，大家迅速撤退，然后在村后的小路上会合。上尉，看准时间，藏好你的表别丢在村里。"说完他就走了。

他回到村庄上游，藏在两名军官和女孩的房屋下。一分钟后，村子下游响起一阵枪声和尖叫声，打破了夜晚的沉寂。克莱顿咧嘴笑了，这声音听起来真像是一支大部队正在突袭村庄。

不一会儿，两个军官就从房子里跑出来，大声发号施令，质问手下发生了什么情况。士兵们从各自房间蜂拥而出，全都向骚乱方向跑去。克莱顿趁机跑上房门口的楼梯，进入女孩儿所在的房子。只见女孩儿正躺在一个单人房的睡垫上，手脚都捆着。

女孩儿看见这个几近赤裸的男人向她跑来，害怕极了。他弯下腰，抱起她，把她从小屋带进了丛林。等待着她的又将是什么恐怖的事呢？

爱情萌芽 | 037

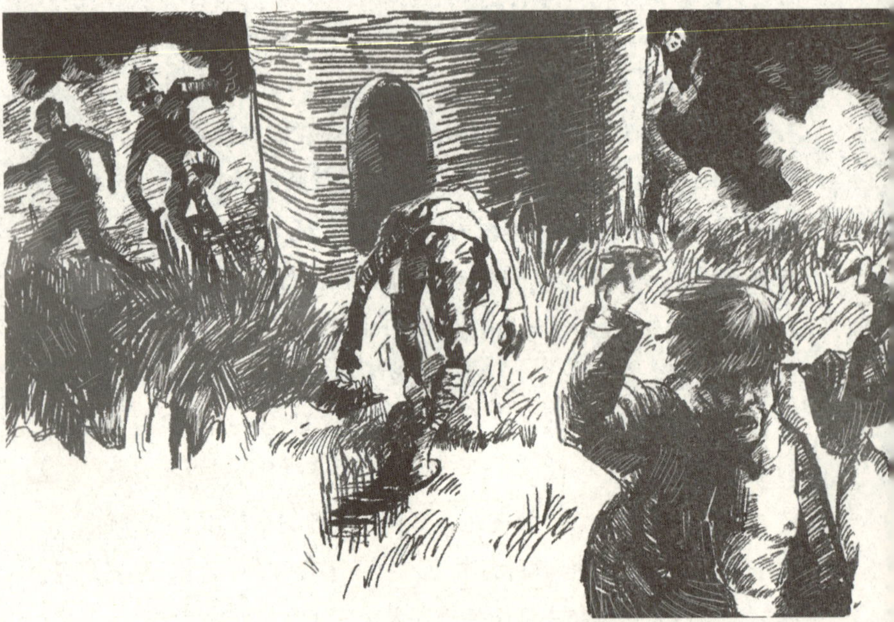

因为关押科里的房间光线昏暗,科里当时只看到那个男人很高,棕色皮肤。沿着丛林小路走出了很远,克莱顿背着她又走了一段距离后,才停下来把她放下。这时女孩儿感觉到有凉凉的东西压了一下她的手腕,她的双手随后都被松开了,脚踝上的绳索也被割断了。

"你是谁?"她用荷兰话问道。

"安静!"他警告说。

隔了一会儿,又有四个人过来了,他们一起沿着黑暗的小路默不作声地走着。他们是谁?他们想拿她怎样?那个用英语说出的"安静"一词,让她多少有些放心了,因为至少他们不是日本人。

就这样,他们一声不吭地走了一个小时,克莱顿一直警觉着后面追赶的声音,但并没有发现有任何追踪的迹象。最后他终于开口了,"我想我们把他们给搞糊涂了,"他说,"如果他们在搜索,那很可能方向也搞错了。"

"你是谁?"科里用英语问道。

"你的朋友,"克莱顿回答,"星泰告诉我们关于你的事情,所以我们来救你了。"

"星泰还没死?"

"没有,但伤得很重。"

阿拉姆安慰她说,"你现在很安全。我原来听说过美国人无所不能,现在我真信了。"

"他们是美国人吗?"她怀疑地问道,"他们安全着陆了?"

"只剩这几个人了。他们的飞机被击落了。"

"上校,这个计策可真妙,"布博诺维奇说,"确实把他们给蒙住了。"

"差点儿坏了事儿,因为我忘了提醒你们注意射击方向。有两

爱情萌芽 | 039

颗子弹离我太近了，差点要了我的命。"他转向那个女孩，问道，"你能继续走吗？"

"没问题，"她回答说，"我习惯了走路，这两年为了想方设法躲避日本人我一直都在四处奔走。"

"两年了？"

"嗯，日军入侵后，我和星泰就一直躲在山里。"克莱顿鼓励她讲述了她的经历：种植园飞来战机、母亲过世、父亲和林甘被杀害，以及那些土著人的背信弃义和忠心耿耿。

黎明时分，他们抵达了天奥马尔村，但他们只在那里吃了些东西后，就继续赶路了，阿拉姆不再跟着他们。晚上，他们又策划了一个计划，大家都认为日本人最终还会回到村子找科里，而科里又不希望因为她连累村民，因为他们对她非常友善。

科里和星泰熟知山里偏僻要塞的藏身之处，他们曾在那里备受饥饿之苦，而被迫去天奥马尔村求生。但现在不同了，美国人无所不能。

因为星泰伤势太重，无法继续赶路，只能被迫留下。天奥马尔向他们保证，会把中国人藏到日本人找不到的地方去。

"我尽可能给你捎信，让你们知道我的位置，天奥马尔。"科里说，"或者等星泰身体恢复了，你就让他来找我。"

科里带领大家走向山林腹地的荒野深处，这里有崎岖险峻的峡谷和川流不息的溪流、茂密的柚木林和竹林，开阔的山野草地上长满了一人高的劲草。

杰瑞和克莱顿决定从这里深入山林，先向东南方前进，然后再朝着海岸方向走。这样他们就能避开飞机坠毁的区域，因为日本人很可能已经在那里开始了彻底搜查。除非有村民把他们引向小路，否则他们应该不会找到那里。

克莱顿依然不时出去给大家带回食物，有时是鹦鹉或野鸡，有时是鹿。现在，美国人可以在营地里生火，把这些野物弄熟再吃了。

途中，克莱顿和科里总是走在前面领路，其次是布博诺维奇，杰瑞和罗塞蒂断后，他们俩尽可能和这个荷兰女孩保持距离。他们还不情愿与她同行，并不是因为科里可能会拖他们后腿，只是在个人心理上对女人持有成见。

"但我想我们还是得忍受这个女人，"罗塞蒂说，"我们不能让她落到日本人手里。"

杰瑞也赞同："如果她是个男人，或者是一只猴子，也就不会那么糟糕了。但我确实完全没时间陪女人。"

"有女人背叛过你吗？"罗塞蒂问道。

杰瑞说："我倒是想原谅她，我刚一走她就把我甩了，竟然是为了一个连征兵体检都不合格的美国人，这个某某人可还是个共和党人。"

"她长得不算丑。"罗塞蒂勉强地说。

"她们都是人渣！"杰瑞说，"无比自私贪婪，总是欺诈别人。给我！给我！给我！满脑子就想着这些。小矮子，如果你决定结婚的话，娶个老女人吧，她会感激任何一个娶她的人。"杰瑞卖弄着建议罗塞蒂。

"谁想娶一个老女人？"罗塞蒂反问。

"你也不用再担心狼来了。"

"不管谁娶了这个荷兰小女人，都要担心坏了。整个森林里所有的狼都会在他家后门嚎叫。你们注意到她笑的时候了吗？"

"你爱上她了，小矮子？"

"见鬼去吧，我又不是没长眼？"

"我从来没看过她一眼。"杰瑞撒谎说。

就在这时,一群鹦鹉从天空飞过。克莱顿早已搭好了弓箭,说时迟那时快,随着弓箭"砰"地一声响,一只鹦鹉从天上掉了下来。他的动作稳、准、快,就像掠过一道光。

"天哪!"罗塞蒂大声喊道,"我服了。他简直不是人!他怎么知道鸟要过来,怎么打得这么准?"

杰瑞摇了摇头:"我可不知道。他可能闻到了它们的气味,或是听到了它们的声音。他做的许多事情都完全不可思议。"

"我也要去学射鸟。"罗塞蒂说。

罗塞蒂完全克服了自己的恐英症,他去请克莱顿教他如何做弓箭了。杰瑞和布博诺维奇也很想学。第二天,克莱顿收集了所需材料,大家开始在他的指导下学着制造新武器,包括科里。

这个荷兰女孩用他们在山上发现的劲草做成了箭弦。克莱顿又射了几只鸟,教他们用鸟的羽毛做箭尾。这么久以来,他们攀登悬崖,在丛林中披荆斩棘,爬过了一座座山,因此,对他们而言,制作弓箭是漫长行程中一个愉快的小插曲。以前,每天艰苦的跋涉过后,他们的头等大事就是倒头大睡,而现在,五个人却因为制作弓箭第一次拖延了睡眠时间,成为他们之间一项不可或缺的社交活动。

荷兰女孩坐在杰瑞·卢卡斯身旁,杰瑞眼睛看着她用灵巧的手指编织纤维,心里却在想着她的双手很好看,很小巧,手形也很美。他还注意到,虽然这两年里她历经磨难,但仍然注重修理指甲。他顾影自怜地瞥了一眼自己的指甲。

不知何故,她看起来总是干净整齐,他无法理解她是如何做到的。

"用这些打猎肯定会很有趣。"她用近乎标准的牛津英语对他说。

"如果我们能击中的话。"他边回答,边想,她的英语说得比我好。

"我们必须多操练,"她说,"我们四个成年人不应该什么都依赖克莱顿上校,就好像我们是小孩子一样。"

"不。"他说。

"他不是很棒吗?"

杰瑞喃喃地说了句"是的",然后用笨拙生疏的手继续削箭。他希望那个女孩儿一直留在他身边。他还希望她在加拿大的哈利法克斯就好了,为什么总是有女孩儿来扰乱男人的世界?

科里抬起头看了他一眼,眼神中流露着困惑。她注意到他正笨拙地想固定一根羽毛,再用纤维把羽毛系紧。"这里,"她说,"我来帮你。你拿住羽毛,我把纤维绑在轴上,再紧紧地卡在凹槽里,没错,就是这样。"她的手缠绕纤维时,不时地碰到他的手。他喜欢这种身心愉悦的感觉,也正是因为他发现了这一点,所以又很懊恼。

他几乎粗鲁地说:"我自己能做好,不麻烦你了。"

她抬头看着他,感到很诧异,只好回去编弓弦了。她虽然什么也没说,但是当他们眼神再次交汇的一瞬间,他看到了她眼里的诧异和受伤。他曾看到过一只被射杀的鹿的眼神,与她此时的眼神如此相似,但从那以后他再也没有射杀过一只鹿。

你真该死,他心里责骂着自己。在内心强烈的挣扎下,他说:"对不起,我不是故意无礼的。"

"你不喜欢我,"她说,"我做了什么冒犯你的事了吗?"

"当然不是。你为什么认为我不喜欢你?"

"这很明显,那个小士兵也不喜欢我,有时候他看着我的眼神,好像要把我的头咬掉一样。"

爱情萌芽 | 043

"有些男人在女人面前害羞。"他说。

女孩笑了,"你不是。"她说。

沉默了片刻后,他说:"你愿意再帮我一次吗?我这个做得很糟糕。"

"他到底还是个绅士。"科里心想,她快速地把羽毛捆在他举着的位置。两人的手再次碰到了一起。杰瑞懊恼地发现自己不自觉地在挪开自己的手,这样才能有更多触碰的机会。

Chapter 6
掳掠后的机智逃脱

    这一行人即便在行军过程中，也能随时比试箭术。科里的箭射得又快又准，令男人们也自愧弗如。她拉弓的力气很大，在使用两英尺八英寸长的箭时，箭尾的羽毛能轻松碰到自己的右耳。

    就连克莱顿也对她的箭术赞不绝口，但罗塞蒂却不服气地跟布博诺维奇说，这只是一种娘娘腔的运动。杰瑞暗自欣赏她的高超技艺，却又为自己的钦佩感而感到羞愧，他就努力把想象集中在俄克拉荷马州的女友和那个征兵体检不合格的家伙身上。

    科里跟大家解释说，她在荷兰上学时，曾参加过两年的射箭俱乐部，回到父亲的种植园后，也一直没有间断练习。"如果我现在还射不好，那我真是太笨了。"

    最后，罗塞蒂也禁不住开始吹嘘自己的枪法。他们几个人的枪法都很好，任何从他们身边飞过的鸟或动物都难逃一劫。不久，他们在一个石灰岩悬崖上发现了几个还算干燥的洞穴，克莱顿决定在这里停留，做点儿新衣服和鞋子再继续赶路。因为他们的鞋子几乎都走丢了，衣服也在行进中扯成了碎片。

克莱顿用竹子削了一个锥子和针头，粗糙地缝制鹿皮；科里则用做弓箭的硬纤维等工具和材料，为他们制作简易凉鞋。

一天早上，男人们都出去打猎了，科里独自一个人在山洞干活儿。她突然间思绪万千，回想起她经历过的这两年——充满了悲伤和艰难险阻，充满了痛苦，憋闷在心中的泪水和无处宣泄的憎恨使她内心极为悲痛；又一想到她现在的处境——在茫茫的山野里，独自一人与四个陌生的外国男人在一起。但她却感觉到自己从来没有像现在这样有安全感，两年来也是第一次有种快乐感。

当她回想起那个几乎赤身裸体的棕肤色男人把她带到森林里，她是多么惊恐时，她笑了。当她得知他是皇家空军上校时，又是多么地惊诧。她从一开始就喜欢克莱顿上校和布博诺维奇中士。从中士给她看他妻子和孩子的照片那一刻起，她的心就开始温暖起来。她原来并不喜欢"小中士"，也不喜欢杰瑞上尉。她认为他们两个都是粗鲁的人，其中上尉是最坏的，因为他是个受过教育的人，更应该知道怎么对待她才是，而不是像他现在这样。

然而，这只是她以前的想法而已，自从那天她帮了他学做箭以后，他就变了。虽然他依然没有主动找过她，但也没有再像过去那样躲着她。布博诺维奇曾告诉过她，杰瑞是一个多么优秀的飞行员，他的队员是如何如何崇拜他；他还列举了几个事实来证明杰瑞的勇气，没有漏掉任何一个细节。这就是队员们喜欢一个军官的表现方式。

因此，科里得出一个结论：杰瑞非常有男子汉气概，但他可能很讨厌女人。她觉得自己的第二个想法很可笑，确实很可笑。一想到在这种情况下，一个讨厌女人的男人日复一日地被迫与一个女人亲密相处，还是一个年轻漂亮的女人，科里就忍俊不禁。科里已经十八岁了，她知道现在自己已经出落得非常漂亮了，哪怕穿着破烂的衣服，黑色头发和金色发根像生了锈一样，看着让人害怕，也依然漂亮。她没有镜子，但她能在静止的水面中看到自己的倒影，这总会令她开心地笑起来。这几天她很爱笑，而且经常笑，因为她有一种莫名的快感。

她在想象着，如果杰瑞上尉在正常情况下与她相遇，她穿着优雅的长袍，精心修整了满头金发的话，杰瑞会不会还是不喜欢她。如果她擅长自我剖析，她可能还会明白为什么他总是出现在她的脑海里。当然，他长相英俊，非常有男子气概，应该也是原因之一。

科里以为杰瑞年纪很大，但他实际上只有二十三岁，如果科里知道他真实年龄的话一定会感到非常惊讶。是责任和长期的高度紧张迫使他快速老成；担负着向空战中投掷三十吨铝、钢铁和高爆炸药的责任，担负着价值五十万美金飞机的安全和九位好友性命的责任，当这些责任完全依靠你一个人来担当时，任何人都会变得成熟起来；这些都在杰瑞·卢卡斯的身上留下了深深的烙印。

科里正想着，突然思绪被一阵嘈杂声打断。她开始还以为是大家打猎回来了，但随着声音越来越近，她听出了土著人的口音。过了一会儿，几个苏门答腊人出现在洞口，他们一共有十个人，看起来面目丑陋狰狞。他们把她掳走了。从他们的谈话中，她很快就明白了他们的目的：日本人正在悬赏捉拿她和星泰。

狩猎者回到山洞时，已是夕阳西下，夜幕很快就要降临。大家发现女孩失踪了，便开始了各种猜测。

"她可能是逃跑了，"罗塞蒂说，"真不能相信任何女人。"

"别他妈犯傻了。"杰瑞厉声说。罗塞蒂很惊愕，他以为杰瑞会同意他的说法。"她为什么逃走？"杰瑞反问，"跟我们在一起是她躲避日本人的唯一机会，她可能是去打猎了。"

"罗塞蒂，你为什么认为她逃跑了？"克莱顿边问，边检查着山洞入口处的地面。

"女人都这样。"罗塞蒂说。

"我要的是证据。"英国人说。

"嗯，她没有去打猎。"布博诺维奇在山洞里面说。

"你怎么知道？"杰瑞问道。

"她的弓箭还在这儿。"

"是的，她没去打猎，也没有逃跑。"克莱顿说，"她被一帮土著人强行带走了。大约有十个人，他们往那边走了。"他指向那个方向。

"你有水晶球吗，上校？"布博诺维奇半信半疑地问。

"我有更可靠的东西——两只眼睛和一个鼻子。你们这些人也有，但你们的并不怎么好用，因为这些器官经过几代人安逸的生活，以及你身边的法律、警察和士兵的保护，变得迟钝了。"

"你呢，上校？"杰瑞开玩笑地问。

"我之所以能幸免，是因为我的感官和敌人一样敏锐，而且通常比敌人敏锐得多，同时还有经验和智慧的结合，在没有法律、警察和士兵的环境下保护了我。"

"就像在伦敦一样。"布博诺维奇说。克莱顿只是笑了笑。

"你凭什么确定她不是自愿和土著人一起走的？"杰瑞问道。

"她可能有些不为我们所知的好理由，但我肯定不相信她会抛弃我们。"

"她被强行带走时挣扎了一段时间，地面上的痕迹很清楚。你可以看到她向后挣脱，然后又被拖出了几英尺，然后她的足迹消失了，他们把她扛了起来。土著人的臭味还残留在草地上。"

"那我们还等什么呢？"杰瑞问道，"我们出发吧。"

"好的。"罗塞蒂说，"我们去追那些肮脏的什么什么人，他们不能带走——"他突然停了下来，惊讶于自己的反应，因为绑架的可是他所讨厌的女人呢。

突然开始下雨了，这是一场突如其来的热带倾盆大雨。克莱顿走到山洞的遮蔽处。"现在去已经没用了，"他说，"这场雨会冲刷掉所有气味，我们也无法在黑暗中找到留下的足迹。他们必定会躲在某个地方过夜，因为土著人不喜欢在天黑后赶路，他们要防着大型猫科动物，所以他们不会比我们快多少。我们可以天一亮就立刻出发，能看清小路就可以了。"

"这个可怜的孩子。"杰瑞说。

天刚蒙蒙亮，隐约能看清东西的时候，他们就即刻出发追踪科里的绑架者了。几个美国人没有发现任何蛛丝马迹，但对于这个英国人，他的双眼早已习惯了这些，对他而言一切清晰可见。他看到在离山洞不远的地方，土著人把科里放了下来，开始让她自己走。

走到半晌午时，克莱顿突然停下来，嗅了嗅从他们来时的方向轻轻吹过的微风。"最好都到树上去，"他对所有人说。"有只老虎从我们后面的小路跟过来了，离我们很近。"

夜幕降临时，绑架科里的一群人在一块山林草地边扎营，他们生了一堆火来驱赶老虎，一群人紧紧地挤在火堆旁。他们留下一个人看着火堆，其他人都睡了。

女孩儿累坏了，很快就入睡了。睡了几个小时后，当她醒来时，看到火已经灭了，她知道看守的人肯定是睡着了。科里马上意识到现在可能是个逃跑的好机会。她向漆黑的、令人望而生畏的森林望去——漆黑一片，那里可能危机四伏；在另一个方向，是这些男人带她走过的方向，潜伏着比死亡更可怕的东西。她权衡了两种可能性，迅速做出了决定。

科里悄悄起身，她看到看守正躺在火堆的灰烬旁酣睡。于是，她绕过看守和其他熟睡着的人，很快进入了森林。虽然这条小路被踩得很深，但是在黑暗中依然很难沿着小路走。她前进缓慢，常常被绊倒，但她坚持着，争取在天亮前把自己和绑架者拉开距离，因为他们势必会继续追踪她。

科里心里害怕极了。森林里弥漫着各种阴森恐怖的声音，其中任何一种声音都可能昭示着死亡的脚步或羽翼。然而，她还是小心翼翼地摸索着往前走，越来越深地陷入深不可测的黑暗中。突然，她听到一声令她毛骨悚然的声音——老虎的吼声，接着，又听到老虎穿越丛林的声响，似乎老虎已经闻到了她的气味或听到了她的声音。

她摸索到小路的一侧，伸出双手，祈祷能摸到一棵树爬上去。这时，一根从树上垂下来的藤蔓打在她的脸上，她被绊倒了，于是，她顺势抓住藤蔓开始向上攀爬。猛兽的身体与灌木丛碰撞的声音听起来越来越近了。科里终于爬上了树，树下传来老虎往上跳跃时发出的阵阵骇人的咆哮声。老虎身体撞击着大树，震得她几乎要把藤蔓扯断了，但恐惧和绝望赋予了她力量。

当猛兽又一次跳起时，藤蔓再次猛烈地摇晃着，女孩知道，只要继续抓住藤蔓不放，老虎就别想碰到她。此时情形危急。老虎又跳跃了两次，但最后科里爬到了一个较低的树杈上——一片枝叶茂盛的树枝下，完全可以躲过老虎的扑跃。但在丛林深处还潜伏着各种各样的威胁，最可怕的要数大蟒蛇。

这只食肉动物在树下待了很久，时不时发出咆哮声。终于，女孩儿听到了老虎离开的脚步声。她想下去继续往前走,因为她确信克莱顿会来找她,但他在天亮之前不能采取任何行动。她想到了杰瑞·卢卡斯,即使他不喜欢她,他也可能会帮忙寻找她——不是因为她是科里·范德米尔,而是因为她是一个女人。当然,布博诺维奇也会来的,小中士可能也会心生愧疚被迫跟着一起找她。

想到这些,科里决定继续等到天亮。老虎有时白天也会猎食,但通常都在夜间。这是马来人所谓的老虎天——一个黑暗的、没有星星、暗雾蒙蒙的夜晚。

漫长的黑夜终于熬过去了,科里踏上小路,重新开始了被中断的路程,她现在走得比原来更快了。

Chapter 7
格雷斯托克勋爵

"红粉佳人号"的幸存者还待在路边的树干上,等着老虎过去再下来,他们可不想挡住老虎的路。美国人争相发誓,说他们从没有输给过一只老虎,互相嘻嘻哈哈地笑着,就好像这句话都是自己的原创。

他们已经跟着克莱顿爬上树很多次了,罗塞蒂总是说他希望自己能长出尾巴来。"你就差条尾巴了。"布博诺维奇肯定地说。

四周环绕着白天在森林里经常能听到的声音,他们对这些声音早已习以为常——鸟儿的喧叫声,长臂猿巨大的嚎叫声,还有小猿猴吱吱的叫声——但是没有老虎的声音。罗塞蒂断定这是一场虚惊。

在他们下方,只能看到小路不到一百英尺远的地方,小路夹在两个弯道之间,距离每个弯道都有五十英尺的样子。突然,老虎出现了,踏着肥厚的脚掌,迈着慵懒的步伐,没精打采地走着,没有一点声响。这时,另一个拐弯处出现了一个纤瘦的身影,是科里!老虎和女孩都停住了,面对面站着,她们相隔不到一百英尺。老虎发出低沉的咆哮声,然后发力猛然向前跑去。科里似乎吓傻了,站在那里一动不动。千钧一发的时刻,她看见一个几乎赤裸的男人从树上跳下来,直接骑在了老虎背上。另外三个人也马上跟着跳到小路上,他们边从刀鞘里拔出刀子,边向那个正与老虎搏斗的男人跑去。跑在最前面的是罗塞蒂中士——那个英国仇视者。

只见那男人用一条钢铁般有力的手臂缠绕着老虎的脖子,用肌肉发达的腿锁住老虎的大腿根部,另一只手拿着锋利的刀,深深刺入老虎的左半边身体。老虎痛苦又愤怒地扭动着身躯,喉咙里发出野蛮、暴怒的咆哮声。令科里感到恐惧的是,在这野蛮的叫声之中,竟然夹杂着这个男人发出的咆哮声,和老虎的声音一样野蛮。难以置信的是,三个美国人竟只能眼睁睁地观看着这两只丛林野兽之间的短暂战斗,因为这只受挫的老虎不停地跳跃旋转,他们什么忙也帮不上。

对他们来说,看似过了很久,实际上只有几秒钟而已。老虎巨大的身躯越来越无力,慢慢倒在了地上。那人站起来,一只脚踩着它,仰天长啸,发出可怕的叫声,像是公牛为胜利呐喊的声音。科里突然被这个人吓到了,他看上去一直是那么斯文、有教养。男人们也都震惊了。

突然,杰瑞·卢卡斯眼前一亮。"约翰·克莱顿,"他说,"格雷斯托克勋爵——人猿泰山!"

罗塞蒂目瞪口呆:"是约翰尼·威斯穆勒吗?"他问道。

泰山摇了摇头,好像要清醒一下头脑。他那层虚假的文明外壳已被战火吞噬殆尽。此刻,他还是那只野蛮的原始野兽,他就是这样被养大的。可是很快,他又变成了另一个人。

格雷斯托克勋爵 | 053

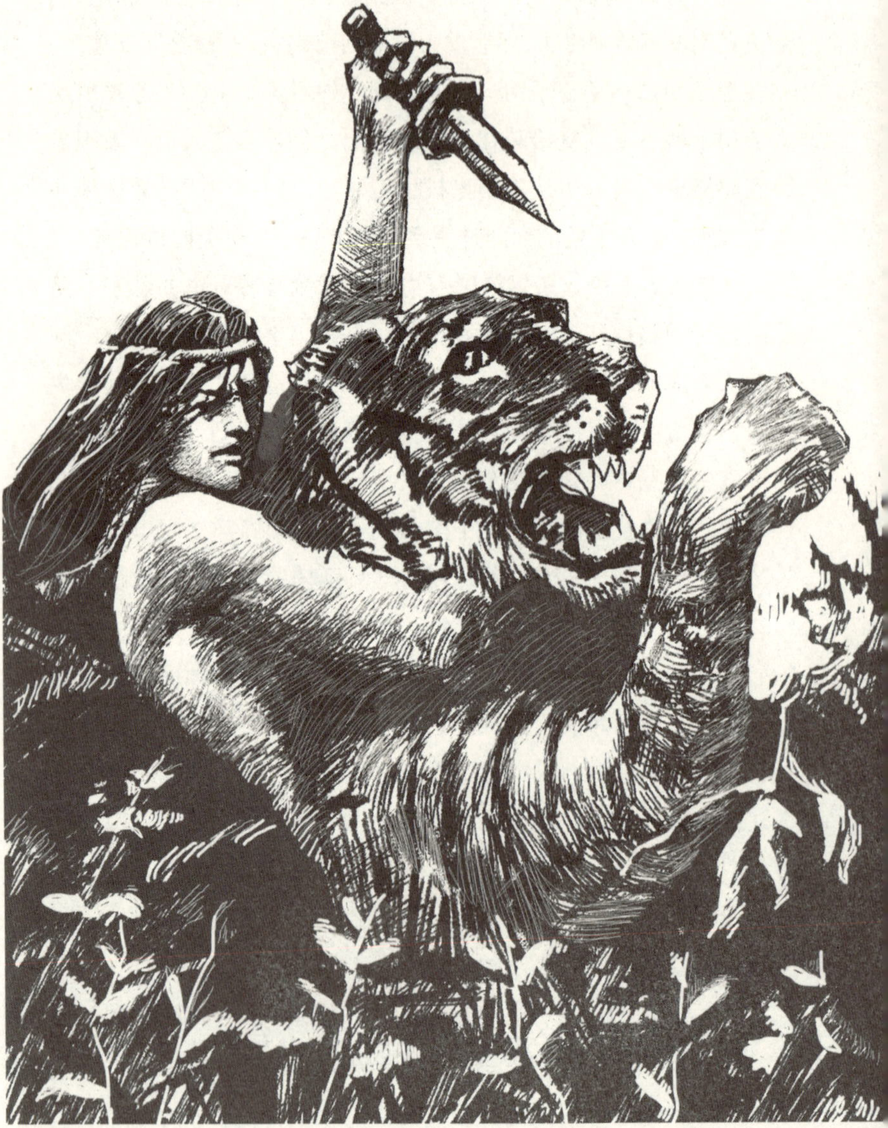

"你逃出来了。"他笑着对科里说。

科里点点头。她还在发抖,眼里含着泪水——慰藉和感激的泪水。"是的,我昨晚逃了出来,可要不是遇到你的话,我现在就没这么幸运了,不是吗?"

"幸运的是,我们来得正是时候。你最好坐下来歇一会儿。你看上去太疲惫了。"

"是啊。"她在路边坐下,四个男人围在她身边。杰瑞·卢卡斯脸上流露出愉快轻松的笑容,就连罗塞蒂都很高兴。

"小姐,你回来了,我真高兴。"他说。当他意识到自己说的话,脸刷的一下红了。最近,罗塞蒂的内心就像坐过山车一样,跌宕起伏。伴随他一生的难以克服的恐惧症彻底被击败了,他竟然崇拜上了一个英国人,还喜欢上了一个女人。

科里给他们讲述了她被掳掠和逃跑的经历,又跟美国人说起老虎的事。"你不害怕吗?"她问泰山。

泰山一生中就从来没有害怕过,他只会格外小心谨慎。很多人问起他这个问题时,他都茫然不知所措,不知道该如何回答。因为他压根儿不知道什么是恐惧。

"我知道我能杀死那头野兽。"他说。

"我看到你骑在它身上的时候,我真觉得你疯了。"布博诺维奇说,"我当时害怕极了。"

"但是你们都下来帮我了,你们所有人。你们明知道这样做可能活不成,所以你们才是真正的勇士。"

"为什么不告诉我们你是泰山?"杰瑞问。

"那又有什么差别呢?"

"我们可真傻,早就该认出你来。"布博诺维奇说。

科里说她能继续走了。他们把从树上跳下来时扔在一边的弓箭都收了起来，启程返回营地。"真可笑，我们居然没有一个人想到拿箭射它。"罗塞蒂说。

"这样做只会激怒它，"泰山说，"当然，除非你能一箭直击它的心脏，置它于死地。不然的话，老虎在死之前会有很长时间再去伤害敌人。很多猎人虽然用大口径子弹射中了狮子的心脏，但之后又被狮子反咬。这些猫科动物的生命力十分顽强。"

"被狮子或老虎咬死实在太可怕了。"科里颤抖着说。

"不不，恰恰相反，如果说人必须得死的话，这种死法好像还算不错。"泰山说，"很多被狮子咬伤后还活着的人记录了他们的感受，他们都觉得他们既不感到痛苦也不感到恐惧。"

"那只是他们的感受，"罗塞蒂说，"我得弄一把汤普森冲锋枪来保护自己。"

在返回营地的路上，泰山一直跟在队列的后面，这样乌莎风能帮助他嗅到那帮苏门答腊人的气息，提前警告他那帮人是不是来追科里了。

罗塞蒂走在他旁边,崇拜地看着他的一举一动。他自言自语道：想想我也是和人猿泰山在丛林中一起奋战的人了。布博诺维奇已经让他相信那不是约翰尼·威斯穆勒了。杰瑞和科里在前面带路，杰瑞走在她的侧后方。那个位置能让他看到她的侧脸，他发现那脸庞可真好看，好看到让他在那一刻怎么都想不起俄克拉荷马州那个女孩的模样了。不管他怎么尝试回想俄州的女孩，他的心思总是不由自主地被拉回到科里身上。"你肯定很累了吧。"他说。他在想，她前一天已经走了一整天，今天又几乎没有睡觉。

"有点儿，"她回答说，"但我已经习惯走路了。我很坚强的。"

"我们发现你失踪的时候，很害怕。是泰山发现你被掠走了。"

她快速而诧异地瞥了他一眼，"你可是个厌女主义者！"她苟刻地对他说。

"谁说我是厌女主义者了?"

"你和那个小中士都是。"

"我可没有告诉过你,小矮子根本就不知道什么是厌女主义者。"

"我不是那个意思,我是说你们都是厌恶女性的人。没人告诉我,但这显而易见。"

"我觉得我可能是。"他说。然后他给她讲了俄克拉荷马州的那个女孩儿。

"你非常爱她吗?"

"也没有。我想是我的自尊心受到了伤害。男人不喜欢被戴绿帽子。"

"绿帽子?什么意思?"

"被情人抛弃的感觉——还有对一个共和党征兵体检不合格的家伙的嫉妒。"

"这么差的人?我还从没听说过有这样的人。"

杰瑞笑了:"其实他也没那么差。只是当一个人生气的时候总爱骂人,而且我也想不出其他什么了。这家伙确实很不错,说真的,我都要喜欢上他了。"

"你是说,结婚前发现她变心总比婚后发现好吧?"

"也许吧,我只知道我现在不想再和她恋爱了。"

科里思来想去,但不管她从中得出什么结论,都只是自己想想而已。几分钟后,他们到达了营地,科里欢快地哼着小曲儿。

科里进入山洞后,布博诺维奇问杰瑞:"厌女主义者今天下午怎么样?"

"闭上你的臭嘴。"杰瑞说。

泰山向科里询问了绑架者的情况,弄清楚他们有十来个人,都带着克里斯和帕兰刀。但他们没有携带枪支，因为日本人没收了他们的所有武器。

这五个人聚集在洞口，讨论下一步计划，包括部落族人返回时的战术。此前，大家都希望在这种讨论中拥有平等的发言权，但自从离开了杰瑞驾驶的那架飞机，就心照不宣地都认可了泰山的领导地位。杰瑞也认为理应如此。这个英国人丛林生活的知识和经验非常丰富，此外，他还有敏锐的洞察力和领导力，以及保护他们的健壮体魄，任何人都逊色三分。杰瑞和其他人对这些都毫无异议。就连刚开始不服气的罗塞蒂也不得不承认这一点。现在，任何曾经有反对意见的人都成了泰山最热情的拥护者。

"科里告诉我，"泰山说，"带走她的共有十个人。她说他们大多数人都带着一个又长又直的克里斯兵器，并不是我们熟知的那种波浪形的刀刃。他们还带有帕兰砍刀，这种刀很重，多用作工具而不是武器，他们没有枪支。"

"如果他们来了，我们要在他们靠近营房之前拦截他们。科里来担任翻译。尽管他们的人数是我们的两倍还要多，但我们有足够的自信，我们可是有四个弓箭手呢。"

"五个。"科里纠正道。

泰山笑了："没错，是五个弓箭手，我们都是神射手。我们要先试着劝他们离开，不要惹我们。不到万不得已，不要射击。"

"这些疯子，"罗塞蒂说，"我们就应该杀了他们，居然敢偷我们的孩子。"科里疑惑地看着他。杰瑞和布博诺维奇都笑了。罗塞蒂脸红了。

"又是个厌女主义者。"布博诺维奇低声对杰瑞说。

"我很理解你的感受，罗塞蒂。"泰山说，"我想我们大家的想法都一样。但是，很多年前我学会了只能为争夺食物和防御外侵而杀人。这是我从你们称之为野兽的身上学到的,我认为这条规则很好。任何为了其他原因而杀人的人,寻开心也好,复仇也好,结果都只会贬低自己,让自己成为一个野蛮人。我会告诉你们什么时候射击。"

"也可能他们根本不会来。"科里说。

泰山摇了摇头:"他们会来的,已经快到了。"

Chapter 8
关于仇恨

艾斯坎达尔醒来时,太阳正照在他的脸上。他用胳膊肘撑起身子,看到眼前的景象:他的九个同伴还在睡着。哨兵睡在火堆的灰烬旁。俘虏已经不见了。

艾斯坎达尔因愤怒而面目狰狞,他抓起克里斯刀,跳了起来,哨兵的尖叫声吵醒了还在熟睡着的人。"蠢猪!"艾斯坎达尔喊道,向哨兵的头和身体砍去,哨兵连滚带爬地躲闪着。"老虎可能会来把我们都吃掉。就是因为你,那个女人逃走了。"

最后一刀直刺哨兵大脑底部,切断了脊柱,结束了这场酷刑。艾斯坎达尔在死去哨兵的衣服上擦了擦血淋淋的克里斯刀,愤怒地面向手下命令道:"去追!她不可能走得太远。快点儿追!"

他们很快就在路上发现了科里的脚印,急忙追赶。在去往他们抓到她的那个山洞途中,他们发现了一具老虎的死尸。

艾斯坎达尔仔细检查了一番。他看到老虎左后肩的刀伤,还看到泥泞的小路上有许多脚印。有那女孩儿的,还有和那女孩儿穿的简易凉鞋一样的鞋印,只是大一些——是男人的脚印。还有一个男人的赤脚脚印。艾斯坎达尔很困惑。似乎有充分的证据表明,有人刺死了这只老虎,但那又是不可能的,没有人能在那些可怕的爪子和血盆大口下活下来。

他们继续往前走,下午时分,他们看到了山洞。

"他们只有四个人。"艾斯坎达尔说,"杀死那些男的,但不要伤着那个女的。"九个部落族人拿着出鞘的克里斯刀,充满自信地往前走。等他们走到距对方一百英尺时,泰山让科里对他们喊话:"停下!"她说,"别再靠近了。"

五个人都已是箭在弦上,每个人的左手都还握着另外一些箭。艾斯坎达尔笑了起来,下令进攻。"让他们接招吧。"泰山说着,朝艾斯坎达尔的腿射了一箭,他倒下了。还有四个人也被第一轮箭击中,其他人里有两个停了下来,但还有两个像恶魔一样大喊大叫。泰山的箭刺穿了他们的心脏。他们不能像放过艾斯坎达尔那样放过他们,因为他们离得太近了,近到其中一个倒下的人几乎可以碰到泰山的脚。他转向科里:"告诉他们,举起双手,缴械不杀。"

女孩翻译完指令后,苏门答腊人懊恼地抱怨着,但他们并没有放下武器,也没有举起双手。

泰山命令道:"装上箭,慢慢往前走。一旦有危险,马上击毙。"

"科里,你在这里等着,"杰瑞说,"可能会有一场大战。"

她对他笑了笑,并不理会他的指示。于是,他们向前走时,他就走在她前面。泰山装上弓的是一支长箭,那弓很重,只有泰山才能拉得动。他的靶心瞄准了艾斯坎达尔的心脏,低声对科里说了几句话。

关于仇恨 | 061

"他数到十,"科里向苏门答腊人翻译,"如果他数完了你们还不缴械投降,他就先杀了你,再杀光其他人。"

泰山开始数了,科里翻译。数到五的时候,艾斯坎达尔投降了。他望着站在他上方的巨人的灰色眼睛,恐惧万分。其他人也跟着他投降了。

"罗塞蒂,"泰山说,"把他们的武器收起来,收回箭。我们要带着。"

罗塞蒂先收好武器,然后从被射中但还没死的那五个人身上猛地拔出了箭。对死者,他的动作更手下留情些。

"告诉他们把他们的死人都带走,离开这里,科里。如果他们再惹恼我们,我们就把他们全杀了。"

科里翻译着,加了一句自己的话:"这个让我跟你们说话的人可不是普通人。他只凭一把刀,就能跳到老虎背上,把它打死。如果你们够聪明,就听他的。"

"等一下,科里,"杰瑞说,"问问他们最近有没有见过从坠机上跳伞下来的美国飞行员,或者听说过什么。"

科里翻译给艾斯坎达尔,得到的却是一个愤怒的否定答案。首领站起身来,给他的手下下命令,还活着的手下里没有人受重伤。他们抬起死者,正准备离开,艾斯坎达尔突然阻止了他们。他转向泰山,问道:"能让我们拿走我们的武器吗?"科里翻译了。

"不可以。"这似乎无需翻译,也不容辩驳。首领又一次注视着巨人灰色的眼睛,是这个大巨人杀死了他在小路上看到的老虎。他被那双眼睛里的东西吓坏了。那分明不是人的眼睛,他想,那是老虎的眼睛。

他小声暗骂了一句,命令他的部下出发,他灰溜溜地跟在后面。

"我们应该把他们都杀了,"罗塞蒂说,"他们会向日本人告密。"

泰山说："如果按照这个逻辑推断的话，我们就得杀掉遇到的每一个人。他们都有告诉日本人的可能。"

"你不要过于相信杀人的作用。"泰山摇摇头否定。

"甚至连日本人也不杀？"

"那不一样。我们正在和他们交战。在战争结束之前，我应该杀了所有日本人，不是因为仇恨，不是为了报复，我也不会从中得到快乐。但这是我的责任。"

"你难道不恨他们吗？"

"我恨他们又有什么用呢？就算同盟国几百万人口都花一整年的时间来仇恨日本人，也不会有一个日本人因此而死掉，战争也不会因此而缩短，哪怕一天。"

布博诺维奇笑了："有可能让他们都得胃溃疡。"

泰山笑了："我还记得我一生中只有一次感受到了仇恨，或者说只有一次为了报复去杀人——是为了姆邦加的儿子库隆加。他杀了我的养母卡拉。我那时还很年轻，而且卡拉是这个世上唯一爱我和我爱的人。我把她当成我的亲生母亲。那次杀人，我从未后悔过。"

几个男人交谈时，科里正在做晚饭。杰瑞在帮她——其实她也不是真的需要帮助。他们在洞口的火堆上烤野鸡和鹿肉。布博诺维奇正在摆弄苏门答腊人留下的武器，他给自己留了一个克里斯刀。杰瑞和罗塞蒂也各选了一个，杰瑞还给科里拿了一个帕兰刀。

"你为什么问那个强盗，他最近有没有听说跳伞下来的美国飞行员的消息？"科里问杰瑞。

"我的两名机组人员跳伞后，下落不明。我的无线电员道格拉斯和一个腰部炮手戴维斯。我们找过他们，但没有任何消息。我们找到了伯纳姆中尉的尸首，他的降落伞没能打开。所以我们想，如果还有别的降落伞没打开，我们应该能在附近发现尸首，因为我们都是在那几秒钟之内跳下来的。"

"你们有几个人？"

"一共十一个，九个机组人员，克莱顿上校，还有个摄影师。我的投弹手因身体不适留下了。总之，我们没有携带任何炸弹，这只是一次侦察和拍摄任务。"

"让我想想，"科里说，"你们有四个人在这里，加上伯纳姆中尉五个人，加上两个下落不明的，一共七个人。其他四个呢？"

"在战斗中牺牲了。"

"可怜的孩子们。"科里说。

"受苦的不是那些被杀的人，"杰瑞说，"而是那些留下的人——他们的朋友和他们的家人。他们也许还好受些。毕竟，这是一个地狱般的世界，"他痛苦地补充道，"而那些摆脱地狱的人是幸运的。"

她把手放在他手上："你不能这样想。对你来说，世界上还可以有很多快乐，对我们所有人来说都是如此。"

"他们是我的朋友，"他说，"他们都那么年轻。他们还没有太多机会体味生活。这只是看起来似乎不太对，但我知道，泰山说恨是没有用的，这是对的。但我确实憎恨——不是憎恨那些向我们开枪，我们也向他们开枪的畜牲，而是憎恨那些发动战争的人。"

"我明白，"她说，"我也恨他们。我恨所有的日本人。我恨那些'向我们开枪，我们也向他们开枪的畜牲'。我不像你和泰山那么理性。我就是想恨他们，我甚至经常自责自己仇恨得不够强烈。"杰瑞能看到她眼中流露出的那种仇恨，他想，一个生来仁慈善良的人心中会激起这种情感，真的太可怕了，他把她对他说过的话又说给她听，"你不能这样想，"他补充说，"你从来就不是为了仇恨而生的。"

"你是没见过你母亲活活被逼死,也没见过你父亲活活被那些畜牲刺死。如果你亲眼目睹了这一切还不恨他们,就不配叫人。"

"我想你是对的,"他说,他握住她的手,"苦命的小姑娘。"

"别同情我,"她几乎是愤怒地说,"我当时没有哭。从那以后我就没哭过。但如果你同情我,我会哭的。"

她强调了一下"你"?他觉得她强调了——只有一点点。为什么,他问自己,为什么这竟会给他带来一点兴奋呢?他心里想,我一定是对她着迷了。

现在这一小群人围坐着火堆准备吃晚饭。他们把宽大的叶子当成盘子,把尖锐的竹片当成叉子,当然他们还有刀。他们用葫芦喝水。

除了野鸡和鹿肉,他们还有水果和烤熟的榴莲籽。在这片肥沃的土地上他们生活得有滋有味。"想想那些回到基地的小兵,"罗塞蒂说,"一定正在吃着罐装的肉丁土豆和斯帕姆午餐肉。"

"喝着那该死的 G-I 咖啡,"布博诺维奇说,"它总是让我想起亚历山大·伍尔科特《晚餐的约定》中的第一句台词。"

"我这就要和小兵交换一下,立刻,马上。"杰瑞说。

"什么是小兵?"科里问。

"好吧,我想它本来是指步兵,但现在可以指任何一个应征入伍的人,更确切地说是级别最低的士兵。"

"任何一个美国大兵。"罗塞蒂说。

"好奇怪的语言啊!"科里说,"我原以为我懂英语呢。"

"这不是英语,"泰山说,"是美国话。这是一种年轻又有活力的语言。我喜欢。"

"但什么是步兵呢?还有美国大兵?"

"步兵就是步行作战的士兵。美国大兵就是美国政府军。跟着我们,科里,我们会提高你的美语,毁了你的英语。"杰瑞总结道。

"如果你特别注意罗塞蒂中士的谈话,英语和美语都会被毁掉。"布博诺维奇说。

"我的美国话怎么了?自作聪明的人。"罗塞蒂问道。

"我觉得罗塞蒂中士很可爱。"科里说。

罗塞蒂脸红得很厉害。

"鞠一躬吧,小可爱。"布博诺维奇说。

罗塞蒂咧嘴笑了。他已经习惯被人开玩笑了,但从不生气,尽管有时他假装生气。"我没听过有人叫你小可爱,你这头大牛。"他说,他觉得反驳那一下,自己的虚荣感就得到了满足。

Chapter 9
罗塞蒂舍身救战友

晚饭前,泰山从森林里的一棵大树上砍下了两大块树皮。这两块儿树皮足有一英寸厚,坚硬而厚实。他把树皮切成两个圆盘,直径差不多有十六英寸半。在每个圆盘大约二分之一的边缘处,他刻了六道深深的凹槽,每两道凹槽中间有一个突起,一共有五个突起。

晚饭后,杰瑞他们围坐在火堆旁,看着他。"现在能告诉我们这些东西到底是干什么用的了吧?"飞行员杰瑞问道,"它们看起来像是个又圆又平的脚,有五个脚趾。"

"谢谢你,"泰山说,"我还没有意识到我是个如此优秀的雕刻家。这些是用来欺骗敌人的。我想那个老坏蛋很快就会带着日本人回来。你要知道,那些土著人肯定很善于追踪,他们一定非常熟悉我们的脚印,因为他们就是顺着我们的脚印来到这里。哪怕是最愚蠢的追踪者,也能辨认出我们自制凉鞋的足迹,所以我们

罗塞蒂舍身救战友 | 067

必须把它们都擦掉。

"首先，我们要进入森林，朝与我们计划的相反方向走，留下的足迹要让他们立刻识别出是我们的。然后我们穿过灌木丛回到营地，因为在灌木丛里走不会留下脚印。之后开始走我们之前打算走的小路。我们中的三个人要排成单排走，每个人要恰好踩到他前面那个人的脚印上。我会背着科里，如果她像男人那样大步走，她的体力一定吃不消。布博诺维奇殿后，把我做好的脚底模具穿在脚上，踩在前面那个人走过的脚印上。穿上这些脚底模具，他走路的时候要大劈腿才可以，还好他个子高，腿长。这样一来，这些脚印就很像大象的，当然也会覆盖住我们的脚印了。"

"天呐！"罗塞蒂喊道，"大象的脚可没那么大！"

"我不太确定这些印度大象的情况，"泰山承认道，"但是非洲象前脚的周长只有动物肩部高度的一半。因此，这些脚印显示出大象大约有九英尺高。可惜的是，布博诺维奇没有大象那么重，所以脚印不会像我想象的那样逼真。但我想他们在追踪我们的时候不会太在意这些，如果他们察觉到，会非常惊讶地发现这是只有两条腿的大象脚印儿。"

"如果我们是在非洲，那就复杂了，因为非洲象的前脚有五个脚趾，后脚有三个脚趾。这就需要另外一套脚底模具，杰瑞就得去充当后腿了。"

"从大象的南头到北头，上尉。"罗塞蒂说。

"我绝不是个自私的人，"杰瑞说，"其实布博诺维奇倒是可以充当整头大象。"

"最好把罗塞蒂放在队列的最前面，"布博诺维奇说，"不然我可能会踩到他。"

"我想我们最好现在去睡觉了，"泰山说，"杰瑞，几点了？"

"八点钟。"

"你今晚第一个值班——两个半小时。这样刚刚好。罗塞蒂最后一个值班,三点半到六点,晚安!"

第二天一早,吃完早饭他们就出发了。他们先制造了足迹的假象。然后朝计划的方向前进,布博诺维奇殿后,用力踩在前面人的脚印上。就这样走了一英里,按照泰山计划的一样。此时布博诺维奇已经疲惫不堪,他在小路旁坐下,脱下笨重的脚底模具。"去他妈的!"他说,"我快要累死了。谁想扮演长鼻亚洲象就把这些破玩意儿拿走吧。"说完,把模具扔到小路上。

泰山把模具捡起来,扔到了灌木丛里。"这是一项艰巨的任务,中士,但你是最佳人选。"

"我可以背着科里。"

"你有老婆和孩子了!"罗塞蒂骂道。

"我想上校已经给你安排任务了。"杰瑞说。

"哦,不,"泰山说,"我让杰瑞背着科里只是不想把科里喂狼吃。"

"我想我可以抱着你的。"罗塞蒂说。

科里笑了,她的眼睛熠熠发光。她喜欢这些美国人稀奇古怪的幽默和打破常规的思维。而那个英国人,虽然略显拘谨,却也与他们非常相像。杰瑞告诉过她泰山是一个子爵,但他的个性远比他的头衔更令她印象深刻。

突然,泰山抬起头,嗅了嗅。"到树上去。"他说。

"有什么东西过来了吗?"科里问道。

"是的。中士的亲戚来了,是一个大型雄性动物,喜欢独居,有时非常残忍。"

其他人都相继爬上了离他们最近的树,泰山把科里甩到一根悬垂的树枝上。看到这场景,他笑了,如今他们的动作已经变得很熟练了。而他自己却仍然站在路上。

"你不是打算要一直待在那儿吧？"杰瑞问。

"还要待一会儿，我喜欢大象。他们是我的朋友，大多数大象都喜欢我。我有充足的时间能看出来它会不会进攻。"

"但这可不是一头非洲象。"杰瑞坚持道。

"可能它从来没听说过泰山。"罗塞蒂接着说。

"印度象不像非洲象那么野蛮，我要做个试验。我有个想法，如果事实证明是错的，我就上树。如果它要袭击我，它就会发出警告的信号，竖起耳朵，卷起象鼻，发出吼声。现在，请不要说话或发出任何声音。它越来越近了。"

树上的四个人满怀期待地等着。科里为泰山担忧。杰瑞认为他冒这个险太愚蠢了。罗塞蒂希望他有一把冲锋枪——以防万一。每只眼睛都盯着小路上的拐弯处，那是大象即将出现的地方。

突然，大块头儿的野兽出现了。在它面前泰山显得非常矮小。当野兽的小眼睛看到泰山时，它停了下来。耳朵立刻竖起，鼻子卷了起来。"它要进攻了。"树上的人都这样想。

科里的嘴唇蠕动着。他们都在暗中捏着一把汗："快走，泰山！快走！"

这时，泰山开口说话了。他用大多数野兽的通用语言与大象交谈——那是大猩猩的母语。很少有人会这种语言，但他知道很多动物都能明白。"Yo, Tantor, yo（猿语：嗨，大象，你好）！"他说。

听到泰山的话，大象开始左右摇摆着，没有吼叫。大象的耳朵缓缓耷拉下来，鼻子也松开了。"Yud（猿语：你好）！"泰山说。

大象犹豫了一会儿后，慢慢向泰山走去，停在他面前，伸出鼻子，挪动了一下身体。科里紧紧抓住树枝生怕掉下来。她知道有些女人在情绪激动的时候会不由自主地尖叫或晕倒。

泰山抚摸了一下大象的鼻子，静静地对着高出他很多的这个庞然大物低语。"Abu tand-nala（猿语：把我举到头顶吧）！"他说。大象缓缓地跪了下来。泰山用象鼻绕住自己的身体，说道："Nala b'yat（猿语：举起来吧）！"大象便把他举起来，放到头顶上。

"Unk（猿语：向前走）！"在泰山的指使下，大象沿着小路往前走，从树下经过，四个人坐在那里目瞪口呆，喘不出气来。

罗塞蒂率先打破了沉默："我竟然亲眼看到了这一切，天哪！这个男人太了不起了！"

"你忘了乔治三世了吗？"布博诺维奇问道。

罗塞蒂喃喃自语，这些话不适合让科里听到。

不久，泰山独自徒步返回来了。"我们还得继续前进。"他说，其他人从树上滑落下来。

杰瑞很是恼火，因为他觉得这是泰山在自我炫耀他的勇气和英勇，于是，他恼怒地质问道："上校，冒这种险有什么用？"

"在野兽出没的地方，如果要生存下去，就必须知道许多事情。"泰山解释道，"对我来说，这是个陌生的国度。在我的国度里，大象是我的朋友，它们不止一次地救过我。所以我想知道这里大象的脾气，而且如果我能像在自己的地盘那样，让它们听从我的意志的话，也许有一天你会为我这么做而感到高兴。很可能我再也见不到那头大象了，但如果我们再次见面，它就会认得我，我也会认得他。无论是朋友还是敌人，我和大象对他们都有深刻的记忆。"

"对不起，很抱歉刚才说了那些话。"杰瑞说，"但是我们看到你如此冒险，都担心坏了。"

"我没有冒险，"泰山说，"但你们可不要像我这么做。"

"它会对我们怎么样？"布博诺维奇问道。

罗塞蒂舍身救战友 | **071**

"可能会先顶倒你,踩在你身上,然后再把你扔到森林里。"

科里浑身颤抖着。罗塞蒂摇了摇头:"我在马戏团用花生喂过大象。"

"我在这儿看到的野兽比我以前在动物园里看到的更大更凶猛。"布博诺维奇说。

"也比在博物馆里展览的大,那都是被填充的动物。"杰瑞说。

"那是用支架撑起来的。"布博诺维奇纠正道。

"完美主义者。"杰瑞说。

不久,他们进入了一片森林。森林里到处都是笔直的树木,巨大的攀缘植物、藤蔓和气生植物相互缠绕,形成了厚厚的天棚。昏暗的光线、冷峻威严的景象以及不知道是什么动物发出的声音,让所有人都感到阴冷沮丧,唯独泰山没有这种感觉。他们继续默默前行,渴望看到太阳的光芒。走着走着,在小路的转弯处,森林突然消失在峡谷的边缘,周围一下子充满了炫目的阳光。

在他们下方,有一条狭长的山谷,谷底的小河蜿蜒奔腾。长年累月,这里形成了凝灰岩和石灰岩地形。这是一个令人心旷神怡的山谷,绿树成荫,生机勃勃。

泰山仔细地审视着周围的环境。没有人类活动的迹象,只有一些鹿在觅食。目光尖锐的泰山发现浓密的树荫下有一团模糊不清的黑色物体,难以辨别是什么。"当心它,"泰山手指着那里提醒道,"它比大象要危险得多,有时甚至比条纹动物还要危险。"

"那是什么,水牛吗?"杰瑞问。

"不是,是犀牛。它的视力很差,但听觉和嗅觉极为敏锐。它性情暴躁,难以捉摸。通常,它会从你身边跑开,不招惹你,但你永远也无法判断准确。即使没有发出任何挑衅的信号,它也会像一匹烈马一样快速冲向你,一旦抓住你,就会用犄角把你顶得血肉模糊。"

"跟我们见过的不一样,"科里说,"它们长着尖锐的獠牙,用獠牙猎杀,而不是犀牛角。"

"听到这儿,我现在想起来了,"泰山说,"我想到了非洲犀牛。"

小路向悬崖边右侧急转,沿途向下倾斜,狭窄而陡峭。当他们到达谷底时,长吁了一口气。

"待在这儿,"泰山说,"别出声。我去弄只鹿回来,犀牛从这儿闻不到你们的气味。如果你们不出声,它就不会发现。我要从左边绕过去,看到鹿之前,我会一直藏在灌木丛里。抓到鹿的话,我就会沿着小河一直走,走到与小路交汇处。你们可以到那里和我会合。这条路距离犀牛大约有一百码,如果它闻到你们的气味,听到声音,就会站起来。这时候不要动,如果它开始朝你们走过来,那就赶快找棵树躲起来。"

泰山蹲伏在高高的草丛中,悄悄地移动着。风从鹿的方向吹向犀牛,没有任何入侵者的气息。只有当泰山到达鹿群,其他人迎着风到达河流时,犀牛才会闻得到气味。

泰山在悬崖脚下消失了。他们不知道他怎样才能在几乎没有任何掩护的地方躲避起来。一切似乎都在按计划进行着,突然间,他们看见一只鹿突然抬起头回头看,然后它和鹿群闪电般向他们飞奔过来。

这时他们看见泰山从草丛中站了起来,扑向一只年轻的雄鹿。他的刀在阳光下闪闪发光,他们同时倒下,消失在草丛里。四个人全神贯注于这出原始剧——上演着原始猎人跟踪并猎杀他的猎物。那一定是很久远的场景了。

最后杰瑞说:"好了,我们走吧。"

"天呀!"罗塞蒂指着远方叫道,"往那儿看!"

他们朝他指的方向看去。发现犀牛站了起来,用它那双呆滞的小眼睛左右凝望着,也在听着风声,嗅着风中的气味。

"别动。"杰瑞低声说。

"周围不是树。"罗塞蒂低语道。他是对的,他们附近没有树。

"别动,"杰瑞再次警告道。"如果它要袭击,将会攻击任何移动的东西。"

"它来了。"布博诺维奇说。犀牛正向他们逼近。它看起来困惑多于愤怒,那昏暗的目光也许已经发现了一些外来的东西,它既听不到也闻不到的东西,是好奇心驱使它过来探个究竟。

三个男人一致同意要在科里和即将到来的野兽之间小心翼翼地挪动。这是一个千钧一发的时刻,如果犀牛展开攻势,有人可能就会受伤,甚至会死。他们紧张地注视着这个动物。忽然,他们看到犀牛的小尾巴摇起来,低下头,开始小跑。犀牛看到了他们,径直走过来。突然,它飞奔起来。"果真是这样。"杰瑞说。

与此同时,罗塞蒂从他们身边跳了出来,斜着跑向了另一条小路。正准备攻击的犀牛突然转向,朝他冲去。罗塞蒂在此之前从没有这样拼命跑过,但他跑得可没有马跑得快,而犀牛速度却很快。

其他人都吓呆了,眼睁睁地看着他们,惊恐而无助。突然,他们看到了泰山,他正向直冲他过来的罗塞蒂和那头野兽跑去。但他能做些什么?看着这一切的人们暗自思忖。这两个与野兽比起来如此弱小的人能对野蛮的庞然大物做些什么呢?

野兽现在已经快撵上罗塞蒂了,泰山就在几码远的地方。突然罗塞蒂不小心跌倒了。科里立刻用手捂住了双眼,杰瑞和布博诺维奇好像终于从短暂的麻木中缓过劲儿来,朝那个悲摧的场景跑去。

科里战胜了自己,她把双手从眼睛上移开。她看见犀牛的头垂下,仿佛要去顶俯卧在自己脚下的男人。

只见泰山跳了起来,在空中转身,跨在野兽的肩膀两侧。这一举动足以转移犀牛对罗塞蒂的注意力。犀牛飞快地跳过罗塞蒂,拼命想摆脱背上的人。

泰山在它背上坐了很久,看准时机直接将刀插入犀牛脑后的部位,切断了它的脊髓。犀牛跌跌撞撞地瘫倒在地上。过了一会儿,它死了。

很快,所有人都聚集在了犀牛周围。大家如释重负,但仍心有余悸。泰山转向罗塞蒂,说:"这是我见过的最英勇的事,中士。"

"应该给罗塞蒂颁发勋章。"布博诺维奇说道。

Chapter 10
美食中憧憬未来

现在他们有足够的肉吃,这真是再好不过了。一只鹿和一头犀牛对于五个人来说,绰绰有余。泰山从年轻的雄鹿身上选了一块肉,又从犀牛背上砍下一大块凸起的肉。他在河边挖的一个洞里生了火,其他人正在另一堆火上烤鹿肉。

"你要吃这个吗?"罗塞蒂问道,指着那大块的犀牛肉,皮还贴在肉上。"再过几个小时,你们就可以吃了,"泰山说,"你们会喜欢的。"

他在洞的底部放了一层热炭后,把那一大块犀牛肉铺在里面,皮的那一层朝下,之后用树叶盖住,裹上挖出来的泥土。

他拿起一片鹿肉,蹲在一边,用坚硬的牙齿撕咬着生肉。其他人也早已习以为常。他们有时也吃生肉,但他们还是更喜欢做熟的,通常是外面烧焦,里面还是生的,而且上面沾满了泥土。他们也不再那么挑剔了。

美食中憧憬未来 | 077

"你跑在那头苏门答腊犀牛前面时，在想什么，罗塞蒂？"布博诺维奇问道，"你肯定除了跑到最快什么也没想。我敢打赌，你的百码速度不到八秒。"

"告诉你我在想什么吧。我看到我身后的犀牛像美国赛马冠军沃勒威一样快时，我就开始向圣母玛利亚祈祷。我在想，如果我能在它追上我之前完成一遍祷告的话，我可能就会有机会活下来。可是我绊倒了。但圣母玛利亚听见了我的祈祷，她救了我。"

"我想是泰山救了你。"布博诺维奇说。

"当然是泰山，但你认为是谁让他及时赶到的，你这个笨蛋？"

杰瑞说："在与犀牛打交道的世界里，没有无神论者。"

"我也祷告了，"科里说，"我祈祷上帝保佑你，因为你冒着生命危险来救我们。你是个很勇敢的人，中士，因为你知道你连百万分之一的机会都没有，但是你还是这么做了。"

罗塞蒂不太高兴，他希望他们能谈点别的。"你们搞错了，"他说，"我当时大脑一片空白。不然，我会朝相反的方向跑，但我当时没想到。有胆量的人是上校。他只用一把刀就杀死了一只鹿和一头大犀牛。"这给了他一个转变话题的机会，"好好想想外面的烤肉，而那些回家之后的可怜傻瓜们必须要有定量配给券，才只能得到一点点食物，根本就不够吃。"

"想想那些挨饿的亚美尼亚人。"布博诺维奇说。

"在我看来，所有我见过的亚美尼亚人都会挨饿。"罗塞蒂说。他又拿了一块鹿肉，安静了下来。

杰瑞一直在观察着科里。有时他可以快速地瞄她一眼，而不是一直盯着她看。看到她用细腻洁白的牙齿撕开肉，他回忆起她曾说过仇恨日本人的话："我想恨他们，我经常自责，因为我觉得自己的仇恨不够强烈。"他想，战争结束后她会成为什么样的女人，尤其在她经历了这么多之后？

他看到泰山正撕扯着生肉，又看了看其他人，他们的手和脸上沾满了鹿肉汁，被烧过的焦炭弄得脏兮兮的。

"真不知道在和平到来之后,这将是一个什么样的世界。"他说,"我们会成为什么样的人？我们都这么年轻，我们会牢记战争中的杀戮、仇恨和鲜血。不知道我们能否适应单调乏味的平民生活。"

"说吧！如果我再坐回到办公桌，还不老老实实地待着，"布博诺维奇说,"那就让上帝赐我死。"

"这只是你现在的想法而已，布博诺维奇。但我希望你是对的。对我自己而言，我真不知道会什么样儿。有时候我讨厌飞行，但现在它已经融入了我的血液。也许不仅仅是飞行，还可能是激动和兴奋。如果真的如此，那么我喜欢的就是战斗和杀戮。我不知道，我希望不是。如果年轻人都有这种感觉，那将是一个地狱般的世界。"

"就拿科里来说，她虽然学会了仇恨，但她并非为仇恨而生，这都是战争和日本人带给她的。不知道仇恨是否会扭曲一个人的灵魂，使他与从前判若两人；还是就像癌症早期，在没有意识到的情况下早已种下病根儿。"

"我觉得你们不必杞人忧天，"泰山说,"人能很容易适应环境的变化，尤其是年轻人，他们能迅速适应环境和条件的变化，当和平到来时，你们会在生活中找到自己适合的位置，只有弱者和反常者才会在变化中变得更糟。"

"我们已经学会了各种各样的杀人方法，比如偷偷跑到一个人背后割断他的喉咙，或者绞死一个人，还有很多比这更厉害的方法。有很多家伙想在美国成立谋杀公司，都可以来找我。"罗塞蒂说,"我认识那些流民。我在芝加哥待了一辈子可不是白混的。"

"我认为我们会改变很多,"科里说,"如果我们没有经历过这一切,我们就不会是像现在这样了。这些经历使我们迅速成熟,也意味着我们失去了太多的青春。杰瑞前几天告诉我,他只有二十三岁。而我以为他都三十多岁了,他已经失去了十几年的青春。如果是在和平安全的环境中生活了十年,他还会像现在这样吗?不,我相信他会成为一个更优秀的人。"

"我也相信,正是因为那种杰瑞和泰山都谴责的情感——仇恨——会使我成为一个更优秀的女人。我不是指那种小家子气的仇恨。我是指一种正义的仇恨——一种令人颂扬的伟大仇恨。它所带来的好的方面,是对国家和同志们的忠诚,以及同仇敌忾所产生的坚不可摧的友谊和感情。"

大家陷入片刻的沉默,他们似乎在思考对仇恨的独特颂词。杰瑞打破了沉默:"这是一个新的视角,"他说,"我以前从来没有以这种方式思考过仇恨。事实上,战斗的男人并没有太多的仇恨,这似乎是非战斗人员的特权。"

"胡说,"科里说道,"那只不过是战斗人员摆出的英雄姿态而已。如果日军暴行发生在他们自己的国家,自己的朋友被严刑拷打,盟军战俘被斩首——我敢打赌他们一定会仇恨!我敢保证,即使我们的荷兰战士以前没有仇恨,当这一切发生时,也势必学会了仇恨。"科里酸楚地说道,"而且,我不认为自己在非战斗人员之列。"

杰瑞笑了:"请原谅我,我不是有意贬低的。不管怎么说,我不是针对你的。你是我们中的一员,我们都是战士。"

科里平缓了下来,朝他笑了笑。她可是个精力旺盛的复仇者,但那一刻,她眼神里闪烁的并不是仇恨。

罗塞蒂打断了大家的讨论:"天呐!"他叫道,"什么东西,闻起来像天堂美味。"

他们看着泰山把烤肉从"简易烤箱"里拿出来。"快来吃吧！"罗塞蒂招呼大家。

令他们惊讶的是，他们发现烤出来的犀牛肉多汁、嫩滑、美味。就在他们品尝美味时，在河边悬崖峭壁边上的灌木丛中，有一双眼睛正在注视着他们，几分钟后，这双眼睛的主人又撤回到森林里了。

当天晚上，野狗在泰山屠杀的尸体上争斗不休。黎明时分，一只老虎来把野狗从大餐中赶跑，野狗们围成一圈，低沉地吼叫着。森林之王和队友们继续出发了。

战争可以创造词汇，第二次世界大战也不例外。也许战争创造出的最臭名昭著的词就是"卖国贼"。战争也可以消灭词汇。比如，"通敌卖国者"以前有公平和光荣的含义，但在第二次世界大战期间是否还有这个含义，因为没有人希望以"通敌卖国者"闻名。

在任何一个国家，只要有敌人就有通敌者。苏门答腊岛上有很多通敌者，阿玛特就是其中之一。他很可悲。他向每一个日本兵卑躬屈膝，讨好他们。这只走狗以傲慢的侵略者的残羹冷炙为食，任凭这些人把他踩在脚下，随意扇他的耳光。

因此，一看到五个白人在小山谷河边扎营，阿玛特顿时垂涎三尺，仿佛在期待一场盛宴。他沿着小路返回村庄，此时日本兵分队正占领着村庄。

他匆忙赶路的原因之一，是因为他急于将情报透露给敌人；原因之二是由于恐惧。他没有意识到现在已经很晚了，他到不了村庄，夜幕就会降临，那正是森林的主人老虎外出活动的时候。

他离家还有几英里远，而夜幕已经降临，阿玛特最恐惧的时刻终于到来了。丛林之王那张可怕的面孔隐约出现在他正行走的小路上。那令人恐惧的眼睛，满是皱纹、咆哮着的脸。他们之间没有铁栏杆，只有几码远的丛林小径，那是人类难以想象的恐怖画面。

　　老虎显然不会放过阿玛特，它进攻了，阿玛特尖叫着，一跃而起，跳到一棵树上，他边叫边往上爬。老虎扑向他，却没扑中。阿玛特爬得更高了，汗流浃背，气喘吁吁。他紧紧抓住树干，浑身颤抖。他得在树上待到早晨了。

Chapter 11
与巨蟒的殊死搏斗

"天哪！这是个什么国家！"罗塞蒂咆哮着。又是新的一天，他们一行人还在山谷的陡峭小路上艰难前行。"从洞里爬进爬出，上帝在创造这一切时，一定都练习过了。"

"我猜他练习完这个以后，又创造了芝加哥。"布博诺维奇说。

"现在你要因为惊叹而大喊了，聪明的家伙。上帝肯定创造了芝加哥。当他没注意时，其他人又创造了布鲁克林。天呀！我多希望我现在是在我最爱的芝加哥，那么，这里陡峭的山脉就要接近麦迪逊街的大桥了。"

"看看这儿的风景，伙计们，你们就没有一双发现美的眼睛吗？"

"当然，我有发现美的双眼，却没有发现美的双脚。我们加入了空军，现在却除了是个该死的步兵，什么都不是。"

一切终归结束，最后他们到达了悬崖顶。泰山仔细探查了路况。"最近这里有个当地人来过，"他说，"很可能是昨天傍晚，他可能看到我们了。他在这里站了几分钟,从这里他可以俯视到我们的营地。"

当泰山一行人继续沿着小径进入森林时,阿玛特气喘吁吁地冲进村庄,他很激动,迫不及待地想把那个夜晚得到的信息透露给日本人。他激动得忘了给一个日本列兵行礼,结果被扇了耳光,差点被刺刀刺死。但最后他还是来到了熊次郎中尉面前,这次他鞠了一大躬。

他激动地全盘托出他所看到的一切。熊次郎听不懂当地方言,而且在这黎明之际他感觉自己特别像一个上帝,他狠狠踢了阿玛特的腹股沟一脚。阿玛特惨叫了一声,捂住受伤的部位,倒在地上。熊次郎拔出剑,他已经有很长时间没有砍头了,他很想在早餐前砍一次。

一个中士懂当地方言,他听懂了阿玛特报告的内容,于是向他敬礼鞠躬。中士牙齿漏着风,向中尉报告说,阿玛特是想告诉尊贵的中尉,他看到了一队白人。熊次郎极不情愿地把剑插回剑鞘,听着中士的解释。

在森林里行走了几英里后,泰山停下来,仔细察看了小路,说:"在这里,我们这个土著朋友被一只老虎困住了。他整夜都待在这棵树上,刚刚才下来,大概是天刚亮的时候。你们可以看到野兽的脚印昨晚把他的脚印覆盖住了。这里是他跳下来继续行进的地方。"

他们继续往前走,很快到了一个岔路口。泰山又停了下来,给他们指出那个土著人走的方向。在另一个岔路口,他找到了一些蛛丝马迹,能够证明几天前有很多人也从那条路经过了。"这些人不是土著人,"他说,"也不像是日本人。这些脚印都是身材高大的人留下的。杰瑞,不如你们沿着本地人走过的路走,我去查一下另一条路。这些家伙有可能是荷兰游击队队员。如果是的话,他们可能会对我们有很大的帮助。不要走得太快,我会赶上你们。"

"我们可能会走到一个当地的村庄,"杰瑞说,"如果我们真的到那里了,最好先躲在丛林里,你回来以后我们再一起进去。同时我会仔细把那里检查一遍。"

泰山点头表示同意,然后向左岔路口的树林中荡去。他们一直盯着他,直到看不见为止。"那家伙真喜欢用那么难的方式走路吗?"罗塞蒂说。

"你看他走起来并不那么费劲儿,"布博诺维奇说,"只有你自己试着那样走时,才会觉得难。"

"在现在这种条件下,这种行走方式非常完美,"杰瑞说,"因为这样不会留下任何痕迹,而且比他可能遇到的任何敌人都有优势。"

"太美了!"科里说,"他是那么优雅,动作如此轻盈。"她叹了口气,"如果我们都像他那样,都应该会更安全了!"

"我想我也得练习一下,"罗塞蒂说,"我回家后去加菲尔德公园过周末时,要是有犯罪团伙在那儿,我就从树上荡过去收拾他们。"

"然后被抓起来。"布博诺维奇说。

"当然,我会被抓,但我一定得上个头版头条的图片新闻,没准儿还会在好莱坞制作人索尔·雷瑟那里谋个职位呢。"

"你在哪儿弄到大麻卷烟的,罗塞蒂?"布博诺维奇问。

罗塞蒂咧嘴笑了:"我?我不用那玩意儿。我不为佩特里洛卖命。我只是在和你交往时才会有那种想法。"

他们沿着小路悠闲地朝阿玛特去往的村庄走去。布博诺维奇领头,罗塞蒂跟在他身后,杰瑞和科里跟在后面几码远的地方。这时,科里停下来系鹿皮鞋的鞋带,杰瑞等着她。小路蜿蜒曲折,其他人很快在小路弯道处消失了。

"没有了泰山,你会不会觉得有点儿迷失方向?"科里边起身边问。然后,她发出沮丧的感叹:"哦,我不是说我对你、布博诺维奇和罗塞蒂都没有信心,只是……"

杰瑞笑了:"不用道歉,我和你的感受一样,我们都离开了我们的自然环境,而他不是,他的家就在这里。我不知道没有他我们该怎么办。"

"在这里我们就是婴儿——"

"听!"杰瑞突然警觉起来。他听到前面有声音,听起来声音嘶哑,是一种陌生的语言。"日本人!"他大声叫道。他开始朝着那声音跑去。突然他停了下来,转过身。不管从哪方面看,这都是一个残酷的决定。他必须有所取舍,要么抛弃两个同僚,要么抛弃这个女孩。但他已经习惯了在千钧一发的时刻做决定。

他抓住科里的一只胳膊,把她拉到小路旁的灌木丛里。他们缓慢地往前走,离那些声音越来越远。此时,日本人正在朝他们的方向搜查过来,他们平躺在地上,被赤道山坡的一片绿草覆盖着。一个日本兵可能就从离他们一英尺远的地方路过,但是并没看见他们。

十几个日本兵出其不意地抓住了布博诺维奇和罗塞蒂,他们根本没有逃的机会。日本兵扇他们耳光,拿刺刀威胁他们,最后,熊次郎中尉下令停止。熊次郎会讲英语,他在俄勒冈大学就读期间,曾在尤金的一家酒店当过洗碗工,因此,他迅速判断出这两个囚犯是美国人。熊次郎中尉质问他们,两人都说出了自己的名字、军衔和编号。

"你们是从那个被击落的轰炸机上下来的吗?"熊次郎问道。

"我们已经给过你所能提供的所有信息。"

这时,熊次郎用日语对一名士兵说了几句话。那士兵向前走去,把刺刀尖儿顶到布博诺维奇的肚子上。"现在你能回答我的问题了吗?"熊次郎咆哮道。

"你应该知道关于战俘待遇的规则,"布博诺维奇说,"但我想这对你没有任何影响。不过,对我来说很重要,我不会再回答任何问题了。"

"你真是个大傻瓜。"熊次郎说,他转向罗塞蒂,"你呢?"他问道,"你能回答吗?"

"没门儿。"罗塞蒂说。

"你们一共有五个人——四男一女。其他三个人呢?那个女孩在哪儿?"日本人追问道。

"你已经看到我们有几个人了。你看我们像五个人吗?还是你不会数数儿?我们俩哪个长得像女人吗?"

"好啊,你这个聪明的家伙。"熊次郎厉声说道,"我给你们一晚上时间好好儿考虑一下。明天早上你们要回答我所有的问题,否则你们都要掉脑袋。"他轻轻敲了一下身边长官的剑。

"他们不是在逗我们玩儿吧。"罗塞蒂对布博诺维奇说。

"我当然不会拿你们的宝贵生命开玩笑,小子。"熊次郎说。

罗塞蒂目瞪口呆,"天哪!谁会想到一个日本猪还这么聪明,能听懂拉丁语呢!"他呻吟着对布博诺维奇说。

熊次郎派了两名部下沿着小路去寻找其他人,他和剩下的士兵带着两名囚犯回到了阿玛特的村庄。

杰瑞和科里无意中听到了日本人的对话。他们听到说大部队朝他们来的方向走去,但他们不知道那两个士兵就是被派来找他俩的。确信安全后,他们从草丛中爬了出来,回到小路上。

泰山轻松地穿过森林中间的高地，走了大约两英里时，他注意到前方很混乱。他听到大猩猩熟悉的咕哝声、咆哮声和说话声，猜出它们正在攻击敌人或遭到敌人的袭击。那声音就是从这条路传来，所以他继续前行。

没多大一会儿，他就看见四只成年红毛猩猩在一棵大树的枝条间激动地摆来摆去。它们奔来奔去，惊声尖叫。紧接着，他看到了令它们愤怒的对象——一条巨蟒缠着一只小红毛猩猩。

泰山一眼就看懂了整个场景。巨蟒还没有缩回去，它只是抓着挣扎的猩猩，同时也奋力击退进攻的猩猩。小猩猩的尖叫声表明它暂时还没有生命危险。

泰山因这场野蛮战斗的召唤而感到激动，因他古老的敌人——那条蛇而感到激动，也因他的朋友的危险处境而感到激动。即使他不知道它们会不会认他作朋友，或把他当作敌人攻击，这些想法也并没有打消他行动的念头。他迅速荡到那棵正在上演悲剧的树上，站在蟒蛇和猩猩上方的一根树枝上。

演员们都全神贯注于这场原始戏剧的剧情中，没有人注意到泰山的存在。直到他开口讲话，大家才注意到他，但不知道这些猩猩能否像大象那样听懂他的话。

"Kreeg-ah（猿语：我来了）！"泰山喊道，"Tarzan bundolo Histah（猿语：泰山来杀了这条蛇）！"

猩猩们呆住了，抬头看去。它们看到一个几乎赤裸的男人悬荡在蟒蛇上方，手持一把闪闪发光的刀。

"Bundolo! Bundolo（猿语）！"它们大喊——杀了它！杀了它！泰山知道它们听懂了他的话，他扑向巨蟒和猩猩。泰山用钢铁般强壮的手指牢牢抓住蟒蛇头的后方，用腿紧紧扣住蟒蛇的身体和小猩猩，然后一只手死命地扳住蟒蛇的脖子，将锋利的刀刃深深刺进了它扭动的身躯。巨蟒的尾部开始四处甩动，痛苦地抽搐着，它松开了小猩猩，试图缠住那个紧紧抓住它的人。激烈的搏斗中，蟒蛇松开树枝，掉到了地上，把泰山也一起拽到了地上。他们从树上跌落时，很多树枝也折断了，但还好没有伤到泰山。蛇还没死，但它扭动得太剧烈了，泰山的刀没有完全发挥作用。虽然蟒蛇受了重伤，但仍然难以对付。一旦它用身体把泰山缠住，没等泰山杀死它，自己就会先被蟒蛇勒死。

现在，除了还在殊死搏斗的泰山和蟒蛇，猩猩们都从树上跳了下来。四个强壮的成年猩猩一边在一旁咆哮惊叫着，一边跳上巨蟒扭动的躯体，把缠绕在泰山身上的蟒蛇躯干往下撕扯。这时，泰山的刀又有了新的目标。

当蟒蛇的头颅滚落到地上，泰山跳到了一边。猩猩们也跳到一边，因为巨蟒死后的挣扎也是致命的，就好像死亡之后也在被微小的大脑控制一样。

泰山转过身，面对着猩猩。他一只脚踩在蟒蛇的头颅上，仰面朝天，发出一阵雄性猿猴的胜利呐喊声。狂野、古怪和恐怖的声音穿透了整个原始森林，片刻后，丛林恢复了平静。

猩猩们看着这个类人体。人类是它们一辈子的天敌。可他究竟是朋友还是敌人呢？

泰山拍打着胸膛，说："Tarzan（猿语：泰山）。"

猩猩们也点着头说："Tarzan（猿语：泰山）。"因为泰山在猿语中是皮肤白皙的意思。

"Tarzan yo（泰山啊），"那人说，"Mangani yo（猿语）？"

"Mangani yo（猿语），"最年长、也是体型最大的猩猩说道——意思是"大猩猩的朋友"。

这时，树上传出一阵嘈杂声，好像大风来袭——树叶和树枝沙沙作响。猩猩和泰山用期待的眼神向声音传来的方向望去。它们都知道这声音是谁发出的,唯有泰山不知道这预示着什么。

不一会儿,他就看到十多个巨大的黑状物从树林中荡过来。这些猩猩落到地上,围在他们周围。它们听到了泰山刺耳的叫声,赶紧过来看看是怎么回事。因为那叫声可能是敌人战胜部落后胜利的欢呼声,也可能是发起战斗的示威声。

这些猩猩狐疑地盯着泰山,有些龇着尖尖的牙齿。他是个类人体——猩猩的天敌。它们看了看泰山,又看了看乌格洛——最年长和体型最大的类人猿。乌格洛指着那人说:"Tarzan yo(猿语:泰山啊)。"然后,它用长者的简单语言,伴随着符号和手势,向它们讲述了泰山所做的一切。后来的猩猩们纷纷点头表示它们听懂了,只有一个又强壮又年轻的猩猩奥祖,对着泰山恶狠狠地龇着牙。

"Oju bundolo(猿语)!"它咆哮着——意思是"奥祖杀人!"

从巨蟒口中获救的小猩猩的母亲宛达紧紧靠着泰山,用粗糙而坚硬的手掌轻拍着他。它站在泰山和奥祖当中,但泰山把它轻推到一边。

为了表明对部落的尊重,泰山不能无视奥祖发出的挑战信号。他很清楚这一点,尽管他不想开战,但不得不拔出刀子,朝着咆哮的奥祖走去。

奥祖体长近六英尺,体重足有三百磅,是个名副其实的劲敌。它胳膊巨长,身上的肌肉像大力神赫拉克勒斯的肌肉一样强壮,牙齿锋利,下巴坚硬。手持进攻武器的强大的泰山此时在它面前也显得相形见绌。

奥祖拖着长满老茧的指关节在地上笨拙地走着。作为首领,乌格洛本应干预,但它只是半推半就地站在他们中间,因为它真的很害怕。它虽然是首领，但毕竟已经老了。它很清楚奥祖是在有意挑战它的王权。所以现在跟它作对，只会加速自己的下台，因此它没有干涉。但是宛达开始责骂奥祖，还有那些见证了泰山营救宛达孩子的猩猩们也开始责骂起奥祖。

奥祖并没因此而退却。它信心十足、摇摇摆摆地走到近处，对这个弱小的类人体不屑一顾。理论上讲，只要它能用一只强壮的手抓住泰山，这场战斗很快就会结束。于是，它把长长的手臂伸向泰山。而事实上，这是个战术上的失误。

泰山注意到它迟缓笨拙的步伐和伸出的手，改变了作战计划。他把刀咬在嘴里，这样他的双手就可以活动自如了。他猛地向前一跳，用十个有力的手指抓住了奥祖的手腕，然后迅速转身，向前俯身，把猩猩抛过头顶，把它重重地摔在地上。

重重地摔落在地后，奥祖怒吼着，笨拙地站了起来。还没等它站稳，泰山又迅速跳到它身后，骑到它的背上，用有力的两条腿卡住它身体中部，左臂绕在它脖子上。

然后，他把刀尖对准猩猩的侧面，用力刺下去，直到传来奥祖痛苦的尖叫声。

"Kagoda（猿语）！"泰山问道。猿语含义是"投降"或"我投降"。差别只是音调的变化。

奥祖向后伸出长臂去抓它的对手。此刻刀子再一次刺进奥祖的身体，这一次刺得更深了。泰山追问道："Kagoda（猿语：投降吧）！"奥祖越是极力想把泰山从背后甩开，刀子反而插得越深。泰山本可以杀死它，但他不想这么做。强壮年轻的雄猩猩是一个部落的优势，而且这个部落绝大多数猩猩都对他很友好。

奥祖现在站着一动不动，血从它侧面流下来。泰山把刀锋移到了奥祖的大脑底部，猛戳了一下，这个部位足以使脑部大量出血，疼痛难忍。

"Kagoda（猿语：我投降）！"奥祖尖叫着。

泰山松开手，走到一边。奥祖跟跟跄跄地走开，蹲下来捂着伤口。泰山明白他又树了一个敌人，但这个敌人将永远害怕他。泰山也明白自己已成为部落中的一员，他将成为它们永远的朋友。

泰山把乌格洛的注意力转向小路上人的足迹。"Tarmangani（猿语：白人）？"他问。Tar 是指白色，mangani 是指大猩猩。所以 tarmangani 是指白色的大猩猩，指的是白人。

"Sord tarmangani（猿语）。"乌格洛说道——坏的白人。

泰山知道，对于大猩猩来说，所有的白人都是坏人。但他不能仅凭一只猩猩的观点来判断这些人，他必须亲自去调查，这些人可能会成为有价值的盟友。

他向乌格洛询问，这些白人是在行进中还是已经扎营了。乌格洛说他们已经扎营了。泰山又问距离他们有多远。乌格洛展开双臂伸向太阳，手掌相对，相距约一英尺远。这看似是太阳在一小时内所运行的距离。于是，泰山将其理解为白人的营地距这里大约三英里远——与通常情况下猩猩在一小时内穿越树林的距离一样远。

想到这里，他荡到一棵树上，消失在去往白人营地的方向。在猿语中没有"再见"也没有"再会"。部落成员们恢复了往常的活动。奥祖捂着伤口，压抑着愤怒，向靠近它的猩猩龇着牙。

Chapter 12
泰山落入凶残的土匪团伙

杰瑞心里正承受着自责的痛苦:"我感觉我真是坏透了,让他们两个被抓了,而我却躲了起来。但我也不能把你一个人丢在这儿,科里,让你冒着被抓的风险。"

"即使我不在这儿,你也应该去做你应该做的事。如果你和他们一起被抓了,你所能做的也和他们差不了多少。可是现在,你、我和泰山可能会为他们做更多。"

"谢谢你能够这么说,不过,我……"他停下来,侧耳听着什么。"有人来了。"他连忙拉着女孩儿藏到灌木丛里。

从他们的藏身处,可以很清楚地看到小路约五十码远的地方,拐弯之后就看不到了。很快,他们听得更清楚了。"日本人。"科里低声说。她从背后的箭袋里拿出一把箭,装到弓上一支。杰瑞笑了,也学着装上一支。

过了一会儿,两个日本兵慵懒地走了过来。日本兵的步枪挂在背上，他们认为在这个方向应该没什么可搜的。他们装模作样地服从了军官的命令，来搜查另外三个没抓住的白人，而他们不知道这些白人正埋伏在灌木丛里，日本兵已打算晃回营地报告他们做了彻底搜查。

科里靠近杰瑞小声说，"你搞定左边的，我收拾另外一个。"杰瑞点点头，举起弓。

"等他们走到二十英尺内，我说现在，就一起射击。"他说。他们等待着时机。日本兵正慢慢走近，好像在叽里呱啦地说着什么重要的事。

"说的什么鸟语。"杰瑞说。

"嘘！"科里提醒他。她站起身把弓拉满，箭的羽毛贴着她的右耳。杰瑞用眼角的余光瞥了她一眼。不愧是苏门答腊的女儿！他想，日本兵的死期到了。

"现在！"杰瑞说。两支箭"嗖"的一声同时射出。科里的目标被一箭穿心，倒在了地上。杰瑞射得没那么准，日本人用手紧紧抓着射入喉咙的箭柄。杰瑞跳到小路上，受伤的日本兵试图取下步枪，几乎要得手时，杰瑞狠狠地打了他下巴一拳，他倒下了。杰瑞拿着刀跳到他身上，朝着他的心脏连刺两刀。他抽搐了几下，不再动了。

杰瑞看到科里正从另一个日本兵身上取下步枪，像复仇女神一样站在她的战利品旁。

科里又朝日本兵的胸部刺了三刀。美国人看着她的脸。这不是一张被愤怒、报复或仇恨扭曲的脸，而是闪耀着神圣之光的充满欢喜的脸。她朝着杰瑞说："他们就是这样对我父亲的，我曾亲眼所见。现在我很高兴。我唯一的希望就是他还活着。"

"你做得很棒。"杰瑞说。

他们从日本人身上取下步枪、腰带和弹药。之后，科里帮助杰瑞把尸体拉到了灌木丛里。

"你可以在枪上刻一道印儿，"杰瑞咧嘴笑着说，"记录你亲手杀的人。"

"我没有杀人，"科里反驳道，"我只是杀了个日本佬。"

杰瑞说："你的心里藏着仇恨。"

"你认为女人不应该有恨，"科里说，"你不会喜欢上一个心中充满憎恨的女人。"

"我喜欢你。"杰瑞充满柔情地对她说。

"我也喜欢你，杰瑞。你那么优秀。你从不会让我感觉到自己是个女孩子，而更像是男人中的一员。"

"上帝保佑。"杰瑞大声说着，他们都笑了。

"为了你，杰瑞，我要停止仇恨——等我杀光这世上所有的日本人。"

杰瑞笑着看着她："一个合格的复仇天使。让我们看看——谁是复仇天使？"

"我不知道，"科里说着，"我还从来没有见过天使。"

"我想起很早以前有一个摩门教帮派叫丹迪邦德，他们以复仇天使著称。"

"摩门教徒是不是可以娶很多老婆？你是摩门教徒吗？"

"从没有过那想法，我还没有那个勇气。现在的摩门教徒也不是那样的。我只想着能娶一个陆军妇女军团中的士官，一个焊接工和一个蒸汽管道工人就够了。"

"还有一个复仇天使？"科里笑着说。

杰瑞没有回答，只是看着她。科里有点儿后悔这么说了。她真的后悔了吗？

泰山落入凶残的土匪团伙 | 095

泰山穿梭在树林中，不时向下注视着小路。他突然停下来不动了。他看到前面有个人正蹲在树上的平台上，从那儿能看到泰山过来时的一段路。那是个白人，全副武装，留着大胡子。显然他是个哨兵，正在侦察路上是否有敌军。

泰山小心翼翼地绕开小路。他没料到人类是如此迟钝，哨兵竟然完全没有注意到他。就连最笨的野兽都能听到、闻到或看到他。

泰山绕开哨兵，几分钟后他来到山上的一个小牧场，从牧场向下望去，杂乱不堪的营地尽收眼底。

一群人正躺在树荫下。酒瓶在他们手中传来传去，你一口我一口地喝着。一些看着像是欧亚混血的妇女在陪着他们喝酒。很特别的是，这些男人们都是大胡子。有一个年轻人坐在他们当中，不时开启着瓶盖。他们都带着手枪和刀，每个人手边还有步枪。看起来不太好惹。

泰山决定还是不动为好。突然，他坐的树枝折了，泰山摔到地上，离他们不到一百英尺。他的头撞在一个硬物上，瞬间失去了意识。

醒来时，他发现自己躺在树下，手脚都被绑着。一群男男女女或蹲或站地围在他身边。看到他恢复了知觉，其中一个男人用荷兰语对他讲话。泰山听懂了，却摇头装作不懂。

那人问他是谁，为什么监视他们。另一个人试着用法语问同样的问题，法语是泰山学的第一门语言，但他依旧摇头。

还有年轻人尝试用英语和他交流，但泰山都假装听不懂，而且明知道他们不懂，还故意用斯瓦西里语回答他们，斯瓦西里语是桑给巴尔岛和非洲东海岸地区信仰伊斯兰教的班图人使用的语言。

"听起来像日语。"一个男人说。

"不是。"一个会日语的人说道。

"可能是中文。"有人说。

"他跟你一样看起来像个中国人。"最开始的那个人又说。

"也许他只是个野人。衣服、弓、箭什么都没有,像个猴子一样从树上掉下来。"

"他一定是个该死的间谍!"

"连人话都不会说算什么间谍?"

他们绞尽脑汁,泰山是间谍这个可能性似乎被他们排除了,至少目前是这样。他们还有更重要的事去做,就像接下来的这件。

"噢,让他见鬼去吧,"一个睡眼惺忪的大块头说道,"反正我是渴了。"

他朝之前休息过的那棵树走回去,去拿酒瓶,其他人也都跟着走,但那个长相白净的年轻人却没有跟去。他仍蹲在泰山旁边,背对着走开的同伴们。当其他人都走出很远,注意力集中在酒瓶子上时,他开始用英语低声与泰山交谈。

"我敢说你不是美国人就是英国人,"他说,"你很有可能是前段时间被击落的美国飞机上的飞行员。如果你是,就请相信我,因为实际上我自己也是个俘虏。不过千万不要让别人看到你和我说话。如果你决定相信我,给我个信号告诉我你明白我的意思。"

"你现在落入了一个凶残的团伙手中,他们大多都是日本人入侵时从监狱里放出来的罪犯,都带有武器。

"大部分女人都是正在服刑的罪犯,其他人也都是来自社会底层的渣滓。

"这些人是在日本入侵时乘机逃到山上的,他们没有一点儿要帮助我军的意思,只是关心自己的性命。我们团被包围后,我设法逃了出来,途中偶遇这个组织,以为是个可靠的游击队,便加入了。谁知他们知道我的背景后就想杀了我,多亏我曾经帮助过他们当中的一些人，才得以幸免，但这些人并不信任我。

"要知道，山里藏着真正可靠的游击队，他们要是杀这些渣滓就会像杀日本兵那样痛快，这些人害怕我和游击队联系，泄露营地位置。

"这些人干的最坏的勾当也顶多是和日本人做做生意，但现在更糟的是，他们打算趁你还没恢复意识，就把你交给日本人。他们也怀疑你是美国飞行员。日本人会为你出很高的价码。

"这些人酿了一种烈性酒，叫杜松子酒。他们自己不喝，而是用来跟日本人和土著人交换刺柏果、军火、大米还有其他东西。日本人能跟这些人交换军火说明他们觉得这些人至少不会与他们为敌。然而，这仅仅是一次休战，双方不会有任何程度的信任。土著人就是运送杜松子酒和转交费用的中间人而已。"

得知自己结局已定，泰山意识到没必要再这么欺骗年轻人了，况且，他已经博得了年轻人的好感和信任。泰山向人群处瞥了一眼，那些人正兴致勃勃地围观其中两个人大声吵架，并没有注意到他们。

"我是英国人。"他说。

年轻人笑了。

"谢谢你相信我，"他说，"我叫塔克·范德博斯。我是一名预备军官。"

"我是克莱顿。你想逃走吗？"

"当然。但有什么办法呢？我能去哪儿？就算不是落入虎口，我最后也肯定会落到日本人手里。要是我知道游击队在哪儿，我肯定会找机会逃走去找他们，但我不知道。"

"我们队一共五个人，"泰山说，"我们正打算到小岛的最南岸。如果运气还不错的话，我们想搞条船去澳大利亚。"

"这个计划可够大胆，"范德博斯说，"这里离澳大利亚最近的地方也得一千二百多英里，到小岛的最南岸还得五百英里。"

"是，"泰山说道，"我们知道，但是我们得抓住机会试试。我们都觉得与其像猎兔一样在丛林里躲躲藏藏，还不如冒死一试。"

范德博斯不再说话，沉思片刻，他抬起头："这样做是对的，"他说，"我愿意跟你们一起去，我想我能帮得上忙。我能在更近的地方找到船。我还知道哪里有好心的当地人能帮我们。但首先我们得甩开这些人，这不太容易。去山谷的路只有这一条，被人日夜看守着。"

"嗯，我看见他了。事实上我曾在他眼皮底下溜过去了一次。我还能再这样做一次，毫不费力。但你不一样，我感觉你做不到。你今晚能不能给我弄一把刀，我带你穿过那个岗哨。"

"我去试试。如果他们醉得不省人事，那就简单得多。然后我割断你的绳索，我们就可以照计划行事了。"

"只要我想，我随时都可以弄断。"泰山说。

范德博斯没说什么。

他心想，这家伙真是对自己非常自信，也许有点自负了。他开始怀疑自己跟他一起走的决定是不是太不明智了。当然，他十分肯定，没人能弄断那些绳索。也许这家伙说能穿过岗哨也只不过是自吹自擂而已。

"晚上他们看你看得严不严？"泰山问道。

"他们压根儿不看我。这里到处都是老虎。你是在考虑你自己吗？"

"嗯，当然。我们还是要抓住机会试一试。"

Chapter 13
成功营救战友

日本人对罗塞蒂和布博诺维奇轮番扇着耳光，用刺刀抵着他们的后背，朝他们吐着口水，这让他们来到村子之前就已怒火中烧。到了村子，他们被推搡进一间农房，五花大绑后，往墙角里一扔，就没人看管了。于是，两人开始毫无顾忌地破口大骂，他们从裕仁天皇开始把小日本的老祖宗骂了个遍，特别是熊次郎中尉。他们用西塞罗、布鲁克林和军队里粗俗的语言谩骂着，然后又重新从裕仁天皇开始继续骂。

"光这么骂有什么用呢？"布博诺维奇最后说，"这样只能让咱们血压升高。"

"这样会增加我的仇恨，"罗塞蒂说，"我现在终于体会到科里的感受了，真是太可恨了。"

"趁我们现在还活着就使劲儿恨吧，明早就没有机会再恨了。"布博诺维奇在旁边说。

"天啊,"罗塞蒂说,"我不想死,布博诺维奇。"

"我也不想,小矮子。"

"天哪,我有点害怕。"

"我也怕。

"我们祷告吧,布博诺维奇。"

"好吧,上次你向上帝祷告时,上帝把泰山派来了。"

"这次我只管祷告,不管派谁来都行。"

那天晚上他们都没怎么合眼。绳索嵌入手腕和脚踝。他们喉咙干痛,没吃没喝。夜是那么漫长,但还是结束了。

"天哪,他们还不如直接来杀了我们,"罗塞蒂说,"想起这些可真是太痛苦了。"

"对我来说,想起我的妻子和孩子才是最痛苦的,我和她还有很多计划呢。幸好她不会知道我的遭遇,她只是知道我的飞机从一个地方飞到另一个地方,然后就一去不回了。你做了很多祷告吗,小矮子?"布博诺维奇问道。

"几乎整个晚上都在祷告。"

"我也是。"

"你向谁祷告了?"

"上帝。"

"总该有一个神能听到我们的祷告吧。"

这时,他们听到有人拖着步子上楼梯的声音。

"他们来了,你准备好了吗,小矮子?"

"当然。"

"好,再见了,兄弟。"

"保重,布博诺维奇。"

几个日本兵进入房间,割断了绳索,把他们俩拽了起来,但是他们却站不稳，摇摇晃晃又倒在了地上。士兵们一边踢着他们的脑袋和肚子，一边叽叽呱呱地说笑。最后，他们被拖到了门口，一个一个顺着梯子往下滑，几乎是从梯子上直接摔到了地上。

熊次郎走过来看着他们，厉声吼道："你们准备好回答我的问题了吗？"

"没有。"布博诺维奇说。

"站起来！"日本人怒冲冲地说。

麻木的双脚逐渐回血。他们试了几次，最终站了起来，但是，走起路来像醉汉一样跟跟跄跄。他们被带到了村子中央，日本兵和村民围在四周。熊次郎手握利剑站在他们旁边，命令他们跪下，把头往前伸。布博诺维奇第一个受刑。

"他们没有听到我们的话，小矮子。"布博诺维奇说。

"谁没有听到你们的话？"熊次郎大声问道。

"不关你他妈的事，日本佬。"布博诺维奇愤怒地回敬道。

熊次郎晃了晃手中的剑。

营地安静下来了，男人和女人们都睡熟了。范德博斯蹑手蹑脚地爬到泰山身边，说："我弄来一把刀，给你把绳子割了。"

"早断了。"泰山说。

"你自己弄断的？"荷兰人惊讶地问。

"是的，现在跟我走，别出声。把刀给我。"

往森林里走了一小段路后，泰山停下来，低声说："在这儿等我。"说完，就走了。他悄悄地向树林里荡去，前进得很慢，不时停下来听一听，闻一闻。最后，他终于找到了岗哨。泰山爬到哨兵蹲守瞭望的那棵树上，朝哨兵的头凑了过去。透过夜色往下看，泰山分辨了一下这个马上要一命呜呼的哨兵的形体和位置。泰山手里握着刀，向哨兵的头扑去。瞭望台上响起身体碰撞的声音，哨兵的喉咙被划开了一个大口子，一声不响地死了。

泰山把尸体扔到路边，拿着死去哨兵的步枪沿途返回，来到范德博斯跟前。"走吧，"泰山说，"你可以过岗哨了。"

路过那具尸体时，范德博斯被绊了一下。

"你一定干得很干净利索。"范德博斯说。

"没那么干净，"泰山答道，"他溅了我一身血。要是找不到水，我就会是老虎活的诱饵。拿上他的手枪袋和弹药，这是他的步枪。现在我们继续走。"

泰山在前面引路，两人一路走得很快。他们来到了一条小溪旁，两个人把身上的血都洗掉了。范德博斯冲洗，是因为他从尸体上拿手枪袋时也沾上了血。

他们没有碰到老虎，于是很快到达了泰山上次见他们时的岔路口。没有留下任何踪迹，他们都是沿着别人走过的小路走的。天亮了，他们突然听到前面不远处传来一声枪响。

杰瑞和科里决定原地不动，等待泰山，因为他们认为泰山很快就会回来。此刻他们心平气和，全然不知道降临到泰山身上的遭遇。为了安全起见，他们爬到一棵树上，树枝不太牢固，离地面约二十英尺。杰瑞担心布博诺维奇和罗塞蒂的命运，最终决定要行动起来。可是已经是深夜了，泰山还没有回来。

"我认为他不会回来了，"杰瑞说道，"一定是发生了什么不测。总之，我不打算再继续等下去了。我要去看看能不能找到布博诺维奇和罗塞蒂。要是泰山回来了，至少我们能知道他们在哪儿，说不定我们可以想出营救他们的方案。你待在这里，哪儿也别去，等我回来。你在这儿要比在地上安全得多。"

"万一你也不回来了呢?"

"我不知道,科里。这是我做过的最艰难的选择——在你和那两个男人之间做选择。但是我必须做出选择,希望你能理解。他们落在了日本人手中,我们都知道日本人拿他们当囚犯对待。你是自由的,而且有武器。"

"你只能做一个决定。我知道你会去找他们,我也跟你一起去。"

"你不能去,"杰瑞说道,"就待在原地别动。"

"你是在发号施令吗?"

"是的。"

他听到她轻轻笑了一声。"你在飞机上发号施令时,哪怕是个将军都得听从你的命令,但现在你连管这个树的资格都没有。我们出发吧!"话音刚落,科里便从她坐着的树枝上滑下去,跳到了地上。杰瑞跟上去,说道:"你赢了,我早该知道不能去指挥女人。"

"有两把枪总比一把强吧,"科里安慰道,"况且我还是个神枪手呢。再说,我之前不也是老老实实待在那该死的树上,没有大喊大叫嘛。"

他们肩并肩沿着小路艰难地走着,肩膀时不时地碰到一起。好几次,科里险些摔倒在泥里,幸亏杰瑞及时用一只胳膊抱住了她。他心想:我过去时常在俄克拉荷马州对那个女孩动手动脚,但从来没有像现在这样心跳的感觉。我想我已经爱上这个小淘气鬼了,杰瑞,你已经坠入情网了。

天色渐晚,他们时不时会在小路的拐弯处撞到树上,因此进度很慢。他们只能在黑暗中摸索着前进,祈祷着黎明早日到来。

"多么艰辛的一天啊,"杰瑞感叹道,"现在我们要做的就是对付老虎了。"

"不用担心这个,"科里说,"我还没听说老虎攻击过手持步枪

104

的白人。老虎好像很清楚,如果咱们不招惹它们,它们也不会招惹我们。"

"是的,它们可能知道人身上有没有武器。每次我手无寸铁骑着牛回家时,总是会在路上看到很多狼,但我带枪时,倒是一头也没见过。"

"回家,"科里重复道,"你们这些可怜的孩子,离家这么远,想到这儿就让人难受,布博诺维奇还有他可爱的妻子和孩子正在世界的另一端,已经错过了他们生命中最美好的时光。"

"战争太可恶了,"杰瑞说,"如果我们能回家,我打赌我们一定要对那些该死的日本佬和德国佬做点什么,让他们长时间内不再发动战争。我们美国人民都是那么热爱和平,对战争厌恶至极。我们将选举我的一位炮兵上尉做俄克拉荷马州州长,再将他推到参议院。他憎恨战争,我所认识的士兵中没有一个不憎恨战争的,如果我们能往国会推选大量士兵,我们就会占有一席之地。"

"俄克拉荷马州很好吗?"科里问道。

"那是联邦中最好的州。"杰瑞说。

新的一天就要来临。天很快就亮透了,因为靠近赤道,黑夜与白昼之间过渡很快,黎明短暂。

"终于松了口气,"科里说,"我受够了夜晚。"

"天哪!"杰瑞喊道,"看!"他举起步枪一动不动,小路的正前方有一只老虎。

"别开枪!"科里警告道。

"如果它不动咱们,我不会开枪。这把25口径日式步枪只会激怒它,我可不喜欢一大早就惹怒老虎。"

"希望它赶紧走吧,"科里说,"它看起来好像很饿。"

"可能它没听过你的那个理论。"

这是一只巨大的雄性老虎，它站着一动不动地盯了他们几秒钟，然后转身跳进了灌木丛。

"呼！"杰瑞长舒了一口气，"我的心和胃一下子提到嗓子眼儿了，吓死我了！"

"我都快站不住了，"科里说，"我得坐下来缓缓。"

"等一下！"杰瑞说道，"听！是不是有什么声音？"

"是的，就在前面。"

他们小心翼翼地向前挪动，走到一个很浅的山谷，走出了森林。两人向山谷下看去，在离他们不到一百码的地方，有一个小村庄，他们看到一些村民和日本兵。"

"他们一定在那儿。"杰瑞说道。

"他们在那儿！"科里小声说，"噢，上帝啊！他正要杀他们！"

就在熊次郎扬起剑时，杰瑞开枪了，击中了熊次郎，他扑倒在要砍头的人面前。

科里紧接着也开枪了，打死了一个正冲向两名囚犯的日本兵。科里和杰瑞连续开火，日本兵一个接一个倒下了，整个村子陷入了恐慌。

枪声一响，泰山就冲了出来，迅速来到他们身边。过了一会儿，范德博斯拿了一支步枪和一把手枪也加入了他们的行列。泰山接过范德博斯的手枪。

布博诺维奇和罗塞蒂趁乱从两个被打死的日本兵身上拿走了步枪和弹药，往森林里撤退，边撤边开枪。罗塞蒂也捡了几枚手榴弹，随手塞进了口袋。

一名日本军官紧急把部下召集到房后，却又突然大声尖叫。原来是罗塞蒂接二连三地向他们扔手榴弹，扔完他就和布博诺维奇转身跑向森林了。

还没等他两个到树林与大家会合，枪声就停了。罗塞蒂的手榴弹给二战的这一部分画上了一个句号，至少是暂时结束了。日本兵伤亡惨重。

"天哪！"罗塞蒂说，"他们真的听到我们了！"

"没错，他们确实听到了。"布博诺维奇点点头。

"谁听到你们了？"杰瑞问。

"上帝和圣母玛利亚。"罗塞蒂解释说。

所有人都全神贯注地投入到了战斗中，几乎没有看过彼此一眼。现在他们放松了一些，开始环顾四周。当科里和塔克·范德博斯四目相对时，他们竟一时说不出话来。终于，他们同时喊出对方的名字。"科里！""塔克！"

"亲爱的！"科里一边哭喊着，一边伸出双臂与荷兰青年拥抱在一起。而杰瑞并不怎么高兴，脸色也不太好。

他们分享着彼此的冒险经历。在其他人交谈时，泰山观察着村庄。日本人似乎完全被弄晕了，他们就这样失去了一个军官和一个尚未授军衔的军官。没有了他们，这些普通士兵就如同傻子一般手足无措。

Chapter 14

叛国通敌者

这场战斗时间很短，结局也相当完美，很多日本人都帮了大忙——他们用自己的手榴弹自爆了。科里被留在森林里，但她并没有乖乖待在那儿。杰瑞到达村中央时，发现科里也在与他并肩作战。

战斗中，布博诺维奇和罗塞蒂发泄着疯狂的愤怒。战斗结束时，他们的刺刀还在滴着日本人的鲜血。他们学会了仇恨。

土著人蜷缩在房子里不敢出来，因为他们曾与日本人勾结，所以早已经预料到最坏的结果，但最终他们并没有受到伤害，他们仅被要求提供并准备食物。

泰山和杰瑞质问了几个村民，科里和塔克·范德博斯做翻译。他们了解到，这是一支更大武装的先遣部队，驻扎在西南海岸方向大约二十五英里处。这个地方一两天内还是安全的。他们还了解到，有一群游击队员沿着山脉向东南方向前进，但是没有一个土著人知道具体位置和确切距离。他们似乎非常害怕游击队。

阿玛特想讨好这些新进驻的人。他是个彻头彻尾的机会主义者，一个天生的政客。他在思忖着，如果现在跑到日本人的大本营去通风报信，对他有没有好处。但他放弃了这个想法，因为这样的话，他就必须穿越恶虎的领地。

对阿玛特来说，有一点很好，就是布博诺维奇和罗塞蒂都不知道在他们被俘虏时，他所扮演的角色。

但也许这两位军官会对他很仁慈，因为他们现在非常高兴。他们的祈祷创造了一个奇迹，在一刹那间就被拯救了。这是他们值得高兴的事。除此之外，他们还沉浸在一场无比成功的复仇狂欢中。他们用敌人的鲜血洗刷掉了他们曾经挨过的暴打、欺侮和屈辱。

"上帝啊！布博诺维奇，我们真是差一点儿就被砍头了。"

"我没看见，因为我当时在看地面，"布博诺维奇说，"但是科里说，那个日本中尉正挥剑时，杰瑞突然射中了他。离得那么近，但我们还是摆平了，是吧，小矮子？"

"你搞定了几个？"

"我不知道，可能三四个吧。我看到什么就打什么。但你肯定用那两颗手榴弹中大奖了，小子！你打中的那是什么东西？"

"喂，你看见那个女人直接上战场了吗？她很厉害。"

"我的天哪！小矮子，你是爱上那个女人了吗？"

"我可没有爱上，但她确实是个好女人。我从来没有见过像她这样的女人，我不知道她们竟然还会是那样的。我任何时候都会支持她。"

"厌女主义者的终结日，"布博诺维奇说，"杰瑞很久前就认输了，现在他彻底输了！"

"但是你没看见她拥抱荷兰人时兴奋的样子吗?那时你应该看看杰瑞那脸色。那就是女人的麻烦——也包括这个女人。女人们总是故意给那些从岩石岛上回来的夏威夷人找麻烦。在她的老男友和她这个神箭手混在一起之前,我们原本是一个幸福的大家庭。"

"也许他只是老朋友而已,"布博诺维奇猜测道,"我注意到,战斗一打响,她就跑去跟杰瑞并肩作战了。"

罗塞蒂摇了摇头。他已经做出了巨大让步,但是他的偏见根深蒂固,使他无法做到站到女士的一边。为了科里他可以做到,但心里仍有所保留。"你会不会搂着老朋友的脖子,大喊'亲爱的'?我问你。"

"那要视情况而定。你是我的老朋友,小矮子,但我无法想象我会把我的胳膊搂在你的脖子上,叫你亲爱的。"

"你的鼻子会被戳个洞。"

"但如果你是美女影星金格尔·罗杰斯呢!"

"天哪!多美的腿啊!直到我看了金格尔·罗杰斯出演的《嫦娥幻梦》,我才真正见识了什么是美腿。小子!"

泰山和杰瑞正在讨论战事。科里和塔克·范德博斯互相讲述着过去两年的历险经历。

"继续前进之前,我想先侦察一下,"泰山说,"我要单独行动,因为我比你们都快。但如果你们留在这里,我回来之前日本救援队可能会来。大约有二十个人,我掌握的只有这些细节。你们的对手很强。"

"如果有人愿意的话,我会碰碰运气的。"杰瑞说,"我们有五把枪,还有缴获的弹药够打一场仗——很多手榴弹。我们也知道他们来的路径。我们现在要做的就是在足够远的地方安排一个哨兵,以便给我们报信。之后我们就用手榴弹伏击他们。让我们看看其他人是怎么想的。"他把大家叫了过来，说明了情况。

"天哪！"罗塞蒂说，"只有四比一？这是小菜一碟。我们以前打过这样的仗，现在还可以再来一次！"

"好样的！"杰瑞说。

"大本营离这里有十五六英里。"布博诺维奇说。

"他们大概要在路上花近一天的时间，所以他们也不会赶得太急。但我们最好今天下午就开始瞭望，因为他们今天可能会到。"

"你说得对，"杰瑞说，"假设你沿着小路走出去一英里左右，他们还没看到你时，你就会听到他们过来的声音；然后你就躲回来，那时我们已经准备好了。"

"我有个主意，"科里说，"假设我们都装备了手榴弹，所有人都出动，占据小路两旁树木的有利位置。如果我们布局合理，就可以在开火之前把整个分遣部队控制在射程之内。这样我们就能让他们'一路顺风'了。"

"太好了！"杰瑞说。

"你变成了一个吸血鬼，科里！"范德博斯笑着喊道。

"你一点都不了解她。"杰瑞说。

"这真是个好主意，"泰山说，"我们都知道敌人要来了，但我们不知道具体时间，所以我们应该随时做好准备。天黑时你就尽快回来，因为我确信他们不会在晚上行军，他们没有理由这么做。但我认为应该有人整夜放哨。"

"当然。"杰瑞同意他的建议。

这个问题解决了，泰山走了，消失在森林里。

胡夫特醒来时视线模糊，头痛欲裂。他嘴里就像老鼠笼底的味道。他从来没有心情好过，现在他心情恶劣得想要杀人。他咆哮着叫醒其他人,很快营地就开始骚动起来。那些邋遢、懒散的女人开始为男人们准备早餐。

胡夫特站起来,伸了伸懒腰,然后仔细查看了营地。"囚犯在哪里?"他喊道。

其他人都环顾四周,没有发现囚犯。"另一个也不见了。"一个人说。

胡夫特用粗俗的脏话和令人作呕的淫秽语言叫骂着。"谁在站岗?"他问道。

"雨果本应该在午夜把我叫醒换他的班,"另一个人说,"但是他没叫我。"

"出去看看他是怎么回事,"胡夫特命令道,"我要把他生吞活剥了。我要把他的心挖出来——竟然睡着了,让两个人都跑了!"

那人只出去了几分钟,回来时,他笑着说:"有人比你早一步,头儿。"他对胡夫特说。

"雨果那边出事了,他的喉咙被齐着两耳根割开了。"

"一定是那个野人干的。"萨琳娜说。

"范德博斯一定是割断了他的绳索,"胡夫特说,"等我找到他,看我怎么收拾他。"

"如果你这么做,"萨琳娜说,"他会直接去找最近的游击队,很快就会来攻击我们。"

其中一个人走到泰山躺过的地方。他把绳索拿了回来,交给胡夫特。"这些没有切断,"他说,"但也坏了。"

"没有人能弄断绳索。"胡夫特说。

"是那个野人干的。"萨琳娜说。

"我要让他成为一个真正的野人!"胡夫特咆哮道,"现在吃饭,准备出发去追他们。你们这些女人留在这儿。"没有人反对。除了萨琳娜,没有人敢在胡夫特心情不好时跟他争论。在这一帮凶残的土匪里,萨琳娜是胡夫特唯一害怕的人,但这次萨琳娜也没有争辩。她不想在森林里流浪。

土匪们都是追踪能手,泰山和范德博斯也没有刻意去掩盖踪迹。这显然对胡夫特和他的一帮杀手来说很有利。

杰瑞和他的伙计们把所有能携带的手榴弹都收集起来,然后沿着日本救援队可能来的方向进入森林。范德博斯给杰瑞翻译,警告土著人不得挪动他们留下的任何步枪和弹药。"告诉他们,如果我们回来时发现有任何东西丢了,就把村子烧光。"

范德博斯添油加醋地威胁村长说,除了烧掉村庄,他们还要砍掉所有村民的头。这下村长可记牢了。

阿玛特也被吓住了。他原本打算跟着这些陌生人到森林里去监视他们,但当他意识到他们非常残忍和血腥时,马上改变了主意。他们有可能会在他偷窥时抓住他。于是,他走上了另一条路采榴莲去了。

就在他在榴莲树上忙着采榴莲时,被胡夫特偶然发现了。胡夫特命令他下来。阿玛特吓坏了。胡夫特和他手下看起来相当凶恶,就像阿玛特曾经看到过的黑帮一样。

胡夫特问他是否见过两个人,描述了两个人的特征。阿玛特松了一口气。他能向这些人提供大量信息,因此他安全了。他们至少会饶过他的性命,也算是一种赦免了。

"我见过他们,"他说,"今天早上他们和另外两个人来我们村了,其中一个是个女的。他们从日本人那里救出了两个俘虏,然后六个人把所有日本人都杀光了。"

"他们现在在哪儿?"

叛国通敌者 | 113

"他们从另一条小路到森林里去了。我不知道他们去干什么了，但他们今晚会回来。他们是这么说的。现在我可以走了吗？"

"回去给那些人报信？我才不会让你走。"

"最好杀了他。"其中一个男子说，他和阿玛特的口音一样。阿玛特浑身颤抖着几乎快站不住了，他跪到地上乞求饶他一命。

"只要你照我们说的去做，就不会杀你。"胡夫特说。

"阿玛特愿意为您效犬马之劳，"受惊的阿玛特说，"我还可以告诉你们更多。日本人愿意为今天在我们村里的那个女孩付更多筹码。曾驻扎在村里的日本人谈论过她，日本人已经找了她两年了。也许我能帮你们找到她。我愿意为你们做任何事。"

阿玛特不知道怎么能帮助他们抓到科里，但他愿意许诺任何事。他盘算着，就算他找不到那女孩儿，也许他也能跑到森林里躲起来，直到这些坏蛋走了再出来。阿玛特感觉他们甚至比那些对他拳打脚踢的日本人更可怕。

森林外不远处传来的爆炸声打断了他们的交谈。"手榴弹。"男声说。

"听起来像是一场普通的战斗。"胡夫特说。

"砰砰"的枪响打断了响亮的爆炸声。"是日式 25 口径步枪。"胡夫特的副手格罗修斯说。

爆炸后的半空中传出人们痛苦而刺耳的尖叫声，只持续了几分钟后，又传来零星的几声枪响，便归于沉寂了。人们几乎可以从声音中想象出当时的场景。双方应该有过一次激烈的交战。交战双方是谁？胡夫特他们在想。一方已经全军覆没了。哪一方呢？最后的步枪射击应该是在清除伤员。

获胜者肯定会来到村里。胡夫特和他的帮凶走近森林边缘藏了起来，小山谷和村庄在他们下方尽收眼底。

没过多久，四个白人男子和一个白人女孩出现在森林小径上。他们全副武装，拿着枪支和弹药，在兴奋地交谈。男人们去了一间土著的房子，女孩去了另一间。

胡夫特脑子迅速转圈，他必须想办法把女孩弄到手，而不惊动她的同伙。像所有的恶霸一样，胡夫特胆小懦弱。他可以在背后向人捅刀子或开枪，但却不敢正面面对武装对手。他喜欢用阴谋诡计和狡诈奸猾达到目的。

胡夫特转向阿玛特说："给那个女孩儿捎个口信。告诉她，她的一个老朋友正在森林边等她。这个老朋友不能确定跟她在一起的人与荷兰人的关系，所以不想进村。让她一个人到森林边缘去和他谈谈，他是她父亲的一个老朋友。还有，阿玛特，不准告诉任何人我们在这儿。如果不是女孩儿，而是其他人来的话，我们就不会在这里了；但总有一天我们会回来杀了你。你也可以告诉那个女孩儿，如果她不独自一个人来，我就不会在这里。把口信给我重复一遍。"

阿玛特重复了一遍，胡夫特示意他可以走了。阿玛特感觉自己就像一个刚刚得到赦免的死刑犯，或者至少缓了刑。他悄悄地溜回村子里，来到通往科里房门口的梯子跟前。他叫了一声，一个土著女孩来到门口。她看到是阿玛特，轻蔑地撇了撇嘴。"走开，你这头猪！"她说。

"我有话要跟那个白人女孩说。"阿玛特说。

科里听到有人叫她，来到门口。"你有什么话要说？"她问。

"这是一个私信，"阿马特说，"我不能大声说出来。"

"那就上来吧。"

阿玛特进了屋子，土著女孩儿劳拉对他不屑一顾，因为她知道他是个撒谎高手和鬼鬼祟祟的人，但她并没有警告科里。这和她又有什么关系呢?

阿玛特给她传了话。科里思忖着,"那个人长什么样呢?"她问。

"他是个白人,留着胡须,"阿马特说,"我只知道这些。"

"他一个人吗?"

阿玛特脑子快速一转,心想如果她知道他们有二十个人,肯定不会去;这样的话,总有一天,那个人会来杀他的。"他是一个人。"阿玛特撒谎了。

科里拿起步枪,从梯子上下去了。她的同伴们还在他们自己的房子里,给刚刚缴获的步枪清洁、上油。只有阿玛特和劳拉看见白人女孩儿离开村庄进入了森林,周围没有其他村民看到。

Chapter 15
寻找游击队盟友

泰山从土著人那里没有打探到多少关于游击队下落的消息。土著人听说,在东南方向约六十五英里的火山附近有一群人。他们能描述出那座火山的外观和各种标志,帮泰山找到那里。带着这些仅有的信息,泰山出发了。

走到夜幕降临,泰山躺到一棵树上,一直睡到天亮。他所有的武器就只有弓、箭和刀,因为他不想背着日本人的步枪和弹药。早晨,他采摘了一些水果,打了一只野兔当早餐。

他经过的那块地界极其荒凉,没有任何有人经过的迹象,这里太适合泰山了。他喜欢留守着的那些同伴们,但是,尽管他与人类有过各种接触,却也从来没有变得完全合群。与他相伴的是森林和各种野生动物,和它们在一起才是在家里的感觉。他喜欢观察和研究它们,因此,他对它们的了解常常比它们自己更多。

他遇到很多猴子,猴子们刚开始骂他,后来泰山就用猴子的

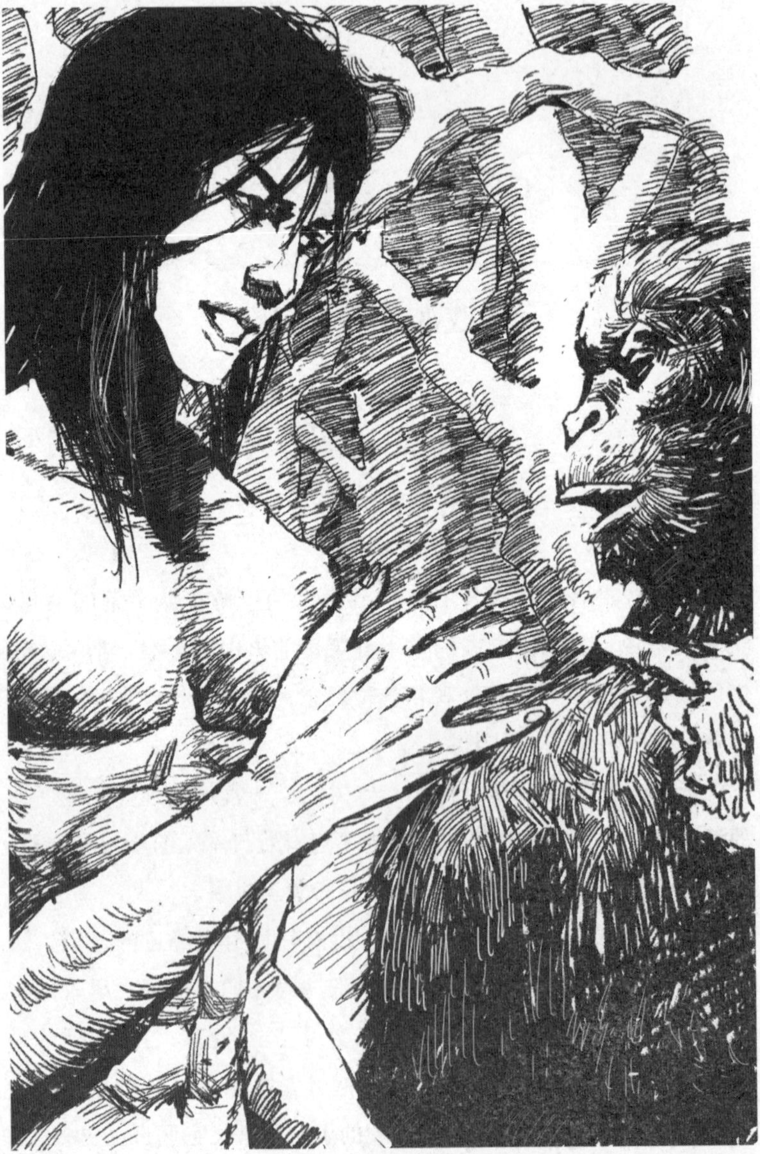

语言跟他们交流，它们就不骂了。猴子们熟知自己的领地，在它们的帮助下泰山走对了去往火山的路线。它们告诉泰山该往哪个方向走，能找到土著人所说的一个个标志——小湖、山地草甸、死火山口。

感觉快要接近目的地时，泰山问一些猴子，火山附近是否有白人，他把火山叫作"argo ved（猿语）"。猴子说有，还告诉了他如何到达他们的营地。一只老猴子说："Kreeg-ah! Tarmangani sord. Tarmangani bundolo（猿语）。"它边说边模仿着瞄准步枪的动作："Boo! Boo!（猿语：模仿枪声——砰）"意思是小心！白人很坏，白人杀人。

在一个小峡谷里，泰山发现了营地。但他还没到营地时，发现唯一的入口处有哨兵在守卫。泰山大摇大摆地走了出来，朝那个留着胡须的荷兰哨兵走去。走到距离哨兵约二十五到三十码远时，哨兵举起步枪，拦住了泰山。

"你是谁，你在这里干什么？"哨兵问道。

"我是个英国人。我想和你们的首领谈谈。"

那人一脸惊讶地打量着泰山。

"待在原地，"哨兵命令道，"别再靠近。"然后他冲峡谷下喊道，"德莱登霍夫，上面有个野人想和你谈谈。"

泰山忍住没笑，以前他也很多次听到过别人对自己的称谓，但从来没有像现在这样被人如此明目张胆地无视以。刚刚和那人用英语交流时，提到了自己是个英国人，所以那家伙用荷兰语喊德莱登霍夫的时候，无疑认为这个"野人"是听不懂荷兰语的。泰山打算索性继续让他们这样认为好了。

不久，从山谷下走上来三个人，他们个个全副武装，留着胡子，看上去很彪悍。他们衣衫褴褛，穿着简直无法形容的服装，一部分便服,一部分军装,一部分还粗糙地缝了动物皮。其中一人穿了件束腰上衣,看起来很不得体,衣服肩章上还挂着代表中尉的两颗星。这人就是德莱登霍夫。他用荷兰语问哨兵:"这人在这儿干什么?"

"他直接向我走过来,丝毫没有躲藏,他可能是个傻子,应该不是什么危险人物。但是不知道他在这里搞什么鬼,他说他是英国人,用英语跟我说话。"

德莱登霍夫用英语问泰山:"你是谁?你在这儿干什么?"

"我叫克莱顿,是皇家空军上校。我听说有一支荷兰游击队在这里扎营,我想和他们的指挥官谈谈。是你吗?我知道这山里还有成群的土匪,但我唯一能判断你们身份的办法就是来和你们谈谈。我不得不冒这个险。"

"我不是指挥官,"德莱登霍夫说,"上尉范·普林斯是总指挥,但他今天不在,估计他明天才能回来。说吧,你到底想找他干什么?我向你保证,"他微笑着补充说,"我们只是日本人和通敌卖国者眼里的土匪。"

"我来是想跟可以信任的人合作,给我提供一些信息,告诉我日本前哨基地的位置以及土著人当中哪些人对荷兰人是友好的。我希望避开日本人,如果可能的话,也希望能得到荷兰人的帮助。我计划抵达海岸,设法在那儿找条船,从岛上逃走。"

德莱登霍夫转向跟他一起从山谷营地里出来的一个人,"我马上都快相信他了,"他用荷兰语说,"可他现在突然说想要弄一艘船,从岛上逃走。他肯定觉得咱们都是大笨蛋,蠢到相信他在这里胡诌。他可能是个他妈的德国间谍,我们得抓住他,等范·普林斯回来再处置他。"

随后,他用英语对泰山说:"你说你是英国军官。你肯定有什么东西能证明自己的身份吧？"

"什么也没有。"泰山回答。

"我能否问一句，那为什么堂堂一位英国军官，竟然赤身裸体地在苏门答腊山区跑来跑去，身上还带着弓箭和刀？"他讽刺地说道，"我的朋友，你可不能指望我们相信你。你得待在这儿了，等范·普林斯上尉回来再说。"

"以囚犯的身份？"泰山问。

"以囚犯的身份。来吧，跟我们下营地去。"

营地干净整洁，戒备森严。没有女人。一排茅草屋按照军事标准排列得十分整齐，屋顶上还飘着荷兰的红、白、蓝三色国旗。营地里大约有二三十人，大部分人在清洁步枪或手枪。虽然他们的衣服破烂不堪，武器却是几近完美。泰山确信这个军营纪律严明，他们也不是土匪，这些人完全可以信任。

他进入营地时引起了一场轰动。人们停下手中的活儿，盯着他看。有些人赶紧走过来询问押送他的人。

"你们带回来的是什么人？"有人问，"婆罗洲的野人？"

"他说他是英国皇家空军上校，但我猜，他不是一个无公害的傻瓜就是个德国间谍。我感觉更像个间谍，因为他说起话来不像个傻子。"

"他会说德语吗？"

"不知道。"

"我来试试他。"他用德语跟泰山对话，而泰山则有意屈从了这个可笑的场景，飞快地用完美的德语回答他。

"我告诉过你吧。"两个猜测者说。

泰山转向德莱登霍夫："我告诉过你，我无法证明自己的身份，"他说，"我没有带任何东西，但是有朋友可以证明我的身份——三

寻找游击队盟友 | 121

个美国人和两个荷兰人。你很可能认识那两个荷兰人。"

"他们是谁?"

"科里·范德米尔和塔克·范德博斯。你认识他们吗?"

"我太认识他们了,但据说他们都已经死了。"

"他们昨天还没有死。"泰山说。

"告诉我,"德莱登霍夫说,"你是怎么跑来苏门答腊的?英国上校怎么能在战期出现在苏门答腊?那些美国人又在这里干什么?"

"前不久,一架美国轰炸机在这里坠毁,"其中一名男子用荷兰语提醒德莱登霍夫,"这个家伙要是和日本人勾结,就应该知道这些。他也会因此知道范德米尔小姐和范德博斯的名字。让那个该死的傻瓜去死吧,他是在找死。"

"问他怎么知道我们营地在这儿的。"另一个人说。

"你怎么知道在哪里能找到我们?"德莱登霍夫问道。

"我可以回答你的所有问题,"泰山说,"我当时就在被击落的飞机上,这也是我在这里的原因。我提到的三个美国人也是那架飞机的幸存者。昨天我从一个土著村庄里了解到你们营地的大致位置。这些村民一直在与日本人合作,村子里驻扎了一个日军前哨基地。我们昨天与他们交战,歼灭了整个驻军。"

"你德语怎么说得这么好。"其中一个人用刁难的口吻说道。

"我会说好几种语言,"泰山说,"包括荷兰语。"说完,他笑了。

德莱登霍夫涨红了脸。"那你为什么一开始不告诉我?"他问道。

"我首先要确信你们都是潜在的朋友。你们也有可能是合作主义者。我刚见识了一帮与日本人勾结的荷兰武装分子。"

"是什么让你觉得我们是可靠的?"

"这个营地的外观看上去不是没有修养的土匪营地。同时,我也听明白了你说的荷兰话。如果你们和日本人关系密切,就不会担心我可能是间谍了，所以，我确认可以信任你们。但遗憾的是你们并不相信我。你们可能对我和我的朋友们有很大的帮助。"

"我也想相信你，"德莱登霍夫说，"等范·普林斯上尉回来再谈这个问题吧。"

"如果他能描述出科里·范德米尔和塔克·范德博斯的样子，我就会相信他，"其中一人说，"如果像我们听说的那样，他们已经死了，他就不可能见过他们，因为科里两年前在山上和她的父母一起被杀害，塔克·范德博斯也从集中营逃出来后被日本人杀死了。除非他们还活着，而且两个人在一起，否则这个人不可能见到他们。"

泰山详细地描述了他们两人的样子，并讲述了他们在过去两年中所遭遇到的许多事情。

德莱登霍夫向泰山伸出了手："我现在相信你了，"他说，"但请你一定理解，我们不得不怀疑每一个人。"

"我也一样。"英国人回答。

"如果我刚才表现得粗鲁，请原谅，"荷兰人说，"但我真的很想知道，你为什么像泰山的形象那样，几乎赤身裸体地到处跑。"

"因为我就是泰山，"他看到德莱登霍夫脸上充满怀疑和猜测。"可能你们有人还记得，泰山是一个英国人，他的名字叫克莱顿。那就是我告诉你们的名字，你会想起来的。"

"没错，"有人喊道，"约翰·克莱顿，格雷斯托克勋爵。"

"他的额头上有个伤疤，是他小时候和大猩猩打架时留下的。"另一个人喊道。

"我想这就没问题了。"德莱登霍夫说。

这些人围在一起，一个接一个地问泰山问题。他们现在比刚才友好得多了，试图弥补他们先前的怀疑。

"我现在还是囚犯吗?"他问德莱登霍夫。

"不,但我希望你留在这儿,等上尉回来。我知道他会迫不及待地想帮助你们的。"

Chapter 16
科里第三次被绑架

科里进入森林,看到有个男人站在距她约一百英尺远的小路上,是胡夫特。只见他摘下帽子,微笑着向科里鞠躬。"谢谢你能来,"他说,"我必须确保安全时才敢下山。"

科里走近他,但她并不认识他。虽然他面带微笑,外表看起来却没有什么魅力。她手里紧握步枪。"如果你确实是忠诚的荷兰人,"她说,"你会发现这个村子里的白人都很友善。你想要他们做什么呢?"

她向前走了大约五十英尺,突然,几个男人从小路两旁的灌木丛中窜了出来,她的步枪枪口被挑向高空,他们顺势夺走了枪。

"别出声,我就不会伤到你!"其中一个男人说。

他用手枪对准她,警告她老实点儿。她看到周围都是荷兰人,猜到他们可能是土匪,塔克·范德博斯和泰山可能就是从这些土匪手里逃脱出来的。她自责自己太愚蠢,又落到了他们手里。

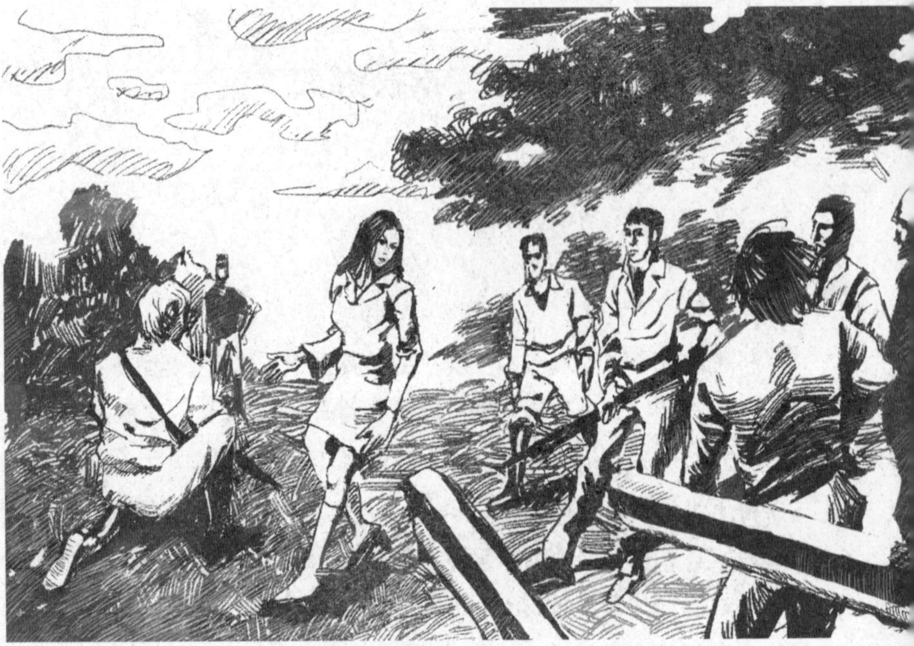

"你们想干什么?"她问道。

"我们不会伤害你,"胡夫特说道,"安静点儿,我们不会让你在这儿待太久。"他们沿着小路往前走,她前后都有人看着,想逃跑是不可能的了。

"你们究竟要对我怎么样?"她又问道。

"很快你就知道了。"

"我的朋友们会追上来的,等他们追上来,就有你们好看的了。"

"他们永远也追不上,"胡夫特说,"即使追上,他们也只有四个人,根本不是我们的对手。"

"你可不了解他们,"科里说,"他们今天已经杀了四十个日本人。不管你们藏在哪儿,他们都能找到你们。你们最好放我回去,否则你们会为你们的行为付出代价!"

"闭嘴!"胡夫特说。

土匪们押着科里继续匆匆赶路。夜幕降临了,但他们并没有停下来的意思。科里想起了杰瑞他们,最重要的是,她想杰瑞了。她不知道他们是否也想念她,她也完全没必要去想当他们想念她时他们会做什么,因为她知道结果,她知道他们一发现她失踪了就会马上开始找她,而且可能现在就已经开始找了。她故意走得很慢,假装成很累的样子。她想拖延时间,但他们骂骂咧咧粗暴地推搡着她朝前走。

回到村里,杰瑞马上想到,土著人都已经为他们准备好了晚餐,为什么科里却没有来。他看见了阿玛特,让范德博斯告诉他去帮忙找科里,阿玛特装模作样地去了科里的住处找她,很快他就回来了,说她不在住处。"刚才我看见她进了森林,"阿玛特说,"我以为她回来了,但她现在不在房间。"

"从什么地方进的森林?"范德博斯问。阿玛特指出一条路线,却与科里进入森林时的路线不同。

范德博斯一翻译完阿玛特的话,杰瑞立刻拿起步枪冲向森林,其他人紧随其后。

杰瑞自言自语道:"她究竟为什么独自一人到森林里呢?"

"可能她没去,"罗塞蒂说,"那个小矮子很有可能在撒谎,我不喜欢他,他看起来像个老鼠。"

布博诺维奇说:"我也不相信这个小矮子,而且这也不像科里的做事风格。"

"我知道,"杰瑞说,"但是我们必须要去找,而且绝不能错过任何可能找到她的机会。"

"如果那个小矮子在撒谎,他其实知道科里发生了什么的话,我就用刺刀挑了他。"罗塞蒂吼道。

他们进入森林,大声地呼唤科里。不久,他们便意识到这是徒劳的。森林的夜晚漆黑静寂,一个人影也没有,科里杳无踪迹。

"要是泰山在这儿就好了,"杰瑞说,"哎!我真不知道该怎么办了。"

"现在事已至此,"罗塞蒂说,"我认为我们得回去盘问全村每一个人。"

"你说得对,小矮子,"杰瑞说,"我们回去。"

回到村子后,他们把村民集中在村子中央。范德博斯向他们询问科里的行踪,先被询问的村民声称他们不知道科里离开了村子,也不知道她在哪儿。轮到询问劳拉时,阿玛特开始准备溜走,这被罗塞蒂看在眼里,因为他一直盯着他的一举一动。他上前一把抓住阿玛特的领口,把他揪回来推到众人中央,又迅速地踢了他一脚。

"这个家伙想要跑,"他喊道,"我说过他这个人有问题。"说着,他把刺刀顶到阿玛特后背上。

范德博斯详细地盘问了劳拉,然后向众人解释了她的话:"这个女孩说,阿玛特过来告诉科里,她父亲的一个朋友正在森林边上等着她,他想见见她,但是想让她一个人去,因为他不知道其他人是否会伤害荷兰人。她就从那边的小路上进的森林。"说着他朝那个方向指去,但这不并是阿玛特指过的路线。

"我早就告诉过你们了!"罗塞蒂喊道,"告诉这个小人让他赶紧祈祷吧,我现在就杀了他。"

"不行,罗塞蒂,"杰瑞说,"他现在是唯一知道真相的人。如果他死了,我们就没法再从他那里得到任何信息。"

"那我等着。"罗塞蒂说。

范德博斯对阿玛特进行了长时间的盘问,在此期间,罗塞蒂一直用刺刀指着他。

"他是这样说的,"范德博斯说,"他到森林里摘榴莲,突然被一群白人抓住。他说大约有二十个白人,其中一个人让他把这个口信捎给科里,威胁说如果科里不单独出来,他就会回来杀了他。他说他当时很害怕。而且,他以为这个人只是想和科里谈谈。他说他不知道他们会抓了她。"

"就这些吗?"罗塞蒂问道。

"这就是他供述的全部过程。"

"我现在可以杀他了吗,头儿?"

"不。"杰瑞说。

"啊,天哪!为什么还不能?你知道流浪汉最擅长的就是撒谎。"

"我们不是日本人,罗塞蒂,现在我们还有其他事要做。"说着他转向范德博斯。

科里第三次被绑架 | 129

"那些人可能正是你和泰山一起逃脱的那帮人吧？"

"我想是的。"

"那你可以把我们带到他们的营地吗？"

"可以。"

"晚上？"

范德博斯说："我们现在就可以出发。"

"好！"杰瑞喊道，"我们出发吧！"

罗塞蒂快速用刺刀捅了阿玛特，这个苏门答腊人发出一声惨叫。杰瑞转过身看着罗塞蒂。

"我没有杀他，队长。您告诉过我不要滥杀无辜。"

"我当然也想亲手杀了他，小矮子，"杰瑞说，"但我们不能那样做。"

"我能，"罗塞蒂说，"如果您想再看清楚一遍的话。"杰瑞无奈地摇了摇头，开始向小路的入口走去，其他人紧跟着。

罗塞蒂边摇头边嘟囔着："想想那个可怜的孩子正在那些坏蛋手里，"他说，"如果那个臭小子早点告诉我们的话，我们早就把她救回来了，这会儿我倒真希望我们是日本人。"

现在，布博诺维奇对厌恶女性者没什么风凉话可说，因为他没有说这些话的情绪，但他禁不住回想起，当他们不得不在自己的军队里增加一位女士时，这小矮子曾表现得多么愤怒。

当科里发现她的拖延战术没有奏效，反而得到了更多咒骂，只得和俘获她的人一同大踏步前进了。过了一会儿，她听到前方传来三声急剧的敲击声，就好像有人用重物敲击树干。他们停下来，胡夫特用枪托敲打了三下树干，前两下敲击声挨得很近，间隔了一会儿，他们敲了树干第三下。

一个女人的声音问道:"你们是谁?"歹徒首领回答:"胡夫特。"

"进来吧,"女人说,"即使我在地狱,也能听出这声音。"

队伍继续前行。没隔多久,那女人又从他们上方喊话了:"我要下来了,"她说,"派你的人过来一个,胡夫特,这可不是女人该干的活儿。"

当她从能够监视到通向营地的小路的瞭望台上下来时,胡夫特问道:"是谁让你觉得自己是个女人的?"她是胡夫特的女人,叫萨琳娜。

"不是你,亲爱的。"女人说。

"我们再也不需要什么守卫了,"胡夫特说,"我们很快就会渡过难关。"

"为什么?难道是有瘸子用弹弓追你们吗?"

"闭嘴!"胡夫特呵斥道,"总有一天你要因为你的多嘴被杀头。"

"别逗我笑了。"萨琳娜说。

"我真他妈受够了你。"胡夫特说。

"亲爱的,我已经讨厌你很久了。我随时会把你卖了换一只猩猩。"

"哦,闭嘴!"有个男人抱怨道,"我们所有人都已经烦透了听你俩抱怨。"

"谁说的?"胡夫特问道。没人吭声了。

过了一会儿,他们进入营地,把睡梦中的妇女们叫醒。当妇女们得知即将破营,而且要在深夜里赶路时,她们激烈地争吵起来。

随后,火把点燃了,在昏暗的火光下,他们收拾起所剩无几的物品。借着火光,妇女们发现了科里。

"这孩子是谁?"有人问道,"这可不是一个好男孩儿该待的地方。"

"那可不是个男孩儿,"有人说,"她是个女孩儿。"

"你们想要拿她怎么样？"一个女人疑惑地问。

"日本人想要她。"胡夫特的副手格罗修斯解释说。

"没准儿他们得不到她呢？"胡夫特说。

"为什么得不到？"格罗修斯问道。

"因为也许我自己已经喜欢上她了。我要把萨琳娜送给一只猿猴。"大家都笑了，萨琳娜比其他人笑得声音还大。

"你长得没有魅力，说话也难听，还是个穷光蛋。"她说，"但是，除非我找到另一个男人，否则不许你和别的女人鬼混。你可给我记住了！"她补充道。萨琳娜三十五岁，身材圆润健美。她屁股上总是挂着一支自动手枪，随着走路时屁股的晃动摆来摆去，她的卡宾枪也总是挂在身上触手可及的地方。如果她的帕兰刀没有插在刀鞘里或系在腰间，她就会感觉自己没有穿戴整齐，但这些只是萨琳娜强大的外在特征；当胡夫特团伙的残忍和堕落令她恐惧时，就会激起她与生俱来的凶狠特性。她这种凶狠的特性是有根源的，她的外祖父曾是婆罗洲的猎头，外祖母是巴塔克人和食人族；她的父亲是荷兰人，曾在南海上探险，沉溺于海上欺诈和海盗行径，最终被处以绞刑。萨琳娜自己也继承了家族的传统，虽然没有像她父辈们那样犯下不可饶恕的罪孽，但在日本入侵时，她也是因谋杀罪被判处终身监禁，刚刚从监狱里释放出来。

事实上，她所杀的那个人早就该死，所以也不必太苛刻地评判萨琳娜。同样，像萨琳娜这种人，她也有很多可圈可点的优点，比如慷慨、忠诚、诚实，她会毫不犹豫地为她认为正确的事而决斗，而不需要发出任何决斗的信号，这一点胡夫特是怕她的。

听到胡夫特和萨琳娜之间的交谈，科里心里越来越感到惶恐不安，她不知道谁更可怕。她可能会被交给日本人，可能被胡夫特带走，也可能被萨琳娜杀死。此时的境况真的很糟糕，她只能祈祷杰瑞他们能及时赶到。

　　土匪们离开了营地,但并不是从带科里来的那条路离开的,因为胡夫特下令要迷惑追踪他们的人。听到这些,科里最后的一线希望似乎也破灭了。现在她唯一能做的只有祈祷了。

　　途中,萨琳娜总是有意靠近科里,科里倒也希望这样,因为这样可以让胡夫特离她远点儿。在萨琳娜和胡夫特两个人中,科里更怕胡夫特。

Chapter 17
知恩图报的萨琳娜

范德博斯带领着杰瑞、布博诺维奇和罗塞蒂穿过一团漆黑的赤道森林,朝这些土匪的营地走去。丛林夜晚的嘈杂声都是他们发出来的,但他们什么也看不见,也看不到彼此,他们只是被前方带路的人所发出的窸窣声指引着。如果范德博斯放慢速度或者停下脚步,他们就会撞到一起。他们还经常会撞到树上,或被障碍物绊倒,然后轻声咒骂几句。除此之外,他们在行进中沉默不语,彼此之间没有任何交流。

丛林中时常传来诡异的声响,难以形容的撞击声;偶尔还会传来恐怖和痛苦的尖叫声。此时的生死存亡都是关于他们的。有时那种离奇的沉默要比声音更恐怖。布博诺维奇知道:死亡近在咫尺。丛林万物似乎都在等着看他从哪里开始攻击,每个生灵都害怕自己被注意到,受到伤害。

罗塞蒂觉得自己像是在梦游,他走啊走,却哪儿也没走到。

就好像永无休止地走,在黑暗中就这么走到永远。

杰瑞满脑子都在想着科里可能经历的遭遇,不由得对他们缓慢的进展感到恼火。他一直在想还有多长时间才能到达营地,想着想着,他撞上了范德博斯,然后又与罗塞蒂和布博诺维奇碰头了。

范德博斯把他们叫到一起,低声说:"准备好枪。我们正在接近他们的哨兵,也许能在黑暗中偷偷地溜过去。如果他们进攻,我和杰瑞会让他们接招;然后我们要控制营地,并大声喊叫。但是我们不能在那里开枪,除非我们确定了科里的位置。找到科里后,我们才能开始射击;然后继续穿过营地,在营地对面有一条小路,在那里会合。"

"我认为我们应该开枪,不过是对空中开枪。"杰瑞建议道。

"那也可以,"范德博斯同意他的建议,"走吧!"

他们发现没有哨兵,于是悄悄地溜进已经人去楼空的营地里侦察。这里没有那么黑,他们很快就发现猎物早已不翼而飞,对此他们非常失望,满腹牢骚。

"下一步我们该去哪儿?"罗塞蒂问道。

"我们得等到天亮,才能找到他们的踪迹,"杰瑞说,"你们都先睡觉。我来放一个小时哨,然后再来人替我一小时,到那时天就该亮了。"

"让我先放哨吧,头儿,"罗塞蒂说,"我能比你做得更好。"

"你凭什么这么说?"杰瑞问道。

"嗯,你看你年龄这么大了,最好还是你先休息吧。"

杰瑞咧嘴笑了。"有没有听说过史迪威将军?"他问道,"谢谢你,小矮子。但我还是要选择第一个方案,一小时之后我会叫醒你的。"

天刚一亮,他们就开始按图索骥,但在营地外没有找到任何蛛丝马迹，这有点儿令人费解。直到布博诺维奇发现他们又撤回到他们进入营地时的同一条路上时，大家才明白，土匪们已经抹去了踪迹。

"他们一定是顺着岔路口一直朝前走的，"范德博斯说，"我想我们得撤回去，重新开始走。"但是当他们到达岔路口时，还是没有看出任何新的足迹。

"他们都做了些什么？"罗塞蒂问道，"太会伪装了，竟然就这么消失了。"

"他们可能用了雪花膏。"布博诺维奇说。

"一定是我们脑子出问题了。"杰瑞厌恶地说。

"或者在我们鼻子、眼睛和耳朵里，"布博诺维奇说，"泰山是对的，文明剥夺了我们绝大部分天然感知能力，我想泰山会发现他们的踪迹。"说着他打了个响指。

"泰山的确很聪明，"罗塞蒂说，"但如果没有踪迹，即使是他，也找不到路。"

杰瑞说："我们现在唯一能做的就是回到村子里等他，像我们这样的一群傻瓜永远也休想找到她。如果我们现在出去找，等泰山回来时，我们就会错过与他碰头。"

就这样，一群人垂头丧气地回到了村子。当阿玛特看到罗塞蒂走进村子时，他飞快地消失在森林里，爬到一棵树上一直待到天黑，惊恐不安。

科维恩·范·普林斯还没回来时，泰山一直在游击队的营地里等他。见面后，范·普林斯、德莱登霍夫和泰山在一起商议了很长时间。泰山告诉他们，村子里的日本人已被歼灭，但那里还残留了很多枪支和弹药，他认为游击队可以有效利用这些武器。

136

"我昨天离开时,"泰山说,"我的同伴们几乎随时都准备着伏击日军救援,如果真的伏击了,我对交战结果毋庸置疑。所以如果你们愿意来拿这些武器,应该还绰绰有余。我想村子也需要个教训,那些村民无疑是与日本人勾结在一起的。"

"你说日军救援队有二十个人,"范·普林斯说,"可你们只有五个人,而且其中一个还是女孩。你们要想取胜也是太过于自信了吧?"

泰山笑了,"你不了解我的人,"他说,"他们绝对比日本人有优势。他们知道日本人来了,但是日本人却不知道我们在哪儿,更不知道我们就埋伏在路两边的树上,步枪和手榴弹在等着他们。可别低估了这个女孩儿的战斗力,上尉。她是个神枪手,已经有好几个日本人死在她手上了,她对日本人的仇恨程度堪比对宗教的信仰。"

"小科里·范德米尔!"范·普林斯惊呼道,"这太令人难以置信了。"

泰山继续说:"我们有两个美国人被日军俘虏和虐待,正在他们要被斩首时,美军上尉和科里及时赶到才营救出他们,我想他们每人至少可以解决五个日本人,还可能更多。他们已经成为复仇者精英。不,一旦开战的话,我们根本不必担心交战结果。美国人会说,'我们以前可以,现在也还可以再战'。"

"好吧,"范·普林斯说,"我们会和你一起去,我们当然需要更多步枪和弹药。我们也可能联合起来,等我们集合后讨论一下什么时候开始。你准备什么时候返回?"

"我现在就要出发了,"泰山回答,"我们在村里等你。"

"我们可以和你一起回去。"范·普林斯说。

泰山摇了摇头,说:"这恐怕不是我的旅行方式,像这样强行进军，你们估计要明天才能到，但如果是我自己的话今晚就会回去了。"

荷兰人耸了耸肩，表示怀疑，但是他依然笑着说："很好，那我们明天见。"

当那群土匪穿过森林行进到一个狭窄的山谷时，天已破晓。他们随身带着杜松子酒，大部分人都喝醉了，现在他们最想做的就是躺下睡觉。他们在一条小河边的树下宿营，那条河顺着山谷蜿蜒流向大海。

因为妇女们前一天晚上睡过觉，所以胡夫特下令妇女们去放哨。萨琳娜是当晚唯一没有喝醉的女人，所以她自愿第一个守夜。很快，其他人就横七竖八地躺在地上打呼噜了，但科里睡不着，逃跑计划在她脑中迅速闪过，令她睡意全无。她看到除了萨琳娜以外，所有的人都睡得很死。也许萨琳娜也会很快因困倦而睡着，那样她就可以逃跑了。她很清楚她的位置，也知道从哪条路能回到村子。沿着山谷往下走，她可能会找到泰山杀死的犀牛和鹿的骨骸；走出这里，她就会找到走出山谷进入森林的路了。

她观察着熟睡着的男女们身上的武器。如果她能偷走一个帕兰刀而没被萨琳娜发现的话就好了，她只需要靠近那个女人就可以做到。时间一长，萨琳娜的注意力会不集中，就会扭转头。只要用那把沉重的刀子狠狠地一击，自己就可以带上步枪、手枪和帕兰刀，在这些醉汉酒醒之前，远远地逃离这里了。

科里甚至不想知道她是否喜欢这样的想法。她曾经安逸的生活现在早已成为一场生死存亡的战争。敌人就是你死我活，而这个女人就是她的敌人。科里非常害怕她，不亚于对那些男人们的恐惧，她觉得她就是万恶之中的可怕生灵。

萨琳娜还很年轻。她拥有欧亚女人的美,拥有爪哇和苏门答腊岛女人的挺拔和优雅举止,还拥有傲人的身材和曲线美,但科里看到的却是她眼神中流露出的憎恨与厌恶。

萨琳娜正盯着科里,她双眉紧锁,看到科里在看她,她的视线并没有从科里身上移开。"你叫什么名字?"萨琳娜问道。

"范德米尔。"女孩回答。

"科里·范德米尔?"萨琳娜笑了,"我想是的,你长得很像你妈妈。"

"你认识我妈妈?"科里问道,"你不可能认识她。"她的语气里透露出,如果她认识她母亲似乎是对她母亲的一种玷污。

"但我确实认识你妈妈,"萨琳娜说,"我也认识你父亲。你在荷兰上学时我给他们打工,他们对我很好,我也爱他们。当我遇到麻烦时,你父亲雇了非常优秀的律师为我辩护,但是,并没起什么作用,因为正义从不为欧亚人伸张,也许我还应该说怜悯从不向欧亚人施舍。我那时的确有罪,但我若是白人,情况就会对我有利,不过这些都过去了。因为你父母对我很好,而且帮过我,所以我也要帮你。"

"你叫什么名字?"科里问道。

"萨琳娜。"

"我听我父母说起过你,他们非常喜欢你。但是你怎么帮我呢?"

萨琳娜走到一个熟睡的人旁边,拿过他的步枪和弹药,递给科里。

"你知道怎么回到村子吗?就是他们找到你的地方。"

"知道。"

"那就快走吧,这些醉鬼会睡很长时间。"

"我该怎么感谢你呢,萨琳娜?"她说,心里又想:刚才我竟然还想要杀了她!

"不用感谢我,应该感谢你父母曾经对欧亚人的善行。你知道怎么用枪吗?"

"我知道。"

"那好。再见吧,也祝你好运!"

科里冲动地向她张开双臂,拥抱并吻了她。"上帝保佑你,萨琳娜。"她说完,就顺着山谷向下走去。萨琳娜眼里噙着泪水看着她走远,她抚摸着脸颊上科里吻过的地方,深情地抚摸着。

科里充分利用河流左岸覆盖着树枝的有利条件往前走。这条路比她想象中要远得多,当她看到穿过对面山谷的小路时,已是傍晚时分。令她心情沮丧的是,她看到一些土著居民在她必经的小路上宿营过夜,还有两个日本兵跟着他们,所以现在她只能等到天黑后设法从他们身边溜过去了。

科里爬上一棵树,尽量让自己舒适些。她又累又困,却不敢睡觉,因为她怕自己睡着了会从树上掉下来。最后,她发现了一团交叉在一起的树枝,能让她把身体舒展开,也不至于从树上掉下来。尽管她很不舒服,但还是睡着了,她已筋疲力尽。

等她醒来时,发现自己已经睡了很长时间,因为月亮已经升得老高,她能看到土著人营地里燃烧着的火苗。现在她可以从他们旁边溜过去,走上到达村子的小路了。正当她准备从树上下来时,突然听到老虎从嗓子眼儿里发出的咕哝声,听起来离她很近,从远处也传来野狗的吠声和咆哮声。科里决定待在原地不动。

Chapter 18
科里森林遇险

泰山回到村子时已经很晚了，当时布博诺维奇正在放哨，他拦住了泰山。

"克莱顿上校。"泰山率先说。

"我已经认出您了，上校。我太熟悉您的声音了。感谢上帝，您回来了。"

泰山走近他问道："发生什么事了吗，上士？"

"的确是，科里被绑架了。"然后他告诉了泰山事情的经过。

"你们还没有找到他们的行踪吗？"

"还没有。"

"肯定会有蛛丝马迹的。"泰山说。

"你说得对，先生。"

"我们只能在白天才能采取行动，天一亮我们就开始行动。"

泰山醒来时，天已经亮了，杰瑞正在放哨。这些美国人急于去搜索新的路线,因为他们已经把其他的路线都搜寻过了。他们又把劳拉从家中叫来,他们认为她是当地人中唯一可以信任的人。范德博斯告诉她,有一队游击队员今天会到达村子,请她告诉游击队员这里发生的事情,并让他们在搜寻队员回来前在村里等他们。

当萨琳娜确认科里已经安全逃离了土匪营地时,她叫醒了一个已经完全醒酒的女人,让她替她放哨。她对科里逃跑的事只字未提,因为她知道那女人的脑子还是昏昏的,而且不会注意到科里已经逃跑了。萨琳娜是对的。

胡夫特醒来之前,又换了两次岗哨。当他发现科里不见了,非常恼怒。他马上盘问了所有放哨的妇女。萨琳娜坚持说,她换岗时科里一直都在,其他人也坚持说在他们放哨时囚犯都在。胡夫特无计可施,气得睡了一整天。等他醒来时,天色已晚,不能开始搜索了,他现在所能做的只有狠狠地诅咒这些女人,继续借酒宣泄。

也是第二天早晨,泰山正和其他人从村子里出发去寻找科里。科里正不耐烦地观察着土著人和两个日本人驻扎在小路上的营地。只有等他们离开,她才敢下去。科里看着他们悠闲地准备和享用早餐,感觉他们好像永远也不会走了,但最后他们终于离开了。

他们朝她的方向走来,科里躲在树上最浓密的树叶里。最后他们列队路过她藏身的地方,离她特别近。科里认出了艾斯坎达尔和他的同伙,艾斯坎达尔是土著人的首领,曾经绑架过她。当科里感觉到安全时,她从树上跳下来,顺着小路爬上山崖进入森林。她终于安全了,此时所有的敌人都已被她甩在身后,她终于可以踏上熟悉的小路回到她朋友们的身边了。

艾斯坎达尔的人马在行进中遇到了胡夫特一行,这时两个日本人却藏了起来,艾斯坎达尔他们这些土著人靠近了胡夫特他们。

艾斯坎达尔和胡夫特之间进行了简短的谈判后，土著人派人回去告诉日本人，那些白人很友好。

于是，两个日本人也加入了他们的行列，他们边轮流递着杜松子酒喝，边讨论计划。两个日本人是松尾上尉的分遣队队员，却并不是受委任的军官，因此他们当然渴望俘虏科里。艾斯坎达尔和胡夫特也是如此，他们都在幻想着把女孩交给日本军官能得到什么奖赏。

饮酒过度打破了他们的计划，虽然他们出发的方向是对的，但始终没有发现科里的踪影。当他们到达通往森林的小路时，那是科里走过的路，萨琳娜突然声称她发现了女孩的踪迹，并带领他们沿着小路向山谷下走去。依然是科里已逝父母的善行又一次救了她。

泰山、杰瑞一队人迅速向已撤离的胡夫特营地行进。泰山仔细检查了迷惑和欺骗了他同伴的迹象后，带领他们沿着胡夫特一行的足迹前进。其他人都半信半疑，但还是继续跟着。

"他们的足迹都是朝着营地，"罗塞蒂说，"我们走错路了，我们是在浪费时间。"

"他们告诉我你是一个非常棒的炮塔炮手，小矮子，"泰山说，"但你不擅长追踪。我们现在追踪的人昨晚上就是沿着这条小路走的，和我们将要行进的方向一致。"

"那么他们一定是又返回来了，上校。所有这些脚印都是反向的。"

泰山解释说："他们当中大多数人都是在前面先走，三个男性和一个女性倒着走在他们后面，把前面人的脚印覆盖掉。而且大约每隔一百码，就有三男一女轮流擦掉前面人的脚印，因为这样倒着走也的确很无聊。"

"我不明白你的意思。"罗塞蒂追问道。

科里森林遇险 | 143

"人向前走时，脚后跟先着地，前脚掌用力使身体向前走，脚底的泥土会通过前脚掌的作用力甩到相反的方向；人倒着走时，前脚掌先着地，脚后跟向前推，脚底的泥土仍是朝着相反的方向甩。仔细检查地面，你就会发现这些。如果你长时间跟踪这些足迹，观察得足够仔细，每隔一百码你就会发现脚印尺寸发生的变化，都表明有不同的人轮流这样做。"

罗塞蒂和其他人都开始观察这些足迹。"天啊，我们真是无话可说。"杰瑞说。

罗塞蒂说："早知道我就应该早点闭上我这愚蠢的嘴巴。上校从来都不会错。"

"别那么想，"泰山说，"我可不想活到那样的地步。但是要记住，我这一辈子一直都在追踪，从我幼年时就在这样做，数不清有多少次，我的生命依赖于此。现在我还要继续前进，我们都不想在毫无防备的情况下遇到那些土匪。"

一小时后，其余的人从森林来到空旷的山谷，发现泰山正等着他们。泰山对他们说："那群人刚从山谷上下去没多长时间。而且我也发现了科里的行踪，她比他们早几个小时离开，是独自一人。显然，她是设法逃脱了。我很确定他们并没有发现她的踪迹，因为他们的脚印一直都是在她右边不远处，这些足迹并没有交叉过。"

"这群人里有很多男女，几个土著人，还有两个日本兵。因为至少有两名男子体形较矮，而且穿着大拇脚趾单独分开的日式厚底短袜，所以我猜他们是日本人。我要继续往前追赶科里。如果她是径直走到森林里去的，我就会在路旁的树上刻下单独一个记号；如果她是继续沿着山谷往下走的，我就在树上刻两道记号；如果我刻三个记号，就表明那群人和科里走的是同一条路，否则，就是他们走了另一条路。"接着，泰山转过身，匀速小跑着离开了，他能保持这种匀速小跑几个小时,直到他选择落地,这是阿帕奇印第安人著名的步态。

"我知道我们不够好,"布博诺维奇说,"所以那家伙不需要我们。"

"他一直在让我们凑热闹。"杰瑞说。

"我想我们就是在挡他的路,"范德博斯说,"但他非常有耐心。"

罗塞蒂说:"我要去练练在树上荡来荡去。"

"然后跳到老虎背上?"布博诺维奇问道。

此时,科里正开心地走在回家的路上,她又要回到范德博斯、杰瑞、泰山、布博诺维奇和那个她后来非常喜欢的小中士身边了。事实上,她非常喜欢他们所有人。当然,她这一生都了解范德博斯;不过,她似乎也熟知其他人。她爱他们所有人。她迫不及待地想再见到他们,给他们讲她的历险。她也有些账要跟阿玛特算,但她很快就打消了这个念头,她现在只去想那些令人愉快的事。

她所想到的令人愉快的事情之一就是杰瑞。突然,她感觉到有什么东西在与小路平行的灌木丛下移动,这东西很大。科里准备好步枪,食指扣在扳机上。她凝视着灌木丛下杂乱的树叶,瞥见的黑黄相间的条纹使她心中的快感顷刻间消失殆尽。一只老虎正跟着她!此时25口径的日本步枪真是彻底的废物!她一停,老虎也跟着停了下来。现在她可以看到它的眼睛了,恐怖的眼睛——它站立着,低头盯着她。它会袭击她吗?不然它干嘛要跟踪她?

科里环顾四周。她旁边有一棵榴莲树,树上缠绕着结实的藤蔓。如果老虎向她冲来,它会轻而易举地袭击成功;如果她往前动一下,它也会朝她冲来。她任何突然的移动都意味着突然的死亡。

科里小心翼翼地把步枪架在树干上,然后她抓住树上的藤。她观察着老虎,老虎还没有动,仍然站在原地看着她。科里慢慢

科里森林遇险 | 145

站起身,一直看着老虎,这头野兽似乎完全被吸引了。当她往前爬时,她看到它的目光紧紧盯着她。突然间老虎向她走来。

科里飞快地往树上爬,老虎冲了过来,但它没有占据有利位置。它必须爬到树的一半然后从树上跳到路上,才能借力跳跃而起抓住她。它试着跳起来,但没有成功。科里继续向上爬到安全地带。

科里两腿骑在树枝上坐着,身体在发抖,内心狂跳不止。老虎躺在树下的小路上,又老又脏。因为年纪大了,又可能长时间没有猎物,所以只能白天出来猎食。一旦发现猎物,它就会一直等到猎物自己从树上下来或从树上掉下来。每隔一会儿,它就会抬起头向上看着科里,露出黄色的尖牙,低声吼叫着。

虽然科里有着良好的教养,从不会骂人,但此时她却忍不住朝着老虎咒骂,因为它使科里即将回到同伴身边的梦想破碎了。它就那样躺在那里,时不时对她咆哮着。一个小时过去了,科里开始变得狂躁不安;又一个小时过去了,那头愚蠢的野兽仍然原地不动。科里甚至在想他们两个谁会先饿死。

不久,来了几只猴子。它们也朝老虎叫着,可能还在用猴子的语言骂它。这时科里想到一个好主意,她知道猴子会模仿,于是,她摘下一只榴莲,朝老虎扔去,引起老虎愤怒的咆哮。她又扔了一个,但没砸中。猴子们也开始效仿科里,它们和科里一起用榴莲向这只大猫轮番轰炸。老虎站起来,咆哮着,试图往树上跳,但它后退时,身体失去了平衡,打了个滚。一只榴莲刚好砸到它鼻子上,一只只榴莲像雨点一样砸落在老虎身上。最后,老虎放弃了猎物,跑回丛林里去了。但科里依然在树上待了很长时间,不敢下去。此时她已经吓坏了,过了很久,才小心翼翼地从树上滑下去拿回了步枪。

当科里沿着小路迅速向村子走时,任何一丝声音都令她惊恐万分,最后她确信自己不会再看到那只老虎了。

就在科里路过的一棵树上有一个黑色的庞然大物。她没有看见它。它悄无声息地在她头顶和身后移动,观察着她。是奥祖,曾经与泰山大战过的年轻的猩猩。科里的步枪使它一直保持着距离。奥祖害怕那个黑色长棍发出的巨大声响,但它极有耐心地等着。

不久,又有一些奇形怪状的东西出现在树丛和科里前方的小路上。她停了下来,她以前从没见过这么多猩猩聚集在一起。科里相信它们不会伤害她,但她并不敢完全确定。它们冲她做鬼脸,有些还故意做着吓人的姿势,在地上跺着脚,向她做猛冲的动作吓她。科里食指紧扣扳机,并向后退去,但她退后的方向正是奥祖的正下方,此时,奥祖正坐在距她头顶只有几英尺的大树枝上。

通常情况下,猩猩会避开人类,遇到人就会跑开。科里想知道为什么它们却没有跑掉。她想它们应该很快就会跑掉,于是她就在那儿等着,不敢往前面的小路上走,因为它们就在路上。她猜想,或许是因为它们人多势众,才使它们敢在人面前停留。然而,事实并非如此。事实是因为它们的好奇心,它们想看看奥祖究竟想干什么。而且它们马上就能看到了。

奥祖向下俯视,权衡着眼前的局势,眼睛里充满了血丝。它发现这个白种猿猴的全部注意力都集中在其他猿猴身上。于是,它扑向科里,用力把她扔在地上,又从她手中夺过紧握的步枪。因为科里的手指一直扣在扳机上,所以抢夺时,枪响了。枪声吓坏了奥祖,他顺势荡回到树上,又跑回到森林里去了。但是因为它当时太害怕了,忘了松开科里,所以就把科里也携走了。

枪声惊吓到了别的猩猩,它们也摇荡着跑到森林里去了,但和奥祖不是一个方向。现在,这条小路安静了,空无一人,但这优势已经对科里毫无意义了。科里握紧拳头捶打着奥祖浑身是毛

科里森林遇险 | 147

的躯体，最终惹恼了奥祖，它用手掌打了科里的头。这仅是警告科里，不过，奥祖的一击只会使她暂时失去知觉，如果奥祖真的用力，她肯定就被打死了。

科里很快苏醒过来，她一开始以为自己是在做噩梦，但很快就完全清醒过来。现在她真是吓坏了，那头浑身是毛的野兽正匆匆穿过树林，时不时地回头看，好像有什么东西在追它。

科里虽然身上带着手枪和帕兰刀，但大猩猩抓着她，一只大胳膊夹在这两件武器上，使她没法把武器抽出来。那庞然大物正把她带进森林深处，接下来等待她的将会是什么可怕的命运呢？

Chapter 19
泰山决战大猩猩

杰瑞、布博诺维奇、罗塞蒂和范德博斯沿着山谷下游的河流，来到通往山谷左侧的小路，进入悬崖顶峰的森林。他们发现火堆的木头上火焰还很旺，据此判断科里已经沿着小路往村子方向去了，而原来俘虏她的人并没有跟着她。

一行人很快到达了悬崖顶。突然，他们隐约听到前方远处传来枪声。泰山身上并没有带枪，他们也不知道科里是否带着枪，但他们的第一反应是她没有带枪。那些土匪没有走这条路，所以他们不可能开枪；而土著人被白人警告不能碰他们藏在村子里的日军武器，另外，出于对日本人长期的恐惧，他们也不敢武装自己而违抗日本人的禁令。

四个人边沿着小路往前走，边讨论着可能发生的不同结果。"肯定是日本人开的枪，"范德博斯说，"只要有一个日本人，就肯定还有更多日本人。"

"让他们来吧，"罗塞蒂说，"我已经两天没杀日本人了。"

"我们得加倍小心，"杰瑞说，"我要往前走大约一百码，看到第一个日本人，我就会朝他开枪，然后再撤回去。听到我的枪声时，你们都藏到路边的灌木丛里，如果你们确定能不走火，就让他们走过来，但要尽量让他们靠近些。

"上尉，你不要去，让我去。"罗塞蒂说。

"要么让我去。"布博诺维奇说道，"那不是你该干的活儿，上尉。"

"好吧，"杰瑞说，"你去吧，小矮子，把你的耳朵竖起来，机灵点儿。"

"你为什么不从树上荡过去呢？"布博诺维奇揶揄道。罗塞蒂咧嘴一笑，向前方跑去。

泰山沿着科里的踪迹还没走多远，就来到了与老虎激战过的那棵树下。他清晰地记得整个过程，就像从书上看到的一样。甚至那些散落在地的榴莲，似乎也在讲述着老虎最终是如何灰溜溜走开的。他笑了笑，继续顺着科里新的踪迹向前走，这条路表明科里刚刚开始了新的行程。突然，他听到前方传来一声枪响。

泰山又爬到树上，在小路上方沿着树枝快速移动。与后面跟着的那些人一样，他也认为是日本人开的枪。他还认为科里肯定是落到了日本兵之手，因为他看到路上有一支步枪。

泰山很是困惑，日本人不会在离开后留下一支步枪。而且这里也没有日本人的气味，反倒是猿猴的气味很浓。他跳到小路上，发现科里的足迹在有枪的地方消失了。种种迹象表明女孩儿摔倒了或被扔到地上。他还发现在科里的足迹上有大猩猩的印迹，这些踪迹就在泰山正站着的那棵树下。

谜底揭开了：应该是一只猩猩从树上跳下来，抓住了科里，把她掠走了。泰山离开奥祖走过的小路，跳到树上。树上残留的痕迹也有力验证了他训练有素的感觉是对的。树上还有一只被碾碎的甲虫或毛毛虫,被尖利的手或脚磨损过的树皮,还有树枝夹掉的红棕色毛发,森林里静谧的空气中依稀残留着一股猩猩和女孩儿的气息。

在森林中的一小块儿空地上,泰山追上了他的猎物。奥祖已经意识到它正在被跟踪,现在它选择了停下来搏击,如果开战,就选择这个宽敞的空间作为战场。它仍然紧紧抓着自己的战利品,但它抓着科里的位置恰好让科里无法看到泰山。

她只知道奥祖正面对着一个敌人,因为它正野蛮地咆哮着。她听到它的对手也在咆哮着回应,但听起来更像是狮子。当然,苏门答腊没有狮子,但这声音也不是老虎。她很想知道那是个什么野兽。

声音越来越近了。突然,大猩猩把她扔到地上,笨重地向前走去。科里用双手撑起身体,回头看去,是泰山!他正在靠近奥祖。科里跳起来,拔出手枪,但她不敢开枪,她怕误打到泰山。两个庞然大物正紧紧地扭打在一起,奥祖正用它强壮的下颌抵在泰山的喉咙上,泰山用一只胳膊把它黄色的毒牙扳开。奥祖和泰山都在低声咆哮,而且声音更低了。科里突然意识到她正在看着的是两只野兽在为死亡——为她而搏斗。

泰山用右臂抵住了奥祖的咽喉,左臂被它紧紧按在另一侧。泰山正竭力挣脱被按住的胳膊,于是他一点儿一点儿地抽出他的左臂。奥祖也正使劲儿将尖牙靠近泰山的喉咙。

科里吓坏了。她围着两个搏击者团团转,找机会向猩猩开枪,但是他们动作太快了,她很怕一不小心击中泰山。

他们两个依旧对峙着,互相撕扯着。突然,泰山把一条腿锁在猩猩的腿上,然后猛地把奥祖扑倒在地,压在身下。为了求生,猩猩松开了泰山的左臂。科里看到一把刀闪耀着光芒，刺进了大猩猩的胸膛，继而听到了它痛苦和愤怒的尖叫声。这把刀一次又一次地扎入它的胸膛，慢慢地，尖叫的声音变小了，这个庞大的身体颤抖着，最后一动不动地躺在那儿。奥祖死了。

泰山站起身，一只脚踩在死去的对手身上，仰面朝天——突然脸上露出了笑容。战胜雄猩猩的胜利呼声停滞在他喉咙里，为什么他发不出声音，连他自己也不知道。

科里感到自己快虚脱了，她双腿无力，根本站不起来了，只好坐在地上。她看着泰山摇了摇头。"累坏了吧？"他问。科里点点头。"呃，我希望至少今天你的麻烦已经结束了。杰瑞、范德博斯他们正沿着这条小路往这儿来，我们最好去和他们碰头。"说着他把她扛起来甩到肩头，沿着猩猩带她来时的路荡去。她现在的感觉是多么不同啊！

当他们到达小路时，泰山观察了一下，发现其他人还没有来到这条路上，于是他们在路旁坐下等着。他们没有交谈，因为泰山意识到科里刚刚经受了巨大的惊吓，所以他想让她自己静静，也没有问她任何问题。他想让她休息。

但最后，科里自己打破了沉默。"我真是个十足的傻瓜，"她说，"我必须竭尽全力控制自己不哭。就在我以为死亡来临时，你来了，就好像你是横空出世。我想是我自己的反应快让我崩溃了。但是你到底是怎么知道我在哪里的？你怎么知道我出了什么事？"

"故事不是只写在书里的，"他说，"这没那么难。"然后给她讲述了他是怎样追踪到她的。"几天前，我遇到过这只猩猩，当时我占上风，但我克制住自己没有杀它，我现在依然希望我没有杀它。它叫奥祖。"

"可你从来没提起过这些。"她说。

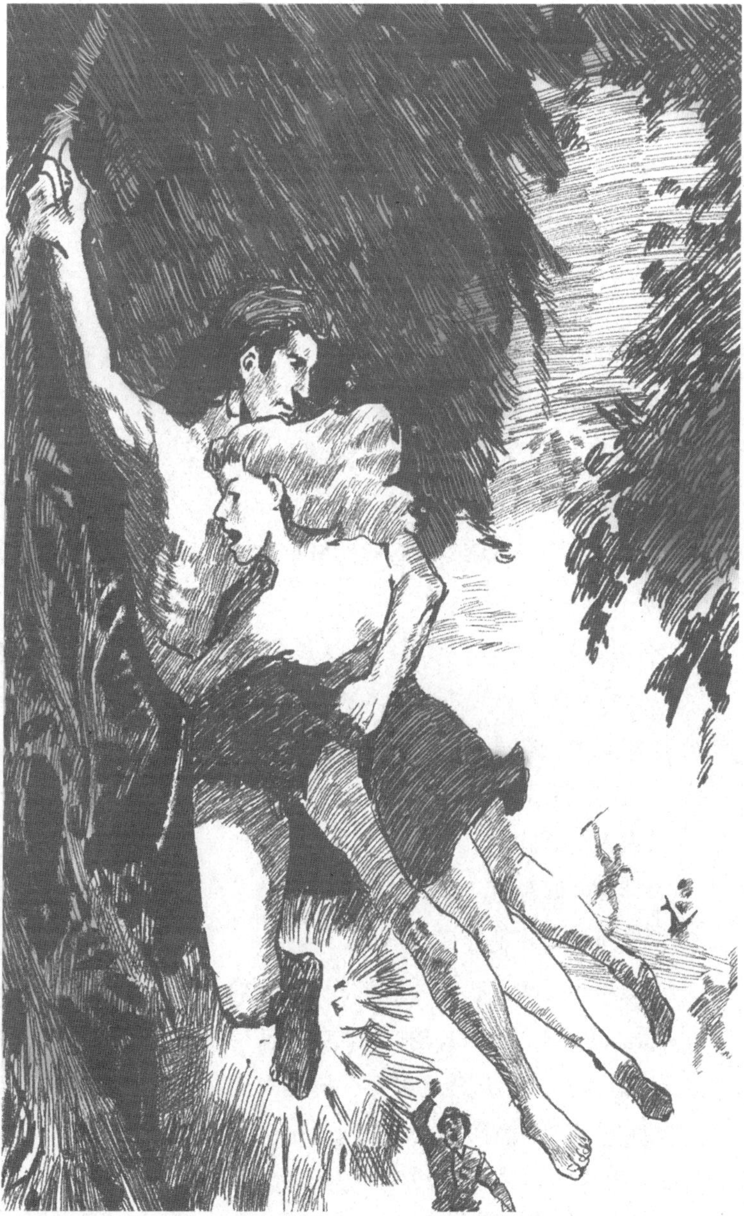

"这并不重要。"

"你真是个很奇怪的人。"

"我是个野兽,不是人,科里。"

她皱起眉头,摇着头说:"你根本就不是野兽。"

"你这是恭维话,那是因为你不了解野兽,他们有许多值得人类效仿的优秀品质,没有什么恶习,而人类会有很多令人生厌的甚至犯罪的品行,野兽却没有。当我说我更是个野兽而不是人时,并不是说我拥有它们的高尚品质,而只是说我的想法和行为更像一个野兽,我具有野兽的心理。"

"好吧,你说得对,但是我宁愿和一个男人一起去赴晚宴,而不是和一只老虎。"

泰山笑了:"这就是当野兽的好处之一。你不必去赴宴,或去听演讲,那简直无聊透顶。"

科里也笑了:"但你的同伴可能会来找你,然后带你去吃晚餐。"

"或者一个好人也可能会来射杀你,只是为了好玩。"

"你赢了,科里。"

"他们都来了。"泰山说。

"你怎么知道?"

"乌莎告诉我的。"

"乌莎?乌莎是谁?"

"是风。她吹过我的耳朵和鼻子告诉我,他们正沿着小路往这边走呢。每个种族都有其独特的体味,所以我了解这些气味是白人。"

没过多久,罗塞蒂就出现在蜿蜒曲折的小路上。他一看到泰山和科里,立刻高兴地欢呼起来,向身后的人大声呼喊。不久,其他人也都过来了。这真是一次愉快的团聚。

"就像家庭聚会一样。"布博诺维奇说。

"科里，怎么好像你已经离开几个星期了。"杰瑞说。

"我走了很长一段路才回到影子谷，"科里说，"我还以为我以后再也见不到你们了，突然泰山就出现了。"

范德博斯走过来吻了她："如果你失踪时我的头发还是黑的，那就大可不必担心它不会变白了，它肯定会因为担心你而一夜之间变白。亲爱的，再也不要离开我们的视线了。"

杰瑞希望他以前对范德博斯没有过好感，甚至已经开始讨厌他。他心里在想：杰瑞·卢卡斯，你是个白痴。不管怎样，你根本就没有表演天赋，这两个人才是天生的一对儿，非常完美。杰瑞这样想着，当他们一起走向村子时，他故意放慢脚步，让科里和范德博斯在一起走。

泰山已经作为领头人走在最前面。其他人听着科里讲述她的冒险经历，讲述阿玛特的背叛、萨琳娜的意外帮助与奥祖的可怕经历以及被泰山营救的过程。

"他太了不起了，"她说，"在战斗中他很恐怖。他似乎变成了一头野兽，充满老虎般的力量和敏捷，还有人类的睿智。他像野兽一样咆哮，连我都快害怕他了，但是战斗一结束，他就笑了，又变回了人类。"

"我们又欠了他一笔债，而且永远也偿还不了。"杰瑞说。

"这家伙肯定是了不起的家伙，"罗塞蒂说，"如果他是英国人，我敢打赌，他肯定和乔治三世有关系。"

"这是一个保险的赌注，小矮子，"布博诺维奇说，"你也可以下注 100 比 1，赌他也没有和卡里古拉一起鬼混过。"

范德博斯发现这些美国人很有趣。他喜欢他们，但他常常搞不清楚他们谈话内容的来龙去脉，经常是听得一头雾水。

"谁是乔治三世？"他问道。

罗塞蒂解释说："他是英格兰的国王。汤普森市长说，如果他到了芝加哥会被打扁了鼻子。"

"你是说乔治三世？"

"就是我说的乔治三世。"

"哦。"范德博斯说。布博诺维奇正盯着他，注意到他并没有笑，他喜欢看到他那样子。布博诺维奇可以怎么戏弄罗塞蒂都行，但他不会容忍任何外国人嘲笑他。

"这个笨蛋，"布博诺维奇边说，边朝着罗塞蒂的方向指去，"他还不知道革命战争已经结束了。"

"你不喜欢英国人，是因为乔治三世做了什么吗？"范德博斯问罗塞蒂。

"你说对了。"

"也许你不会认为英国人有多坏，但你要记住乔治三世不是英国人。"

"是吗？"

"他是德国人。"

"没开玩笑吗？"

"不开玩笑。他那个时代的很多英国人和你一样不喜欢他。"

"所以这家伙是个英雄！这我就明白了。"罗塞蒂现在满意了。他终于可以喜欢泰山了，而且也不再觉得耻辱。

他们很快追上了泰山。他正在和两个大胡子白人交谈，他们是占据村子的游击队哨兵。另外两条小路也同样有人守卫着。

几分钟后，返回的队伍进入了村庄，此时，阿玛特正往村子对面的森林里去，他瞥见了罗塞蒂。

Chapter 20

老友重逢　遭遇误解

范·普林斯上尉和德莱登霍夫陆军中尉还有几个游击队员都认识科里和范德博斯，并且原以为他们都已经死了。现在他们重聚在一起，谈笑风生，既为他们的相聚而祝贺，也互相交流着相识两年多里各种美好经历的片段。科里和范德博斯询问了老朋友们的消息，得知有些人死了，有些人成了日本人的俘虏。他们用自己的语言交流着。

杰瑞感觉自己像个局外人，于是去找布博诺维奇和罗塞蒂。他俩坐在一棵树下，正在清洁枪支，自从他们缴获了日本人的武器后，就要尽可能地保持枪支的清洁和润滑，因为在苏门答腊山脉这种潮湿的赤道环境下，维护枪支是一个永无休止的过程。

现在，范·普林斯和德莱登霍夫也过来和他们一起讨论下一步的计划。科里和范德博斯坐在不远处的树荫下。科里注意到杰瑞近来一直都在躲着她，所以她没有主动参加这次讨论。她不知道她做了什么事冒犯到了他，还是他只是厌倦了她跟着他们。她有点恼怒，因此她把注意力加倍放在范德博斯身上。杰瑞也敏感地意识到这一点，这令他感到很痛苦。他也没有参与讨论。布博诺维奇和罗塞蒂都注意到了杰瑞的变化，感到很不解。

这次讨论的结果是，双方至少会暂时进行武力联合，但不建议驻扎在原地。在细节没有落地之前，将继续进行有效调查。荷兰人不愿冒险作战，他们还有其他侵扰敌军的计划。

因此，他们决定转移到一个他们熟悉的而且容易防守的基地。这将意味着泰山和美国人可能会原路返回，但范·普林斯向他们保证，最终这个计划将大大增加他们成功到达西南海岸的概率。

他解释说："从我计划中的营地出发，到山顶有一条相对容易的路线，你们可以沿着山路向东下行。据我所知，上游的日军比较少，而这边日军数量较多。我会给你们一张地图，标出一条回到西边的路线，这样就更容易到达西海岸了。至于你们是否还要坚持愚蠢的冒险行动，你们自己来决定。"

"你觉得怎么样，杰瑞？"泰山问道。

杰瑞好像终于从白日梦中醒来，茫然地看着上空。"什么怎么样？"他问。

泰山惊讶地看着他，又把计划重述了一遍。"你们觉得可以就可以。"杰瑞冷漠地说。

布博诺维奇和罗塞蒂面面相觑。"这老家伙到底是怎么了？"罗塞蒂低声说。

布博诺维奇耸耸肩，朝科里和范德博斯的方向看去。"找出那个女人。"他用法语说。

"说美国话。"罗塞蒂说。

"我想上尉很快又要恢复成一个厌恶女人的人了。"布博诺维奇说。

"我明白了,我估计也许我自己又要令人讨厌了。麻烦是女人的中间名——麻烦,麻烦,除了麻烦还是麻烦。"

"你们打算什么时候出发?"泰山问范·普林斯。

"至少今明两天我们待在这儿还比较安全,因为这几天日本人还没开始注意到那些细节。即使注意到了,他们还要花一天时间才能到达村庄。我们可以在后天早上一早就出发,这样我们还能有充足时间修复一下行头。我们穿的简直不能叫鞋!酋长这儿有很多材料,村里的妇女们能帮我们做点儿鞋,我们刚到这儿的时候几乎都快赤着脚了。我们也能利用这段时间做好迎接日军的准备。我们有人正在从村子里开辟一条小路,与朝向日军基地的主路平行,我让他们开出大约五百码。一旦日本人来了,我们立马给他们一个措手不及。"

讨论结束了。范·普林斯去森林里查看开路的进展情况,其他荷兰人则继续修复鞋子或清洁武器。科里一直偷偷观察着杰瑞,她注意到他脸色阴沉,说话时直截了当。她突然想到他可能病了。她原本还生着他的气,但一想到他可能病了,瞬间不再生气,反而充满了关切。杰瑞正独自一人坐着,重新组装他已经清洁过的日本手枪。科里走过去,坐在他身旁。

"怎么了,杰瑞?"她问道,"你是不是病了?"

"我没病。"他回答。此时杰瑞已经陷入了一种极度痛苦的状态,甚至无法控制自己的言行举止。

科里惊讶地看着他,很伤心。他没有看到她脸上的表情,因为他正假装全神贯注地清理枪支。他知道自己很幼稚,也很讨厌自己。我到底是怎么了?他问自己。科里缓缓站起身,走开了。杰瑞真想自杀,他感觉自己是个蠢货。杰瑞太年轻了,他不知道自己已坠入了爱河。他狠命地把最后那支手枪摔在地上，站了起来。

科里正朝着她与土著女孩劳拉合住的小房子走去。杰瑞快步走在她身后，他想跟她道歉。当科里走到通向房间的梯子时，他对她喊道："科里！"但科里没有停下来，也没有回头，她爬上梯子，从门口消失了。

杰瑞知道科里听到他叫她了，他也知道泰山、布博诺维奇和罗塞蒂都目睹了整个过程，但最糟糕的是，塔克·范德博斯也看到了。杰瑞感到脸颊在发烧。他在原地站了一会儿，不知所措。他心想，让所有女人都见鬼去吧。他曾多次无所畏惧地面对死亡，但现在面对他的朋友他却茫然不知所措，他需要极大的坚强意志和勇气才能转身走回到他们身边。

杰瑞坐回到他们中间时，谁也没说话。他们似乎都完全聚精会神地在做自己的事。泰山率先打破了沉默："我要出去看看能不能弄点儿鲜肉来，有人愿意和我一起去吗？"这是他第一次邀请别人和他一起狩猎。他们都知道泰山指的是杰瑞，所以没人搭话，等着杰瑞的反应。

杰瑞说："如果没人愿意去的话，我就去。"

泰山说："走吧。"于是，他们拿起步枪，走向森林。

布博诺维奇和罗塞蒂坐得离荷兰人有点距离。"这就是泰山的过人之处，"布博诺维奇说，"我真替杰瑞难受，真不知道科里是怎么想的。"

"哦，见鬼。他们俩可真像。"罗塞蒂说。

布博诺维奇摇了摇头："这一点儿也不像科里——她不应该是这样的。一定是杰瑞说了些什么，他总是像熊一样脾气暴躁，长着个爱发火的脑袋。"

"是那个荷兰人，"罗塞蒂说，"他和科里就喜欢那样。"他把中指交叉在食指上,"我一直以为她爱的是上尉,我跟你说过,我们强行把她救回来就是个麻烦事儿。"

"你是不是有点爱上她了,小矮子。"

"我很喜欢她没错。也许她根本就没做错过什么,也许上尉是错的,他们不会发生任何事。女人就是麻烦。天呀!我回到芝加哥的话,就去进修道院。"

布博诺维奇笑了:"那地方倒是真适合你,小矮子——一个没有女人的漂亮的修道院。如果在芝加哥找不到,就去好莱坞试试,好莱坞稀奇古怪的东西应有尽有。"

罗塞蒂知道布博诺维奇是在嘲笑他,但他一时找不到合适的话去反击,只得回答:"是的,先生!我想我会变成一个和尚。"

"净瞎胡扯。"

"请说美国话,教授。"

泰山和杰瑞出去了一个多小时,回村时带回来一只鹿,是泰山用枪打死的。杰瑞很高兴他没有射杀,当然,为食物而杀戮是没错的,但他仍然不喜欢杀鹿。但他不介意杀日本人,因为那是截然不同的两个概念。按他今天下午的情绪来说,他应该有想杀死任何东西的冲动,但他仍然很高兴自己没有射杀鹿。

当天晚上,科里和荷兰人一起吃了饭。她不应该这样做,她知道她不应该这样做。她本该装作好像什么事都没有发生过一样,但后来,她想她应该这样做,因为她意识到,现在她已经完全承认了他们之间的裂痕,而且难以愈合,甚至还可能会扩大裂痕。她现在一点儿也不开心,因为她是那么爱他们,他们曾经一起经历过那么多,她欠他们那么多。她现在非常后悔杰瑞叫她的时候没有等他。

科里鼓足勇气放下自尊,朝他们走了过去。但当她走过去时,

老友重逢 遭遇误解 | 161

杰瑞却站起身走开了，她只好从他们旁边经过后，回到她自己的住处。她扑倒在睡垫上，大哭起来，这是她这些年来第一次哭。

阿玛特到达日军基地时，天已经快黑了，他也精疲力尽。他向那个拦住他的哨兵深鞠了一躬，用他学过的一点点日语解释说，他有重要情报要向指挥官汇报。

哨兵找来一名没有授予军衔的士官，这个士官恰好学了一点儿土著语言。阿玛特又向士官重复了一遍，但是忘了鞠躬，后来又鞠了两次躬，算是补上了。

士官把他带到了一个副官那里，阿玛特向他鞠了三次躬。士官向副官报告完，副官也询问了阿玛特几句，阿玛特的消息令他异常兴奋，他赶紧把阿玛特带到指挥官田尻宽治上校那里，阿玛特向上校鞠了四次躬。

当上校得知他的手下死了约四十人，怒不可遏。阿玛特还告诉了他村里白人的数量，路上设卡的情况，以及那个白人女孩儿的事。他告发了一切。

田尻宽治给阿玛特安排了食宿，还下令两个连队必须在黎明时分袭击村庄，歼灭白人。他要亲自去指挥，还会带着阿玛特一起回去。如果阿玛特知道这些的话,想必他就不会那样安然入睡了。

Chapter 21

误会化解　准备伏击

第二天早餐时，分裂的气氛再次明显地显露出来。荷兰人在准备早餐和吃早餐时都离美国人和泰山远远的。泰山明白这种行为完全是错误的，也是非常愚蠢的，而且如果这种状态持续下去的话，会影响整个队伍的士气。然而，与此同时，他也忍不住被逗乐了，因为大家都能明显看出来的是，这两个人相爱了。他们可能是唯一没有意识到这一点的人。他知道他们一定是恋爱了，因为只有那些非常相爱的人，才会如此苛刻地憎恨对方。

早饭后，泰山和美国人走进森林，检查荷兰人开辟的路况。他们发现这条小路隐藏得非常巧妙，但泰山觉得哨岗与小路的距离还不够远。

范·普林斯上尉在这个哨岗安排了四个人，负责最大限度地拖延日军进攻时间，缓慢撤退，为了给游击队主力军提供足够时间，等他们从村庄里出来，准备伏击。

"我认为他应该提前安排一个人到更远点儿的地方放哨，"泰山对杰瑞说，"而且他的部队中至少有一半兵力应该安排在这条平行路上轮流放哨。他不准备给日军一个惊喜，也不是要给他们狡诈的奖赏。"

"是的，日军会让一个人走在最前面，"杰瑞说，"这个人会伪装得很巧妙，像蛇一样偷偷穿过丛林，他会在这个岗上看到哨兵，然后回去通风报信。很快，就会有更多士兵偷偷爬过来掷手榴弹，那将是哨兵的末日，而还没等范·普林斯来得及派兵伏击日军时，他们就已冲到村子了。"

"我们回去跟他谈谈吧。"泰山建议。

早餐后不久，劳拉找到了科里。"我刚发现，"她说，"阿玛特昨晚没有回来，他是昨天离开的。我了解他，他为人很坏。我敢肯定，他去日本军营告密了。"

泰山和杰瑞回来时，科里正在向范·普林斯说这件事。荷兰人把他们叫了过来，他们一来，科里就转身走开了。范·普林斯转述了劳拉的警告，泰山提出了他和杰瑞讨论过的建议。

"我会把我的大部分军力布在那里，"范·普林斯说，"只在这里留一个'欢迎委员会'，以防他们闯进来。"

杰瑞建议说："可能完全撤回你的哨兵更好，那样日军就会毫无戒备地直接进入伏击。"

"我不知道那样是否更好，"范·普林斯说，"我得提前得到情报，否则我们可能会很被动，受惊的会是我们。"

泰山不同意他的观点，但他说："我会比你的哨兵早得到你想要的情报。我要去四五英里以外监视他们，一旦日本人出现，我一定会在他们还有很长时间到达埋伏区之前回来报信。"

"但假如他们看见你呢？"

"他们不会看见我。"

"先生,你看起来很自信。"荷兰人笑着说。

"是的。"

"我会告诉你们我们的行动,"范·普林斯说,"为了确保万无一失,我还是要把我的哨兵放出去,告诉他们由你给他们下令,怎么样?"

"很好,"泰山说,"我现在就去,你让你的人伪装起来,设好埋伏。怎么样?"

"好的。"范·普林斯说。

泰山跳跃到一棵树上,消失了。荷兰人摇摇头,说道:"如果我有一个营都是像他一样的士兵,我就能把岛上的日军全部赶走了。"

游击队伏击之前,杰瑞、布博诺维奇和罗塞蒂都背上了弹药和手榴弹。他们走到平行小路的尽头,准备好一个舒适又不惹人注意的位置,然后把叶子和藤蔓覆盖到头和肩膀上,与周围的丛林浑然一体。即便他们和主路之间没有几英尺的灌木丛遮人耳目,敌人也可能在踩到他们身上时才会发现他们。

游击队很快驻扎下来,进入伪装阶段。范·普林斯上尉沿着主要路线来回巡视,检查每个人伪装的效果。最后他下达了命令。

"除非你们暴露了,否则不能开枪,所有人听到我的枪声后再开火。如果队伍最前面的两个人能甩开手榴弹,那就必须把手榴弹扔得足够远,以免伤到我们自己人。队伍最后的两个人也一样,要防范日军超过我们,要确保让日军在你的正前方。如果一切都如我们所料,确保日军都是在我们每个人的正前方,我就发出开火信号。还有什么问题吗?"

"如果敌军撤退,我们要追吗?"有人问道。

"不。那样的话我们可能会进入自己的埋伏。我们要做的就是给他们一点颜色看看,让他们对荷兰人有所敬畏。"说完,他走过来,站在队伍的中央。

杰瑞发现范德博斯站在他旁边。

范德博斯刚才和科里谈了一会儿。"你和杰瑞怎么了?"他问道。

"我也不知道怎么了。"

"哦,不,你知道。他怎么了?"

"我对他的问题不感兴趣,我对他这个人也一点都不感兴趣。他是个粗野的人,我对粗野的人不感兴趣。"

但是范德博斯知道她很感兴趣,于是他突然想明白了问题出在哪儿。这让他眼前一亮,禁不住打了一声口哨。

"你打口哨干什么?"科里问道。

"我打口哨是因为我很惊讶,原来世界上有那么多该死的傻瓜。"

"是在说我吗?"

"说的是你、杰瑞和我自己。"

"你喜欢的话只管打吧,但管好你自己的事就行了。"

范德博斯用手在她下巴上轻轻弹了一下,咧嘴笑着,然后和范·普林斯走进了森林。

杰瑞并不是特别喜欢范德博斯在他身边,在所有人中,范德博斯是他最不愿意与之交往的人,他希望这个家伙不要没话找话。

"好吧,估计我们要等很长时间了。"范德博斯还是先开口说话了。杰瑞哼了一声。

"还不能吸烟。"范德博斯又说。杰瑞又哼了一声。

趁杰瑞没注意他时,范德博斯咧嘴大笑。"科里也想出来打仗,"他说,"但我和范·普林斯都坚决反对。"

"完全正确。"杰瑞说。

"科里是个很棒的小女孩儿,"范德博斯继续说道,"我们是老相识了。她和我妻子从她们记事起就是密友，科里就像我们的亲姐妹一样。"

气氛陷入沉默。范德博斯自娱自乐着，但杰瑞却没有，最后他说："我还不知道你已经结婚了。"

"我也是刚才才想起来。"范德博斯说。

杰瑞伸出了他的手。"谢谢，"他说，"我是个该死的傻瓜。"

"的确是。"范德博斯说。

"你妻子离开这儿了吗？"

"是的。我们想让老范德米尔把科里和她母亲也送出去，但那个顽固的老傻瓜不愿意。上帝啊！他付出了多少代价。他的倔强在整个岛上都是臭名昭著的，他还为此洋洋自得。除了这些，他真是个非常好的人。"

"你觉得科里也遗传了她父亲的倔强吗？"杰瑞胆怯地问道。

"我想就算那样也没什么可惊讶的。"范德博斯正在享受他自己的乐趣，他喜欢这个美国人，但他觉得他需要受到一点儿小惩罚。

布博诺维奇和罗塞蒂越发惊奇地注意到杰瑞和范德博斯之间的亲密关系。随着时间的推移，他们也注意到"那个老男人"好像变得越来越像从前那样恢复人性了。

他们又开始讨论起来。"他又恢复了人样儿，"罗塞蒂小声说，"不管谁吃了他都会作呕。"

"可能会死于消化不良，"布博诺维奇说，"我们认识'那个老男人'已经很久了，从来没见他像今天这样。"

"我们从来没见过他和女人在一起。我来给你讲讲——"

"不用给我讲，我对这些都心知肚明。女人就是毒药，她们只会带来麻烦。你真让我头疼，你的问题是你从来都没认识过正派的女孩，至少在你遇到科里之前是这样。你还没见过我妻子，如果你爱上了某个女孩,你就和原来的想法不一样了。一旦你爱上,我敢打赌你一定会输得很惨,你这种类型的人总是这样。"

"不可能。如果萝西·拉莫不跪下来向我求婚的话,我才不会要她。"

"她不会。"布博诺维奇说。

泰山的归来打断了这段有趣的谈话,他找到范·普林斯。"你那棕色的小表弟来了,"他说,"他们在大约两英里以外。我判断他们有两支装备完整的军队,有轻型机枪和重型小迫击炮,指挥官是个上校。行军大约一百码处有三个哨兵,你的哨兵们正在往回走。"

"你干得真不错,先生,"范·普林斯说,"我对你感激不尽。"说完他转向离他最近的人,"把话传下去,都不许再说话了。敌人将在四十分钟内到达。"

他转向泰山。"对不起,先生,"他说,"但他们不是棕色的,那些混蛋是黄色的。"

德莱登霍夫已经被派去指挥留在村子里的游击队员,他尽力劝说科里转移到安全的地方去,以防敌军入侵村庄。

"你可能会得到你想要的每一支步枪,"科里辩驳说,"可是我还没跟日本人算账。"

"但你会面临被杀死或受伤的风险,科里。"

"你和你的人也有可能被杀死或受伤,照你这样说的话,是不是我们最好都去找个地方躲起来。"

"你真是无可救药,"他说,"我早该知道和女人争吵是这个结果。"

"别把我当成女人。我就是另一支步枪,我是老兵,我还是一个出色的射手。"

这时,森林里传出一阵枪声,打断了他们的争吵。

Chapter 22

杰瑞不幸中弹

杰瑞最先看到了日军,他的位置恰好能看到大约一百英尺以外的小路,小路向右蜿蜒伸向正前方的村庄。这是个三人侦察小组,日本兵小心翼翼地朝前走着,目不转睛地注视着前方的小路。他们显然是相当肯定,此次袭击绝对是一次突然袭击,根本没有考虑到会有可能遇到埋伏,更没有注意到小路两边的丛林。他们从准备埋伏大部队的杰瑞他们旁边经过,驻足在森林边缘。此时,村庄就在他们脚下,但那里似乎空无一人。隐蔽在房子后面的游击队员也看到了他们,静静地等待着。

不一会儿,杰瑞看到大部队过来了。上校手握武士军刀走在队伍的最前面,身后跟着阿玛特。阿玛特的步伐缓慢而吃力,他身后是一名手持刺刀的士兵,刺刀顶着阿玛特的肾脏部位。显然,阿玛特极不情愿跟他们走,在伺机逃跑,他看上去很郁闷。罗塞蒂看着他走过,提醒自己不能扣动扳机。

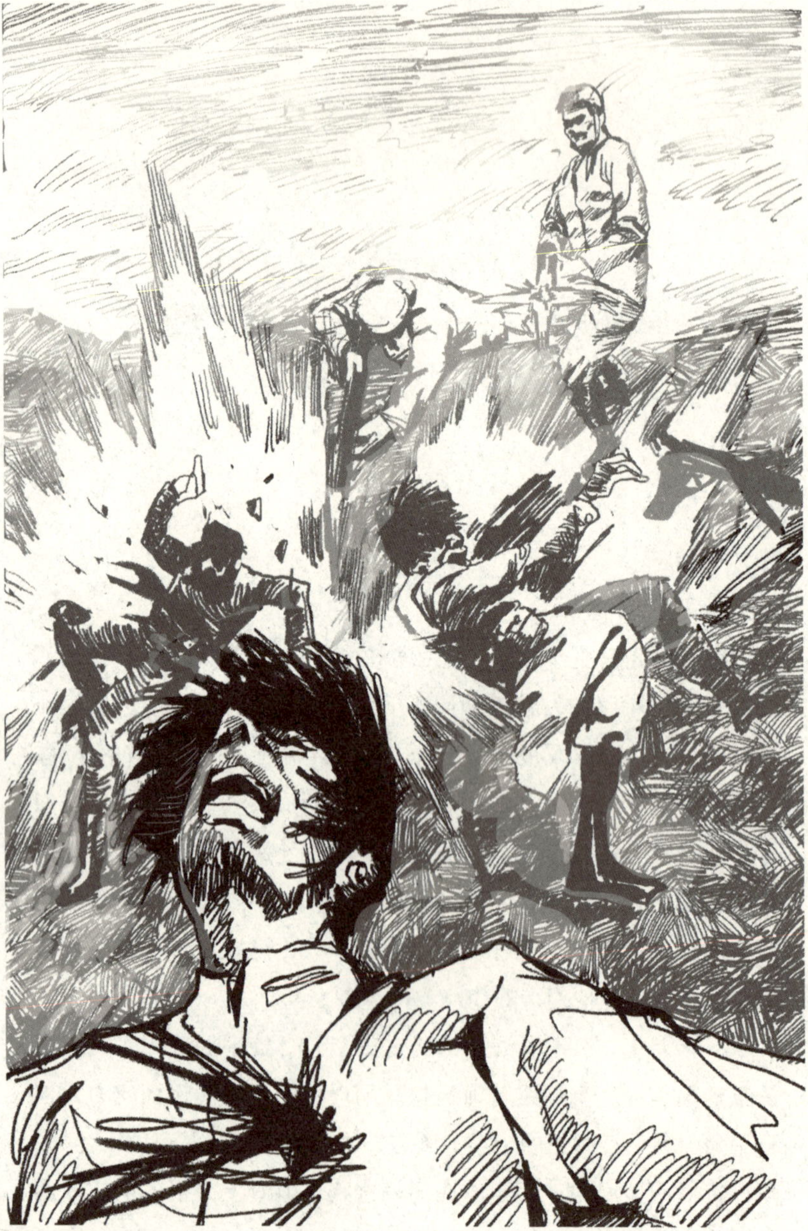

小路上挤满了第一分队的士兵。当领队停在森林边缘时，队伍已集合成密密麻麻的一团。突然，范·普林斯开火了，紧接着，致命的弹药在还莫名其妙的敌军中炸开。杰瑞飞快地向后面第二分队投掷了三颗手榴弹。

日军向丛林中疯狂开火，没有被击中的士兵一部分人转身逃跑了，一部分人拿着锋利的刺刀跳进灌木丛中，进入白人领地反击。罗塞蒂正津津有味地享受着这场野战，他飞快地向日军开火射击，直到步枪热得被卡住了他才不得不停下来。

上校和阿玛特疯狂逃窜，他们竟奇迹般地毫发无损。上校用日语尖叫着，阿玛特听不懂他说的什么，但他向身后的上校瞥了一眼，感觉到上校想杀了他，因为阿玛特逃跑时，发出了尖叫声。如果阿玛特早知道上校会恼怒他的背叛，把他们带进了埋伏，他就该受点重伤；而正因为阿玛特没有受伤，上校才起了杀心。

他们两人在罗塞蒂身后逃跑时，罗塞蒂看见了他们。"站住，胆小鬼，"他喊道，"我的猎物不需要别人动手，让我来吧。"他朝上校开了一枪，紧接着又朝阿玛特开了一枪，但没打中。"该死的！"罗塞蒂说，阿玛特吓坏了，钻进灌木丛逃之夭夭。

日本军队溃不成军，一部分逃进了森林，剩下的死的死，伤的伤。范·普林斯安排了一部分人做后卫军，一部分人负责收集敌军武器和弹药，其余的人将日本伤员和他们自己的伤员运回村庄。

运送伤员过程中，一个受伤的日本兵朝正在帮他的荷兰人射击。从这以后，就再没有日本伤员了。

布博诺维奇和罗塞蒂刚才跳到小路上追击逃跑的敌军，现在忙着收拾战后的日军武器和弹药。突然，罗塞蒂停了下来，他环顾四周后，问道："上尉在哪儿？"

杰瑞不见了踪影。于是，两人冲回到灌木丛，那是他们最后

杰瑞不幸中弹 | 171

一次见到他的地方。他们发现他躺在那里,左胸部的衬衫被血浸透了。两人跪在了他的身旁。

"他还没死,"罗塞蒂说,"他还有呼吸。"

布博诺维奇说:"他绝不能死。"

"你说得对,伙计。"罗塞蒂说。

他们轻轻地把他抬起来,向村子走去;荷兰人也抬着三具死尸和五名伤员向村子走去。

泰山看见他们两人抬着杰瑞,走过来看着昏迷的杰瑞,问道:"严重吗?"

"是的,先生。"布博诺维奇说。他们没有再和泰山多说,继续抬着他往前走。

当有人抬着这些可怜的伤员进村时,那些留守的人就会过来看他们。死者被安放在一排,身上盖着睡垫;伤员被安置在树荫下。游击队中只有一个医生,他没有药物,没有磺胺,也没有麻醉剂,他只能尽己所能。科里也过来帮他照料伤员。在丛林的边缘处,人们已经在为三个死者挖掘坟墓,村里的妇女在烧开水给绷带消毒。

当医生和科里终于过来看杰瑞时,布博诺维奇和罗塞蒂正坐在他身边。科里看出了伤员是谁,顿时脸色煞白,猛然屏住了呼吸。布博诺维奇和罗塞蒂都看在眼里,她的反应所传递给他们的信息胜过任何语言,因为话语有时是用来骗人的。

在两名士兵和科里的帮助下,医生脱掉了杰瑞的衬衫,仔细检查了伤口。此时,每个人都想为他们所爱的人做点什么。

"情况很糟糕吗?"科里问道。

"应该不会,"医生答道,"他的心脏肯定没问题,我能确定他的肺也没问题。他没有吐血吧,军官?"

"没有。"布博诺维奇说。

"他现在的症状主要是休克，部分是由于失血。我想他很快就会没事的。现在你们帮我把他翻个身——轻点儿。"

他们发现杰瑞背部有一个小圆洞，就在他左侧肩胛骨的右边，流血不多。

"他可真够幸运的，"医生说，"我们不需要再做检查了。这是个好事，因为我没有器械。子弹穿得很直，干净得就像吹个口哨一样。"他用无菌水清洗了伤口后，将伤口松散地包扎起来。"我只能做到这一步了，"他说，"你们要有人在这里陪护。他醒来时，让他保持安静。"

"我留下。"科里说。

"如果你们愿意，可以来这儿帮我。"医生说。

"如果你需要，小姐，我们随叫随到。"罗塞蒂说。

科里坐在受伤的杰瑞身旁，用凉水给他洗脸。她不知道她还能做些什么，但她知道她想为他做任何事。此刻，她对他所有的温柔的怨恨都被他的流血和无助抹得烟消云散。

不久，杰瑞喘了口气，睁开双眼，看到女孩的脸正紧贴在他的脸上，他眨了几下眼睛，眼神里流露出疑惑的神情。然后他笑了，伸出手，压在她的手上。

"你很快就好了，杰瑞。"她说。

"我现在就已经好了。"他说。

他曾经抓过她的手，但那只是一瞬间；而现在她握着他的手，拍打着。他们相视而笑，此时整个世界都是美好无比的。

范·普林斯上尉正在派人给伤员们做担架。之后，他过来看望杰瑞。"感觉怎么样了？"他问道。

"很好。"

杰瑞不幸中弹 | 173

"那就好,我决定尽快离开这里。日本人肯定会在今晚返回偷袭我们,这里不是理想的防守之地。我知道有一个地方很合适,我们可以分成两队人马。担架一做完,尸体埋好后,我们就离开这里。我要把这个村庄烧掉,给当地人一个教训。这些人一直在与敌人勾结,他们必须受到惩罚。"

"哦,不!"科里喊道,"这样做是最不公平的,你这样做会伤及无辜,比如劳拉,她曾帮过我们两次。她告诉过我村里只有两个人想勾结日本人——就是酋长和阿玛特。把那些良民的家园烧毁简直太残忍了。记住,如果不是劳拉,猝不及防的就会是我们,而不是日本人。"

"你说得对,科里,"范·普林斯说,"你帮我想出了一个更好的主意。"

范·普林斯走了。十分钟后,酋长被带到村头,行刑队执行了枪决。

游击队员聚集在坟墓四周,医生进行了一个简短的祷告,鸣枪三声后,填满了坟墓。伤员被抬到担架上,后卫军进驻村庄,小分队也准备前进了。

杰瑞不同意被担架抬着,他坚持要自己走路。布博诺维奇、罗塞蒂和科里正在劝阻他时,医生走了过来。"怎么回事?"他问。他们告诉了医生事情的经过。"你要上担架,年轻人,"他对杰瑞说,然后又对布博诺维奇和罗塞蒂说,"如果他还要下担架,你们就把他绑在担架上。"

杰瑞咧嘴笑了笑:"医生,我会好起来的,"他说,"但我不愿意在我能走路时却让四个男人抬着我。"

酋长被枪决后,村民们很害怕,因为他们不知道还有多少人可能被杀。劳拉来找科里时,范·普林斯刚好也来了,他认出了劳拉。

"你去告诉你的乡亲们,"他说,"都是因为你,还有你给我们的帮助,才使得村子免于被烧毁。我们只惩罚了首领,因为他一直在勾结我们的敌人;如果我们回来时阿玛特也在的话,我们也会惩罚他。所以如果你们剩下的人不帮敌人,就不用怕我们。我们知道你们必须招待好他们,不然你们就会受到虐待,这一点我们非常理解,但绝不要给予他们没必要的帮助。"他迅速环顾了一遍村庄后,问道:"泰山去哪儿了?"

"就是,"布博诺维奇说,"他去哪儿了?"

"天啊,"罗塞蒂说,"战斗结束后他就没再回到村子里,但他没受伤。我们最后一次见到他时,他还好好的,那时我们还没把杰瑞抬回来。"

"别为他担心了,"布博诺维奇说,"他能照顾好自己,还有我们所有人。"

范·普林斯说:"我可以派人留在这儿,告诉他我们要去哪个营地。"

"你不必这样做,"布博诺维奇说,"他会找到我们的。劳拉也可以告诉他我们走了哪条路,他比猎犬的追踪能力还强。"

"好吧,"范·普林斯说,"那我们出发。"

泰山看到受伤的美国人似乎伤得很重,当他确定这伤势足以致命时,对日本人怒火冲天,因为他喜欢这个年轻的飞行员。摆脱了其他人的注意,他跳进丛林,奔向敌人行进的小路上。

泰山追上日本人时,有一名上尉和两名副官正会合在一起——他们是两支队伍中唯一幸存下来的军官。就在他们头顶的一棵大树上,一个冷酷的身影正俯视着他们。他搭好弓箭,弓弦的砰砰声被他们叽里咕噜的说话声和军官发出命令的喊叫声淹没了，上尉突然摇摇晃晃地栽倒在地。一支竹箭穿透了他的心脏，从背部穿出。

一时间，日本人呆若木鸡，随后又开始大喊大叫，他们用步枪和机关枪向丛林四处扫射。在他们上空约七十五英尺高的地方，泰山看着他们，下一个靶子已经准备好了。

这次泰山选中了一个中尉，他悄悄移动到几百英尺外的另一个位置射箭。看到又一个日本军官神秘倒地，日本人开始惊慌失措了，他们朝灌木丛和树林疯狂扫射。

当最后一个军官也倒下了，日本兵开始沿着小路朝营地跑去。他们已经受够了，但泰山还没有尽兴。他一直追着他们，把所有的箭都射了出去，每一支都穿透了日本人的身体。受伤的士兵尖叫着从背部和腹部拔出箭头，而死者只能成为老虎和野狗的美食了。

泰山从背上拿下步枪，击毙了那些正四处逃窜的残兵败将后，朝村子的方向走回去。他为他的美国朋友报了仇。

他没有沿着小路走，甚至很长一段时间里都没有往村子的方向走。他走向原始森林的深处，观赏着那些古老的物件儿，也许人类的眼睛永远都看不到，整个原始森林到处都是因经年而灰白的苔藓，到处覆盖着茂密的爬山虎藤蔓、盘环着的兰花，以及其他空气植物。

微风轻轻拂过泰山的脸颊，他闻到了人的气息。不远处，他看到了一条小路，像是人为修建的；再往下，他看到一个陷阱，像是原始猎人为游戏而设的陷阱。现在，他完全独自一人身处森林，远离了人类。他不是个反社会者，但偶尔也渴望独处，或与野兽相伴。即使是吱吱乱叫的猴子对他来说也常常是一种身心愉悦的放松，因为他们太有趣了，而人类几乎不会这样。

这里有很多猴子。起初，它们从他身边跑开，但当他用它们特有的语言跟它说话时，它们又鼓起勇气走近他。他甚至逗来一只小猴子盘坐在他手掌上，这让他想起了小尼玛，一个自负、好战的小懦夫。它爱泰山，泰山也爱它。非洲！有多远呢？似乎真的很遥远。

他像和尼玛说话那样跟那只小猴子说话。很快，小家伙更有胆量了，他跳到了泰山的肩膀上。像尼玛一样，他似乎觉得那里很安全，骑着泰山在树林中荡来荡去。

陌生的气味激起了泰山的好奇心，他顺着气味来到一个小湖边，紧靠岸边的水面上，有许多用树枝和树叶搭成的简陋的棚子。棚子被钉入湖底几英尺的粗木桩支撑着，距离水面有几英尺高。

棚子四面都是敞开的，它的主人是一个身高低于平均水平的族类，皮肤呈橄榄褐色，头发乌黑。他们是尚未开化的赤裸的野蛮人。真是幸运的种族，泰山这样想。一些男男女女正在湖里网鱼，男人们身上挎着弓箭。

小猴子说他们是坏人。"So manu（猿语）。"它说——意思是"吃猴子"。然后它开始对他们尖叫，因为距离那些野蛮人较远，又有它强壮的新朋友在给它壮胆儿，所以它感到很安全。泰山笑了，给它起了一个名字凯塔，这让他深深想起了尼玛。

小猴子的叫喊声很大，引起了土著人的注意，有些人抬起了头。泰山做了一个通用的和平标志信号，装扮成一个穿着脏兮兮的沾满油污的雨衣的精神分裂症患者，但这些土著没有理会，向他射起箭来。他们叽叽喳喳地说个不停，毫无疑问地是在警告他走开。丛林之王泰山非常理解他们，也钦佩他们良好的判断力。要不是他们总能成功地驱走白人，他们就不会继续享受他们和平与安全的田园生活了。

杰瑞不幸中弹 | 177

他观察了他们几分钟后,回到森林里继续漫无目的地闲逛了,享受着残酷战争中短暂的小插曲。小猴子凯塔有时骑在他肩上,有时和他一起荡过树林。他似乎已经永久地拴在了泰山的身上。

Chapter 23
食人族后裔萨琳娜的加盟

托尼·罗塞蒂中士蹲在日军营地外的哨台上,为了让伤员休息,游击队已经在那里驻扎了一天。

罗塞蒂的任务就快完成了,他正准备换岗时,看到有人沿着小路朝他走来。这人身材修长,酷似男子。但即便是午后,森林里很昏暗,中士仍意识到来者虽着裤装,佩戴手枪、帕兰刀和弹药带,但却并非男子。来者是个女人,她看到罗塞蒂,便停了下来。

"站住!"罗塞蒂命令道,架起了步枪。

"我已经停下来了。"这个女人用流利的英语说。

"你是谁?你携带武器要去哪里?"

"你一定是那个科里·范德米尔曾告诉过我的可爱的小军官吧——讨厌女人,还会说有趣的英语。"

"我不会讲英语,我会说美国话。有什么好笑的?你到底是谁?"

"我是萨琳娜,我在找科里·范德米尔。"

"往前走。"罗塞蒂说完,从哨台上下来,跳上了小路。他站在路上,手指扣在步枪的扳机上,刺刀瞄准点在腹部以上。萨琳娜走过来,在距他几英尺远处停了下来。

"我希望你能以其他方式来瞄准。"她说。

"别动!你是那个土匪帮的,我怎么能确定他们没有跟着你。如果是,你就死定了,女士。"

"只有我一个人。"萨琳娜说。

"也许吧。放下武器,举起手。我要搜身了。"

"能不能讲英语?"萨琳娜说,"我听不懂美国话。mitts 是什么意思? frisk 又是什么?"

"把手举起来,我来告诉你,mitts 是手,frisk 搜身。快点儿,女士。"萨琳娜犹豫了一下。"我不会咬你的,"罗塞蒂说,"但我也不会趁机占你便宜。只要你放下武器,我的换岗一来,我就带你进营地。"

萨琳娜把步枪放下,举起了手。罗塞蒂让她把脸转向另一侧,然后,从她身上卸下手枪和帕兰刀。"好了,"他说,"现在把手放下。"他把她的武器扔在身后一堆杂物里。"现在你知道 frisk 的意思了吧。"他说。

萨琳娜在路边坐了下来。"你真是个好士兵,"她说,"我喜欢好士兵。你很可爱。"

罗塞蒂咧嘴笑了笑:"你也不差,女士。"即使是厌恶女人的人也可能长有一双欣赏美的眼睛,"你为什么一个人在这森林里游荡? ——如果真的是你一个人的话。"

"就是我一个人,我不想和那些人一起。我想和科里·范德米尔在一起,她身边应该有一个女人。女人总是会对男人厌烦的,我会照顾她的。她在这里,是不是?"

"是的,她确实是在营地,但她不需要任何女人来照顾她。目前,她身边已经有四个男人了,而且他们都把她照顾得相当好。"

"我知道,"萨琳娜说,"她已经告诉过我了,但如果身边有个女人她会更高兴。"沉默片刻,她说,"你说他们会让我留下来吗?"

"如果科里这么说,那他们会的。如果真的是你帮助她从土匪营逃出来的话,那我们都会坚决赞同你留下。"

"美国话是一种奇特的语言,但我知道你想说的是:如果我真的是那个帮助科里从胡夫特手中逃脱的女人,你会喜欢我的。是这个意思吗?"

"难道我不是这样说的吗?"

这时,一个人从营地方向走过来,打断了他们的谈话。他是来和罗塞蒂换岗的荷兰人,他不会说英语。看到萨琳娜时,他露出惊讶的神情,他用荷兰语询问罗塞蒂。

"这里没有'肥皂',荷兰人。"罗塞蒂说。

"他没有问'肥皂'。"萨琳娜解释说,"他在问我。"

"你懂他的语言?"罗塞蒂问。

萨琳娜摇了摇头。"尽量用英语说,"她说,"我听不懂你在说什么。"

"你会说荷兰语吗?"

"嗯,我会。"

"他说了什么?"

"他在问我的情况。"

"好吧,那告诉他,让他回来时把你的武器带回来。我不能一边拿着那些东西一边看着囚犯。"

萨琳娜微笑着翻译。那人用荷兰语回答她,并向罗塞蒂点头。"走吧。"罗塞蒂对萨琳娜说。他跟在她身后沿着小路进入营地,

食人族后裔萨琳娜的加盟 | 181

带她去见杰瑞。此时杰瑞正躺在树下的担架上。

"罗塞蒂中士报告,带来一名囚犯,先生。"他说。

正坐在杰瑞身边的科里抬起头来,她认出了萨琳娜,跳了起来。"萨琳娜!"她大声叫着,"你怎么会在这儿?"

"我来这儿是想和你在一起,快跟他们说让我留下。"她用荷兰语说,科里把这句话翻译给杰瑞听。

"我的意见是,如果你想让她留下,她就可以留下,"杰瑞说,"但我想还是要征得范·普林斯上尉的同意。带着你的俘虏去给范·普林斯上尉报告吧。"

罗塞蒂自知杰瑞比他权威高,要听他的指令。他对此感到很懊恼,但又不能违抗命令。"走吧,女士。"他对萨琳娜说。

"好吧,兄弟。"她回答说,"但你不必要一直用刺刀顶着我的背。我知道你是个好士兵,但也不必太过了。"科里惊讶地看着她。这是她第一次发现萨琳娜会说英语,而且认为她说得很好。她很想知道萨琳娜是在哪儿学的。

"好吧,甜心儿,"罗塞蒂说,"我想你该休息了。"

"我也一起去,"科里说,"如果我为你担保的话,我肯定范·普林斯会让你留在我们身边的。"

他们找到了上尉,上尉专心地听完萨琳娜和科里的话后,问道:"你为什么选择加入那个土匪帮和他们在一起?"

"如果我不跟他们在一起,就要落到日本人手里,"萨琳娜说,"我一直在找机会脱离他们,加入游击队。这是我第一次找到机会加入游击队。"

"如果范德米尔小姐为你担保,杰瑞上尉也不反对,你就可以留下来了。"

"那太好了,"科里说,"谢谢你。"

罗塞蒂的俘虏不再是俘虏了，他与科里和萨琳娜走回杰瑞休息的地方。他假装来询问杰瑞的伤口，杰瑞向他打保票说他已经没事了，他才坐下来待着。

在离他们不远的地方，布博诺维奇正在清洁步枪，他猜想罗塞蒂很快就会过来找他，他就可以打探到小矮子带回来的那个女人的情况了。可是罗塞蒂并没有过来找他，他继续待在杰瑞和那两个女人那儿没动。这可真不像罗塞蒂一贯的做法，竟然选择待在一个有女人的地方，而且他完全可以躲开她们。布博诺维奇感到困惑了，于是他也来到了他们身边。

萨琳娜在讲述着她和罗塞蒂的趣事。"他让我举起我的手套（mitts 原意为棒球手套，美国俚语有手的意思），说他要搜身（frisk）。美国话真是一种非常有趣的语言。"

杰瑞笑着说："罗塞蒂不会说美国话，那是芝加哥语。"

"你在哪儿学的英语，萨琳娜？"科里问道。

"在吉尔伯特的一所天主教教会学校里。我爸爸总是带着我妈妈和我一起航海。除了有两年在塔拉瓦的布道所，其他时间我一直在父亲的帆船上了，就这样一直到我二十九岁。在我还很小的时候，母亲就去世了，父亲带我长大。他很凶狠，但对我们却总是很和蔼。我们在南部海域四处巡航，大约每两年我们就会在沿途岛屿上与吉尔伯特群岛做贸易，有时也以海盗和谋杀作为副业谋生。"

"后来，父亲想让我接受教育，所以，我十二岁时，他把我留在教会学校，两年后他再次航行时才接我出来。我在那里学到了很多。我是跟我父亲学会了荷兰语，我认为他是个受过良好教育的人。他的船上有一个图书馆，藏有很多好书。他从未给我讲过他的过去——甚至他的真实姓名。大家都叫他大乔恩，是他教会

食人族后裔萨琳娜的加盟 | 183

了我导航。从十四岁起,我就是他的副手了。对一个女孩儿来说,这不是什么好差事,因为跟随父亲的船员们大都是社会最底层的罪犯。没人愿意和他一起航行。我从不同的船员那里学到了一知半解的日文和中文。我们的船运载了各个国家的人,父亲经常诱拐他们充当水手。父亲喝醉的时候,我来掌舵整艘船,这是份苦差事,所以我必须要变得坚强。我靠着几支手枪干活儿,身上从来没有离开过这些枪。"

罗塞蒂的目光自始至终就没从萨琳娜身上移开过,他似乎被她催眠了。布博诺维奇用一种近乎惊愕的眼神看着罗塞蒂,然而,他不得不承认,萨琳娜也并不是那么不入眼。

"你父亲现在在哪儿?"杰瑞问。

"可能在地狱吧。他因一个谋杀案被抓了,执行了绞刑。正是在他被捕后,范德米尔先生和太太对我很照顾。"

过了一会儿,医生来给杰瑞做检查。科里和萨琳娜回到住处,布博诺维奇和罗塞蒂也回去坐在他们自己的棚子前。

"多好的女人啊!"罗塞蒂惊叹道。

"谁?科里?"

罗塞蒂飞快地瞥了布博诺维奇一眼,看到他稍纵即逝的笑容。他猜到布博诺维奇正在嘲笑他。

"不,"他说,"我是说萨琳娜。"

"你有没有注意到和科里在一起用手枪装点自己的女人?"布博诺维奇故意问道,"现在,我的内心深处被一种可爱女性的气质所占据。我肯定是爱上她了。"

"你有妻子和孩子。"罗塞蒂提醒他说。

"我这只是柏拉图式的感情,我不该介意一个女海盗是否把我太当回事。我想,如果她的任何一个绅士朋友惹恼了她,她都会让他们走跳板。"

"想想看，那么小的孩子，孤身一人在船上，周围不是海盗就是他那酗酒的老爸！"

"我觉得这个小女孩能照顾好自己，想想看她的背景。记得科里曾告诉我们，她的祖父是狩猎首领，祖母是食人族，现在我们又知道她父亲是个海盗和杀人犯。萨琳娜因为谋杀入狱，这使她的人生画卷更完美。"

罗塞蒂说："她的人也一样很漂亮。"

"Migawd!（天哪！）"布博诺维奇大声说道，"Et tu, Brute!（拉丁语，译为：连你也这样了！）"

"我听不懂你说的什么鸟语，但是如果你是在说那个小姑娘的什么风凉话——就请闭嘴。"

"我并没有说什么风凉话，我也没有冒犯你感情的意思，小矮子。我只是在回忆你最近说过的话。咱们来捋捋看看——究竟是怎么回事？'如果多萝西·拉莫不跪下来向我求婚，我才不会要她！'"

"好吧，我不会了，再也不会说这样的话了。但一个男人在说一个女人很漂亮时，不像你这么大声说出来难道不行吗？"

"小矮子，我看到你盯着她时眼睛瞪得老大，我太明白这意味着什么了。你现在已经彻底疯了。"

"你才疯了。"

Chapter 24

患难见真爱

第二天一早，这一行人离开营地继续缓慢前进，伤员仍然被担架抬着。这条路很宽，科里并排走在杰瑞的担架旁。罗塞蒂和萨琳娜走在一起，跟在她身后。布博诺维奇和几个荷兰人走在最后面。后面这几个人都不会说英语，而布博诺维奇也不会说荷兰语，这使得美国人有了冥想的机会。他想了很多，思考了女性对男性的显著影响：大麻卷烟或雪茄会使人反应迟钝，科里和萨琳娜似乎对杰瑞和罗塞蒂就分别产生了类似的影响。对杰瑞来说，这种影响似乎还没反应那么明显，但罗塞蒂！罗塞蒂可堪称是一个女性讨厌主义者，却突然间对一个棕色皮肤、年龄足以做他母亲的欧亚混血女杀手产生了狂热爱恋。

布博诺维奇不得不承认萨琳娜的确长得很漂亮，但漂亮于他而言简直就是地狱。他非常喜欢罗塞蒂，所以他希望这个小中士不要陷得太深。他也不太了解女人，而萨琳娜似乎不是那种给人以安全感的女人。此时，布博诺维奇回忆起吉卜灵的诗句：

一天晚上，她用刀刺伤了我

因为，我希望她是白人

从此，我了解了女人

布博诺维奇叹了口气。他想，也许小矮子并不是完全错误的，毕竟他说过，女人们什么都不用做，仅仅是个女人，就会给你带来麻烦。

他不再胡思乱想了，开始担心起泰山。杰瑞也在担心他，他跟科里说出了他的不安。"我开始担心泰山了，"他说，"他已经走了两天了。他刚走没多长时间，有人就听到森林深处日军撤退的方向有枪声。"

"可是他究竟回去干什么呢？"科里不太同意这种猜测。

"他跟别人不一样，所以，我们去揣测他的任何行为动机都是毫无意义的。你也很清楚，有时他的行为就像野兽一样，所以一定是有什么事刺激到他了，才会使他思考和行动起来像一头野兽。你知道他是如何看待生活的，但你也听他说过杀死日本人是他的责任这样的话吧。"

"那你认为他跟踪他们是为了杀死更多日本人？"科里问道。

"是的，而且也许是自杀了。"

"噢，不！这太恐怖了，太难以想象了。"

"我知道这很难想象，但确是有可能的。如果他不回来了，我们就得靠自己继续前进。天啊！我现在才意识到我们对他是多么依赖，如果不是他一直给咱们找寻食物的话，我们肯定绝大多数时间都是饿着肚子的。"

"要不是他，我早就连吃东西的机会都没有了，"科里说，"我还时不时在梦里见到那只叫奥祖的庞然大物——呃！"

他们沉默了片刻。杰瑞眼睛半睁半闭地躺在那里,微微地左右摇晃着他的脑袋。"感觉好点儿了吗?"科里问道。

"嗯,很好。现在离营地还有多远?"

"普林斯计划晚上在土匪露营的地方落脚,就是我曾经逃跑的地方,"科里说,"离这儿不远。"她发现杰瑞的脸很红,就把一只手放在他额头上探探体温。然后,她扭头对萨琳娜耳语了几句,给医生传话,之后又回到了杰瑞的担架旁。

杰瑞含糊不清地嘀咕着什么。她跟他说话,但他没有应答,反而躁动不安地翻身,科里只得制止他,免得他从担架上掉下来。她恐慌极了。

瑞德医生来到担架的另一侧,科里没有吭声。杰瑞的情况显而易见,不需要解释。实际上,瑞德医生挽救他的唯一专业工具只是一支体温计。两分钟后,他看了体温计,摇了摇头。

"很糟吗?"科里问道。

"不太好,但我搞不太明白。我原以为他在受伤的那天晚上会发烧,但他没有,他现在已经度过危险期了。"

"真的吗?真的吗?"

医生从担架的另一侧看着她,笑了,"不要担心了,"他说,"成千上万人都经受了更严重的创伤和高烧。"

"可是您不能为他做点什么吗?"

瑞德耸了耸肩:"我没有什么医疗工具,不过这样可能也更好。他人很年轻,体质强壮,身体状况好得接近完美。大自然就是一个好医生,科里。"

"但是,您会陪在这儿,是吗,医生?"

"当然了,你不要担心。"

杰瑞又咕哝了一句:"两点整三发零号弹。"然后坐了起来。

科里和医生把他轻轻推倒躺下。杰瑞睁开眼睛,望着科里,笑着说:"梅布尔。"此后,他又静静地躺了一会儿。罗塞蒂看见科里和医生这里可能需要帮助,就过来走在担架旁,他的眼神流露出忧虑和恐惧。杰瑞叫道:"杰瑞呼叫梅尔罗斯!杰瑞呼叫梅尔罗斯!"

罗塞蒂忍住哭泣。梅尔罗斯是个遇难的机尾炮炮手,而杰瑞在跟他说话!这一暗示吓坏了罗塞蒂,但他还是保持镇定。"梅尔罗斯呼叫杰瑞,"罗塞蒂说,"西部战线一切正常,上尉。"

杰瑞放松下来,说:"已收到。"

科里拍了拍罗塞蒂的肩膀。"你真好。"她说。罗塞蒂的脸刷的一下红了。"梅尔罗斯是谁?"科里问道。

"我们的机尾炮炮手。他在'红粉佳人号'坠机前牺牲了。他在跟他对话啊!天哪!"

杰瑞又开始翻来覆去地扭动身体,他们三个把他按在担架上。"我想我们得把他绑起来了。"医生说。

罗塞蒂摇了摇头。"让布博诺维奇到这儿来,我会和他照顾好上尉的,上尉不想被绑起来。"

他们把话传到了队列里的布博诺维奇那儿。他过来时,杰瑞正想从担架上下来,四个人使劲把他按回到担架上。

布博诺维奇气呼呼地低声骂道:"该死的日本兵!混蛋!"他又转向罗塞蒂,"你怎么不早点儿叫我过来?他都这样了为什么没人告诉我?"

"别着急,笨蛋,"罗塞蒂说,"他这边一需要你,我马上就给你送信了。"

"他像这样的时间并不长。"科里告诉布博诺维奇。

"对不起,"布博诺维奇说,"我看到他这样很害怕。你应该知道,

患难见真爱 | 189

我们都喜欢这家伙。"

科里的眼泪几乎要夺眶而出。"我想我们都喜欢他。"她说。

"医生，他病得很严重吗？"布博诺维奇问道。

"他只是发烧了，"瑞德回答道，"但还不到生命危险的地步。"

他们从森林里走出来，进入要露营的山谷。现在，走出了狭窄的小路，萨琳娜也来到杰瑞的担架旁。突然，杰瑞喊道："天啊！我不能惹她生气。你们跳下去！快点儿！"边喊边要从担架上跳下来，科里把他安抚了下来。

科里抚摸着他的额头，安慰他说："一切都好，杰瑞。安静地躺着吧，好好休息。"

他够到她的手，紧紧握着。"梅布尔。"他边说边叹了口气，然后睡着了。罗塞蒂和布博诺维奇尽量不去看科里。

瑞德也叹了口气。"这是现在最好的药。"他说。

半小时后，范·普林斯叫大家停下来宿营，他选在一条小溪旁的几棵树下，小溪蜿蜒流向山谷。

当天下午一直到第二天晚上，杰瑞都在昏睡着。科里和萨琳娜睡在杰瑞担架的一侧，布博诺维奇和罗塞蒂在另一侧。他们轮流值班，照料着他们的病人。

轮到科里值班时，她脑海里一直想着梅布尔。她从来没有听到过俄克拉荷马州那个嫁给征兵体检不合格士兵的女孩的名字，但她现在知道了她的名字叫梅布尔。所以他还爱着她！科里尽量不去在意这件事。梅布尔不是已经失去他了吗？她已经结婚了。后来，她想也许这是另一个也叫梅布尔的女孩，可能这个女孩还没结婚。

她想去问问布博诺维奇，俄克拉荷马州的那个女孩叫什么名字，但她的自尊心制止了她。

杰瑞醒来了，他躺了几秒钟，抬头看着头顶上的树荫，竭力唤醒自己的记忆，破解身边的秘密。慢慢地，他回忆起他还有意识时的最后一件事，当时他非常难受地躺在担架上，行走在狭窄的林间小路上。现在担架停下来了，他才感到舒服点儿。在他身旁，他听到涓涓溪流在巨石间碰撞而发出的潺潺水声，欢快地流向大海。

杰瑞寻着水声望去，看到布博诺维奇和罗塞蒂正跪在岸边的草地上洗手洗脸。他高兴地笑了，因为他感到自己在战争中能与这些战友们在一起是多么的幸运。他要忘却对那些牺牲战友们的痛苦，因为一个人不能总是沉浸在痛苦中，那些伴随战争而发生的事是无法避免的。

他把视线从河边移开，开始寻找科里。她正坐在他的担架旁，双腿交叉，双肘撑在膝盖上，脸埋在手掌心里。她的头发又变成了金色，但她仍然留着短发，像她以前一样，也正因为如此，她依然继续穿着长裤。

杰瑞深情地看着她，心里想着她看起来多像是一个可爱的男孩子；同时也在想，感谢上帝她不是个男孩。他知道她不是，因为他可不想把一个男孩抱在怀里亲吻。此刻他多想把科里抱在怀里亲吻，但他却没有勇气。胆小鬼！他心想。

"科里。"他轻声说。

她睁开眼睛，抬起头："噢，杰瑞！"

他伸出手握住她的一只手，她则把另一只手放在他的前额上，说："噢，杰瑞！杰瑞！你的烧退了。你感觉怎么样？"

"我现在感觉我能吃下一整头牛，连牛蹄、牛角和牛皮都能一起吃掉。"

科里强忍住哭泣。这种从恐惧和紧张中的突然解脱，打破了她长期以来的精神桎梏和情感束缚的藩篱。科里匆忙站起身来跑开了。

她躲在一棵树后,靠着树大哭了起来,她已经记不清什么时候曾这么开心过。

罗塞蒂问布博诺维奇:"你知道俄克拉荷马州那个甩了上尉的女孩叫什么名字吗?"

"我不知道。"布博诺维奇说。

"我只是想知道她是不是叫梅布尔。"罗塞蒂好奇地问。

"可能吧。"

杰瑞眉头紧皱地看着科里,他不明白这究竟是怎么了。此时,萨琳娜与科里和美国人正在准备早餐。瑞德医生正在巡查病人病情,他来到杰瑞身边:"今天早晨感觉怎么样?"

"感觉好极了,"杰瑞告诉他,"再也不用被抬着走了。"

"也许这只是你自己的想法而已,"瑞德笑着说,"但是你错了。"

范·普林斯上尉和塔克·范德博斯也过来了。范·普林斯问杰瑞:"你感觉你还能再坚持一天吗?"

"当然可以。"

"好!我想尽快出发。这个地方太暴露了。"

"你昨天让我们担心坏了,杰瑞。"范德博斯说。

"我有一个好医生。"杰瑞说。

"如果按照民间疗法,"瑞德说,"我昨天就应该给你吃一粒药。今天早上我再告诉你,你昨天离死亡之门有多近。"

科里从树后面走出来,来到他们中间。杰瑞看到她的眼睛是红的,这才明白她刚才为什么跑掉了。"刚起床吗,小懒虫?"范德博斯问她。

"我出去找牛了。"科里说。

"找牛!为什么?"

"杰瑞想要一头牛当早餐吃。"

"这么说他也要吃他最不喜欢吃的米饭了。"范·普林斯咧嘴笑着说。

"如果有一天我离开了你这个可爱的小岛,"杰瑞说,"任何人对我提起米饭时,最好都要保持微笑。"

其余的人继续各司其职,留下了科里和杰瑞单独在一起。"昨天我一定是昏过去了,"他说,"在路上几小时以后竟然什么也想不起来了。"

"你是病得很重,但只是发高烧而已。你一直想从担架上跳下来,我们四个人把你按倒。医生想把你绑在担架上,但那个可爱的小中士没听他的。他说,'队长不想被绑住',于是他和布博诺维奇、医生、萨琳娜,还有我一起在担架旁边走,看护着你。"

"小矮子是个好小伙儿。"杰瑞说。

"杰瑞,那些男人们都很喜欢你。"

"这是互相的,"杰瑞说,"战斗机组人员必须互相欣赏。你不会信任一个你不喜欢的人,当我们执行飞行任务时,如果队友是我们不能信任的人,我们就会很担心。对不起,我昨天真是令人讨厌了。"

"你不讨厌。我们只是吓坏了,因为我们以为你病得很厉害。你神志不清,看起来比实际情况糟多了。"她停顿了一会儿,问道,"梅布尔是谁?"

"梅布尔?你怎么知道梅布尔的?"

"没什么。但你一直在喊她的名字。"

杰瑞笑了:"那是爸爸对妈妈的称呼。这不是她的名字,但在他们结婚之前,他就开始叫她梅布尔了。这个名字来自于电视剧《亲爱的梅布尔》,这个电视剧在一战期间很流行。我们那些小孩子们觉得叫她梅布尔也很有趣。"

"大家都想知道梅布尔是谁。"科里漫不经心地说。

杰瑞说:"我估计小矮子、布博诺维奇、萨琳娜和医生一定都特别想知道梅布尔是谁吧。"

"这一点儿都不好笑,你真是坏透了。"科里说。

Chapter 25

永葆青春的巫术

在山谷的入口处，石灰岩峭壁下汩汩的泉水汇成涓涓细流，那里有很多洞穴适合防御外敌。范·普林斯决定把这儿当作大本营，守候麦克·阿瑟率领的盟军部队。正因为认识了这些美国人，他才第一次了解到麦克·阿瑟部队真的要来了。一旦盟军建立了滩头阵地，他就可以和其他游击队首领从山上下来，攻击敌后方，切断对外通信。与此同时，他们还可以完成对日本前哨基地的临时突围。

美国人计划在杰瑞完全康复后立即从营地翻过这座山，然后沿着山脉东侧的小路前进，再向西穿越山脉后抵达海岸。塔克·范德博斯将和他们同行，因为他们认为以他对苏门答腊和日军方位的了解应该会对盟军有利。"以防不测。"范·普林斯说。

范·普林斯认为这是一次疯狂的冒险，成功的希望渺茫，因此他竭力劝阻科里不要跟着冒险。他告诉她："我们可以把你永远藏在山里，让你和你自己人安全地在一起。"

杰瑞也并不能完全确保她的安全。如果日本人想用步兵和飞机来歼灭游击队，那么科里是绝对安全的。然而他也并没有鼓励她和他们同行，因为如果泰山还在的话，他才会更加确信他们有冒险成功的机会。

塔克·范德博斯同意范·普林斯的想法："我真的认为你留在这儿会更安全，科里。"他对她说，"而且我认为我们四个大男人能更容易逃脱，如果——"

"如果没有女人拖累的话。你怎么不说出来，范德博斯？"

"我不知道该怎么说才能不冒犯你们，科里，但这确实是我的真实想法。"

"我和萨琳娜不会成为你们的包袱。我们会像两支步枪一样。而且我们已经证明了，我们可以和你们男人一起坚持前进。我想你应该承认萨琳娜会比你们任何人都更凶猛，你们也已经看到，我不会在枪战时尖叫晕倒。除此之外，萨琳娜还更清楚在哪儿可以让我们找到船，而且能让土著人乐意给我们用。还有一件事是要考虑的：萨琳娜一生都在海上航行，她不仅熟知海域，更是一位经验丰富的领航员。我们可以帮你们很多忙。如果现在考虑到危险，那也是半斤八两。如果我们想逃跑，日本人可能会抓到我们；我们留下来，他们也可能会抓到我们。我和萨琳娜都想和你们一起走，但如果杰瑞不同意，那就算了。"

布博诺维奇和罗塞蒂饶有兴趣地听着他们的争论。杰瑞转向他们："你们这些家伙是怎么想的？"他问道，"你们是想让科里和萨琳娜跟我们一起走，还是想让她们留下？"

"好吧，确实如此。"布博诺维奇说，"如果我们有两个像她们一样优秀的战士，估计也不会有任何问题。男人们犹豫的只是尽量避免让女人遭遇危险。"

"就是这个意思。"杰瑞说。他又用疑问的眼光看了看罗塞蒂,这个罗塞蒂可曾是个讨厌女性主义者。

"要我说,就让我们都去吧,要么都留下来。让我们在一起吧。"

"科里和萨琳娜很清楚可能会遇到的危险和困难。"布博诺维奇说,"让她们自己决定,我们任何人都没有权力替她们做决定。"

"很好,长官,"科里说,"我和萨琳娜已经做过决定了。"

范·普林斯上尉耸了耸肩:"我觉得你们都疯了,"他说,"但我佩服你们的勇气,祝你们好运。"

"快看!"罗塞蒂手指着一个方向喊道,"现在简直真是太完美了。"

人们朝着罗塞蒂手指的方向望去。向他们走来的竟是那个令他们再熟悉不过的、古铜色的身影,美国人和科里万般依赖着的那个人。他肩膀的一头蹲着一只小猴子,另一头扛着一只鹿。

泰山把鹿丢在营地边上,向聚集在杰瑞担架的人群走去。凯塔用两只胳膊环抱着泰山的脖子,朝着奇怪的"猩猩们(指这群人)"尖叫着,用丛林的语言骂着他们。小凯塔吓坏了。

"他们都是朋友,凯塔。"泰山用他们的特殊语言交流着,"不要害怕。"

"凯塔不怕,"猴子尖叫着,"凯塔咬'猩猩'。"

泰山受到了热情的欢迎。他赶紧走到杰瑞跟前,站在那里看着他笑,"原来你还活着。"他说。

"只是受了点皮外伤。"杰瑞说。

"最后一次见你时,我还以为你已经死了。"

"我们可倒是一直担心你死了。你遇到什么麻烦了吗?"

"是的,"泰山答道,"但这不是我的麻烦,是日本人的麻烦,我追上了他们。不管他们将来对你做什么,你都已经先报了仇。"

永葆青春的巫术 | 197

杰瑞咧嘴笑了："真希望当时我能在场亲眼看到。"

"那可没什么好看的，"泰山说，"没有灵魂的生物陷入一片恐惧，就像失去了主人控制的机器人一样无助。我把他们一个个歼灭。"他笑着回忆。

"你一定跟着他们走了很久。"范·普林斯猜测着。

"那倒没有，但是我把他们消灭掉以后，就去了大森林深处。我总是对我不熟悉的领域感到好奇，可实际上，倒没有了解到多少有价值的东西。昨天傍晚，我找到了一组敌人的大炮炮位，今天早上，又找到另一个。如果你有地图，我可以很准确地标出他们的位置。"

"第一天，我发现了一个与世隔绝的村庄。村庄位于一个巨大的原始森林湖岸的浅水区里，这片原始森林在我看来简直无法描述。人们还在用网捕鱼。我给他们出示和平标志后，他们却还用弓箭威胁我。"

"我应该知道这个村子，"范·普林斯说，"飞行驾驶员曾经侦察过它。但就目前所知，还没有其他人看到过，也没有在那里居住过。曾经有那么一两个人尝试着到达那里。可能他们到了，但再也没有回来过。这个村庄的人被视为土著居民的遗民，他们是巴塔克的后裔——真正的野人和食人族。直到最近，现代的巴塔克人还都是同类食人族。他们吃掉老年人，认为这样就会赋予他们永生，因为他们将继续与那些要吞噬他们的人生活在一起。同时，食人者也会获得被食者的力量和美德。正是因为第二种原因，他们也吃他们的敌人——基本上是烹着吃并加上少许柠檬。"

范德博斯说："这些湖区居民应该也已经发现了永葆青春的秘密。"

"当然，这些都是胡扯。"瑞德医生说。

"可能也不完全是。"泰山回答道。

瑞德惊讶地看着他。"你不是想告诉我,你连这样愚蠢的胡说八道也相信吧?"他问道。

泰山笑着点了点头:"当然,我还是相信那些我亲眼所见或亲身经历过的事情,我已经不止两次看到有证据可以证明永葆青春是可以实现的。而且,很早以前我就意识到,不能完全否认原始民族宗教迷信的可能性。我在最黑暗的非洲深处看到过一些奇怪的事情。"他不再说话了,显然无意细说下去。他的眼睛扫视着听者的面庞,定睛在萨琳娜身上。"那个女人在这里干什么?"他问道,"她可是胡夫特的人,土匪帮的人。"

科里和罗塞蒂不约而同地要解释,罗塞蒂抢先替萨琳娜解释。泰山听了事情的经过,非常满意。"如果罗塞蒂中士能对身边的某个女人感到满意,那么她一定是无可挑剔的。"

罗塞蒂很尴尬地羞红了脸,但他紧接着又说:"萨琳娜的确很好,上校。"

瑞德医生清了清嗓子。"你所说的关于原始民族的迷信和宗教的真实性,还有永葆青春的可能性,让我很感兴趣。你能说得再详细点儿吗?"

泰山盘腿坐在杰瑞身边。"在很多情况下,我都知道巫医会遥控杀人,有的会时隔几年。我不知道他们是怎么做到的,只知道他们确实做到了。可能他们把意念植入到受害者的脑中,然后通过自我暗示引发死亡。他们大部分的胡言乱语都是纯粹的江湖骗术,可有时却又似乎是一门精准科学。"

"不过,我们很容易被愚弄,"杰瑞说,"有些爱好客厅魔术的人,会主动承认在骗你,但如果你是一个无知的野蛮人,他们会告诉你那是真的魔法,使你相信他们。在火奴鲁鲁希卡姆驻军期间,我有一个朋友,他就像巫师一样专业。他把肯德尔·菲尔德上校涂成黑色，腰间系上一块儿腰布，头顶戴上羽毛头饰，再给他加些零碎的骨头、木片儿和一条斑马的尾巴，然后把他带到非洲去。这让所有的巫医都羡慕嫉妒恨。"

"你们猜猜他还能用纸牌做什么！我以前跟他玩儿过桥牌，他总是赢家。当然比赛很公平，但是你还没开始他就已击败了你两次——就像泰山的巫医对受害者那样。你只是自我暗示自己已经失败了，但这也很丢脸，"杰瑞补充道，"因为实际上我的桥牌比他打得好得多。"

"当然，任何人都能学会这种魔法，"瑞德说，"但是永葆青春呢？你真的见过这事儿吗，上校？"

泰山说："我年轻时曾从狮子口中救出过一个黑人。他非常感激我，想让我永葆青春作为报答。我告诉他这是不可能的，于是他问我他看起来有多大年龄，我说他看起来像二十多岁了。他告诉我他是个巫医，我所见过的巫医都比他老得多，因此，我不太相信这种说法，也不相信他能让我永远年轻。"

"后来，他把我带到他的村庄去见酋长。他问酋长认识他有多久了。'一辈子了。'酋长回答说。酋长年纪已经很老了，老酋长告诉我，没有人知道巫医的年龄，但是他肯定是非常老的，因为他认识提普·提卜的祖父。提普·提卜可能出生在十九世纪四十年代或十九世纪三十年代，这样算来，他祖父可能早在十八世纪就出生了。"

"我那时还很年轻，就像大多数年轻人一样，喜欢冒险。我愿意尝试任何新鲜事儿，所以我让巫医给我施法术。施法还没有结束，我就明白了他为什么不聚集大批人在一起施法，因为这需要整整一个月的时间调制巫酒，举行庄严的仪式，还要把几夸脱巫医的血液注入到我的血管里。我很后悔当初参与进来，因为我没有料到他的这些要求。"泰山不再说话,好像他的故事已经讲完了。

"你做得很对。"瑞德医生说。

"那么,你认为我会变老吗?"

"绝对的。"医生说。

"你觉得我现在多大了?"泰山问道。

"二十多岁。"

泰山笑了:"我给你们讲的故事发生在很多年前。"

瑞德医生摇了摇头:"这太神奇了。"显然他并不相信。

"上校,我从来没有考虑过你的年龄,"杰瑞说,"但我现在想起来,我父亲说他小时候读过有关你的书。我也是听着你的故事长大的,你对我的影响比任何人都大。"

"好吧,那我相信了。"瑞德医生说,"但是你说过,你知道两个永葆青春的事。另一个是什么,我很感兴趣。"

"在非洲有一个偏远的地区,一群白人狂热分子以一种极其邪恶的方式永葆青春。我的意思是,他们获得其中一种主要成分的方式是邪恶的。他们绑架年轻女孩,杀死她们,切除某种腺体。"

"追踪几个他们偷来的女孩时,我发现了他们的村庄。长话短说,我和我的同伴们成功地营救了这些女孩,并获得了他们的一种化合物。服用了这种化合物之后的人,包括一只小猴子在内,就没有任何衰老的迹象。"

"简直太神奇了!"瑞德医生说,"你希望永生吗?"

"我也不知道该期待什么。"

"也许,"布博诺维奇说,"你会一下子被摔成碎片,就像一辆两轮马车一样。"

"你想获得永生吗?"范德博斯问道。

"当然愿意——永远不用遭受年老体衰的痛苦。"

"但是那时你所有的朋友都死了。"

"结识新朋友,不忘老朋友。但实际上,我永生的机会微乎其微。每一天,我都可以躲开子弹,逃脱老虎,或者蟒蛇。如果我能活着回到我的非洲,我可能会发现一头狮子在那儿等着我,或者水牛。除了寿终,死亡还有很多不可预测的可能。一个人可能会暂时战胜死亡,但死亡永远都是最后的赢家。"

Chapter 26
十人外籍军团

游击队给这队人马起了个名字,叫外籍军团。他们的目标是抵达澳大利亚,团组成员包括美国人、荷兰人、英国人和欧亚人。杰瑞有意将这个军团称号扩大范围,是想借此提醒大家注意到,布博诺维奇是俄国人,罗塞蒂是意大利人,而他自己是切罗基印第安人。

"如果可怜的老星泰和我们在一起,"科里说,"就有四个主要盟国代表了。"

"如果意大利还不投降,"布博诺维奇说,"我们就灭了这个小矮子。他是我们当中唯一的轴心国代表。"

"我可不是意大利人,"罗塞蒂说,"但比起俄国共产主义者,我还不如当个意大利人。"布博诺维奇咧嘴一笑,向科里眨了眨眼。

范·普林斯上校正坐在泰山旁边,他低声说:"这两人之间感觉不太友好,可能会给你带来很多麻烦。"

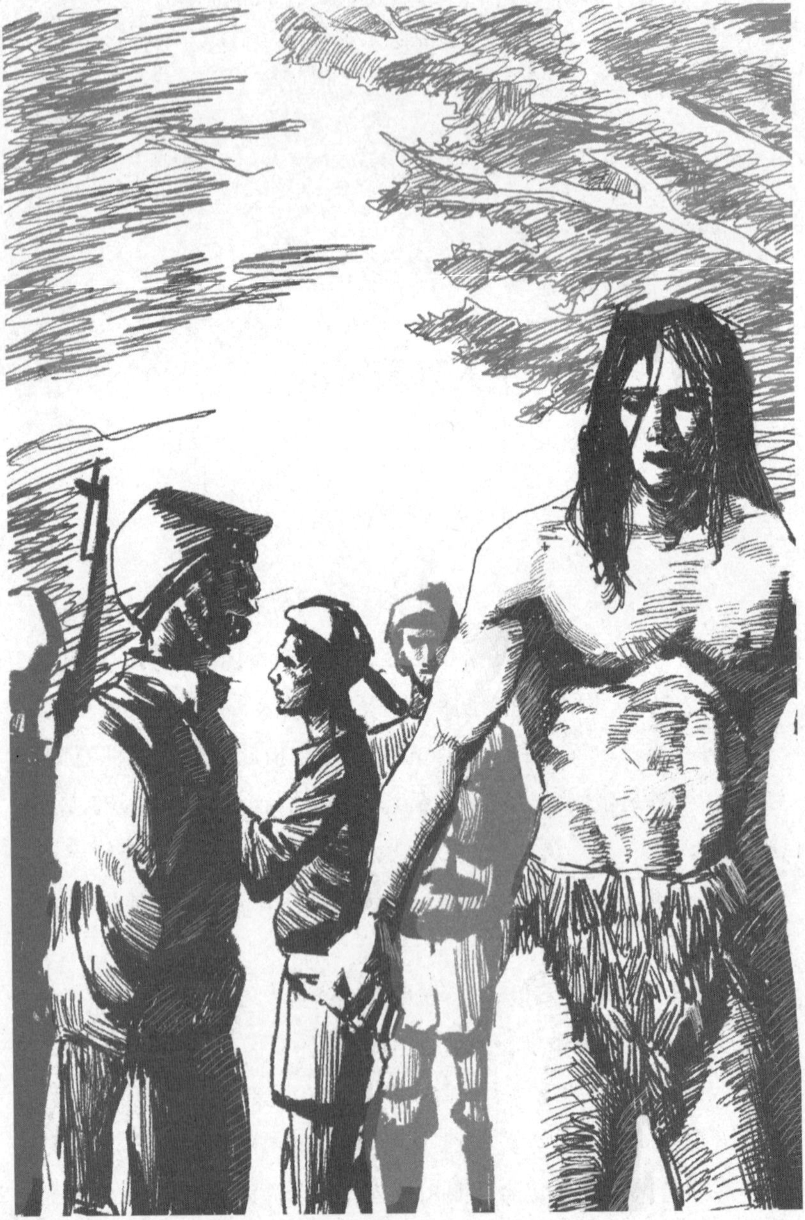

泰山惊讶地看着他："我猜你对美国人不太了解，上校。这些小伙子中的任何一个都愿意为了另一个舍生忘死。"

"那他们为什么还要互相侮辱呢？"范·普林斯问道，"这不是我第一次听到他们这样了。"

泰山耸耸肩说："也许只有美国人才能解释清吧。"

游击队营地临时驻扎在一个狭窄的山谷，山谷的尽头是一个箱形峡谷，石灰岩谷壁的两侧凹陷着几个大洞。步枪和机枪从这些洞口射出会产生致命火力，这是这个阵地坚不可摧的一大优势。另一优势在于这些洞穴能够把潜伏的人掩护得天衣无缝。一架日军飞机偶然从天空飞过，一听到飞机的马达声，军团就马上藏到山洞里。

营地上方的悬崖上设了一个岗哨，从那个角度哨兵可以用望远镜看到山谷下的全景。一旦他发现哪怕只有一个人正在靠近，他的信号似乎就会马上清空山谷。

在这个营地里，外籍军团第一次感到相当安全，这种安全感大大缓解了他们所承受的紧张和压力。他们在这里放松休息，等待着杰瑞伤口愈合，恢复体力。

泰山经常出去侦察或狩猎，他为营地供应新鲜的肉，这也是最基本的需求；他还能悄无声息地杀死猎物，因为步枪射击可能会引起敌军巡逻队的注意。

有时，泰山会一次离开好几天。有一次，他发现了山谷下很远的土匪营地，土匪营地离东九条松松尾上尉和小岛曾我部中尉驻扎的村子很近，他们仍在那里大谈特谈，很明显，这些土匪与日本人公开勾结了。

土匪们建了个蒸馏室制作杜松子酒，与敌人做交易。泰山在两个营房里都看到了醉醺醺的敌人，这让他看出敌人营地纪律涣

十人外籍军团 | 205

散,丧失警觉。通往村子的小路上并没有设置哨兵,只在一个小的带刺铁丝网围栏旁边有一个哨兵站岗。铁丝网里,掩护得并不严实,泰山可以很容易地看到两个人影,但分辨不出他们是谁。他们显然是囚犯,但他看不清是土著人还是日本人。他对他们也没多大兴趣。

泰山正准备离开村庄,回到游击队营地时,一间房里传出一阵广播声。他停下来听了一会儿,但是广播的是日语,他听不懂,于是便继续赶路。

小岛曾我部中尉能听懂广播,但他并不喜欢他所听到的内容。东九条松松尾上尉听了广播却很高兴,喝了杜松子酒后,他醉了。曾我部中尉也喝醉了。借着酒劲儿,东九条松松尾上尉更加高声为来自东京的消息欢呼,此时他处于狂躁状态。

"你那可敬的叔叔被踢出局了,"他狂喜地说,"你现在可以每天给你尊敬的东条英机上将叔叔写信了。而我依然还是上尉军衔,说不定某一天我就被提拔。现在已经旋转乾坤了。'唱歌的青蛙'现在变成首相了,他虽然不是我叔叔,但我们是朋友,我曾在满洲关东军做过他的手下。"

"他手下还有一百万农民呢。"曾我部中尉说。

两个军官之间的积怨越来越深,这对军队的士气和纪律是非常不利的。

科里时常担忧藏在天奥马尔村的星泰,所以泰山决定在回游击队营地之前去村子看看。这需要大幅度改变路线,但时间或距离从来都不在丛林之王所担心的范畴之内。他永远无法习惯文明的一个特征,就是文明人对时间要求的屈从。有时,违背约定俗成会让人觉得很不舒服,但泰山绝对不会。他饿了就吃,困了就睡。

当有一种精神或者某种需要感动了他,他就会开启征程而全然不会考虑到时间问题。

他现在悠闲地前行。他猎杀了猎物,吃完后就睡了。到达天奥马尔村时已是半晌午。出于野兽固有的小心和谨慎,泰山悄悄穿过环绕村庄的树林,确保没有敌人的埋伏。他看到村民正与平常一样劳作,很快,他看到了阿拉姆。过了一会儿,他从树上跳落到地上,走进了村子。

村民们认出泰山,热情地招呼他,围在他周围问东问西,但是他一点儿也听不懂这些语言。他问村里有没有人会讲荷兰语,一位老人用荷兰语回答说他会。

阿拉姆通过翻译询问了科里的情况,得知科里很安全,他很高兴。然后,泰山问星泰怎么样了,大家告诉他星泰还在村子里,但白天从不敢外出,这倒也好,因为日本侦察队曾在没有任何预警的情况下搜查过村庄两次。

泰山去见了星泰,星泰已经完全康复了,而且身体状况很好。他最先问的也是科里,当他得知她很安全又有一帮朋友陪伴,非常高兴。

"你想待在这里吗,星泰?"泰山问道,"还是想和我们一起走?我们计划设法逃离小岛。"

"我想跟你们走。"星泰回答。

"那好,"泰山说,"我们现在就出发吧。"

此时的外籍军团开始坐立不安起来,因为杰瑞已经完全康复了,而且恢复了体力,他急于继续前进。可是,现在泰山已经离开好几天没有回来了,他只能等待泰山归来。

"但愿他能平安归来,"他对科里说,"我知道他能照顾好自己,但他也有可能会出事。"几个人聚集在隐蔽的树枝下。他们一直在给武器清洁、上油和重新组装。他们闭着眼睛就可以清洁和重新组装武器。对他们来说，这就像一个游戏，能使他们缓解长时间专注于武器的单调感，尤其是在这种赤道山脉潮湿的环境下。偶尔，他们也会彼此计时，然而，很让男人们懊恼的是，他们发现科里和萨琳娜在这一方面是最内行的。

萨琳娜更换了步枪的螺栓，瞄向天空，扣动了扳机。她倚在树上，用锐利的眼神向山谷下久久看去。"罗塞蒂已经走了很长时间了，"她说，"如果他还不快回来，我就去找他。"

"他去哪儿了？"杰瑞问。

"他去狩猎了"。

"有命令是不能打猎的，"杰瑞说，"罗塞蒂知道这些，我们绝不能让枪声引起日军的注意。"

"罗塞蒂拿着弓箭去打猎了，"萨琳娜解释说，"除非自卫，否则他不会开枪。"

布博诺维奇说："他那套箭可射不中比大象还小的猎物。"

"他离开多久了？"杰瑞问。

萨琳娜说："很久了，至少三四个小时了。"

"我去找他。"布博诺维奇说完，拿起步枪站了起来。

就在这时，悬崖上的哨兵往下喊道："有人来了。看起来像罗塞蒂中士。是的，是罗塞蒂中士。"

"他是不是背着一头大象？"布博诺维奇喊道。

哨兵笑了笑，说道："他是拿着什么东西，但应该不是大象。"

这时他们都俯视着山谷，很快就看见一个人向他们走近了。他还要走很远才能到营地，所以只有哨兵用双筒望远镜才能认出他来。过了一会儿，罗塞蒂走进了营地，手里拿着一只野兔。

"这是你们的晚饭，"他说完，把野兔扔到地上，"三只鹿都没打到，最后只捉到了这个小家伙。"

"这兔子当时是睡着了，还是有人帮你拿着？"布博诺维奇问道。

"它当时像个蝙蝠似的到处乱撞，"罗塞蒂咧嘴笑着说，"后来自己撞到一棵树上。"

"干得好，罗塞蒂。"布博诺维奇说。

"不管怎样，我已经尽力了，"罗塞蒂说，"我至少没有撅着大肥屁股坐在那儿，等人把培根带回家。"

"没错，罗塞蒂中士。"萨琳娜说。

"完美的小绅士永远不会反驳女士，"布博诺维奇说，"现在的问题是，谁来准备大餐？只有五十个人用餐。剩下的，我们可以送给饥饿的亚美尼亚人。"

"饥饿的亚美尼亚人不吃死兔子，你们也别想吃。这是给萨琳娜和科里的。"

"有两个人正往山谷上来！"哨兵喊道，"暂时还看不出是谁，他们有点儿特别。"所有人的眼睛都紧盯着山谷下方，等着听哨兵的下一次报告。过了一会儿，报告来了："他们两人身上都背着东西，其中一个人是赤身裸体的。"

"那一定是泰山。"杰瑞说。

确实是泰山，和他一起的是星泰。当他们到达营地，两人把鹿的尸体扔到地上。科里看到星泰，得知他已经完全康复了，非常兴奋。杰瑞看到泰山也非常高兴，如释重负。

"我真的很高兴你回来，"他说，"我们都已准备好动身了，只是一直在等你。"

"我想我们出发前还有一件事要做，"泰山说，"我在山谷下离村子不远的地方发现了胡夫特土匪帮，就是我们从日本人手里救出科里的那个村子。日本人还在那儿，我侦察时发现带刺铁丝网后面

十人外籍军团 | 209

关了两个囚犯。我不知道他们是什么人,但在从天奥马尔村回来的路上,星泰告诉我,日本兵前几天曾押着两个美国囚犯路过村子。日本人告诉村民,他们是不久前被击落的飞机上的飞行员。"

"道格拉斯和戴维斯!"布博诺维奇说。

"应该是他们,"杰瑞同意他的猜测,"只有他们两个还下落不明。"

布博诺维奇扣上弹药带,拿起枪,说道:"走吧,上尉。"

泰山瞥了一眼太阳,说:"如果我们走得快,"他说,"还可以在天黑前赶到,所以只能是谁走得快谁才能去。"

"需要多少人去?"范·普林斯问。

"二十个应该足够了。如果顺利的话,我一个人就够了;但是如果不顺利,二十个人加上意外情况,也足以解决问题了。"

"我也算一个。"范·普林斯说。

外籍军团的所有成员都准备出发,但泰山却不想让科里和萨琳娜同去。他们因此而开始争论这件事,但泰山这一次却坚持己见。"你们对我们来说是附加责任,"他说,"我们专心执行任务时,还必须要考虑你们的安全。"

"上校是对的。"杰瑞说。

"我想是这样的。"科里承认道。

"这才是一个好战士。"范德博斯说。

"还有一个人不应该去,"瑞德医生话音一落,人们都朝杰瑞看去。"杰瑞上尉曾病情严重。如果他现在就参加长时间的武力行动,他就没有条件再去参加你们的南部计划了。"

杰瑞用疑惑的眼神望着泰山。"我希望你不要坚持了,杰瑞。"英国人说。

杰瑞解开身上的弹药带,放在树下。他沮丧地咧着嘴说:"如果科里和萨琳娜能成为好士兵,我想我也能,但我真的不想错过

210

这个机会。"

十分钟后,二十个人快速向山谷下走去,几乎是一路小跑着前进。泰山和范·普林斯走在队伍最前面,他向荷兰人描述了他的计划。

东九条松松尾上尉和小岛曾我部中尉整晚都一直在酗酒、争吵。他们的手下也喝了不少酒。村里的男人们把女人们带进森林藏了起来,为了躲避那些醉酒士兵的酒后粗暴行为。但是现在已接近黎明,除了两名军官的争吵声之外,营地已经渐渐安静下来了,其余大部分人都烂醉如泥。

看守监狱的士兵刚刚回来站岗。虽然他睡了一觉,解了一点儿杜松子酒的酒劲儿,但还没有完全清醒过来。他很讨厌被叫醒,因此,他把怨气发泄在两个囚犯身上。他把他们弄醒,咒骂威胁他们。因为这个哨兵在火奴鲁鲁出生和上学,所以他会讲英语,并擅长用两种语言骂人,他用猥亵污秽的语言肆无忌惮地漫骂着铁丝网内的两个囚犯。

陆军上士卡特·道格拉斯来自加利福尼亚州凡奈斯地区,他从肮脏的睡垫上强打起精神,一只胳膊肘撑起身体。"亲爱的朋友,你好!"他对卫兵说。这更激起了日本兵不可名状的怒火。

"这家伙吃什么枪药了?"比尔·戴维斯上士问道,他来自得克萨斯州韦科市。

"我想他是讨厌我们。"道格拉斯说,"你还没醒时,他说要不是他那尊贵的队长说要早上起来亲手砍了我们的头,他就立刻把我们杀了。"

"也许他只是说说吓唬我们而已。"戴维斯说。

"有可能,"道格拉斯说,"这家伙喝多了,他们喝的酒一定烈

十人外籍军团 | 211

性很强,而且好像营地里所有人都喝醉了。"

"还记得吗?在努美阿港口时,他们曾以八十五块一瓶向我们兜售的蝴蝶白兰地酒,三杯下肚后一个士兵吐了上尉一脸。可能他们就是喝的这种酒。"

"如果这家伙醉了的话,"道格拉斯说,"今晚我们就有机会逃走了。"

"我们要想从这里逃出去,就得突袭他。"

"但是我们出不去。"

"见鬼!我可不想掉脑袋!我可不想把这当成生日礼物。"

"你什么意思,生日礼物?"

戴维斯说:"没记错的话,明天是我生日。明天我就二十五岁了。"

"你难道还想永生吗?真不知道你们这些老家伙都期待着什么。"

"你多大了,道格拉斯?"

"二十。"

"天啊!你这么小就被他们拉出来做这样的事。哦,真是见鬼!"停了一会儿,他说,"我们说不害怕只是自欺欺人。我很好,只是太恐惧了。"

"我也很害怕。"戴维斯也承认。

"你们在那儿说什么呢?"警卫喊道,"闭嘴!"

"闭上你的嘴吧,东条英机,"道格拉斯说,"你喝醉了。"

"现在,就为这,我也要杀了你。"卫兵向他咆哮着,"我要禀告上尉你们企图逃走。"说着他举起来福枪,瞄向牢房阴暗处的两名囚犯。

牢房的阴影里,一个人影正蹑手蹑脚地走到卫兵的身后。

松尾上尉和曾我部中尉还在村头营地的指挥部里互相辱骂着。突然,松尾上尉拔出手枪,射向曾我部。他没打中,中尉向他反击。

212

他们都喝得酩酊大醉,所以除非出现意外,否则他们都打不着对方,但他们还是连续射击着。

几乎就在松尾上尉第一声枪响的同时,卫兵也朝着关押的两个美国人开枪了。但他还没来得及开第二枪,他的头就被一只手臂绕住,把他向后拖,一把刀几乎要割掉了他的脑袋。

"你被打中了吗,戴维斯?"道格拉斯问。

"没有,还差了一英里。外面发生了什么事?有人袭击他了。"

军官指挥部传来的枪声惊醒了醉酒的士兵们,他们以为营地遇袭了,跟跟跄跄地走到村头。有些人从泰山身旁跑过去,离他近得几乎可以伸手碰到他们。他蹲在死去的卫兵旁等待时机,他和日本人一样对这连续猛烈的枪声来源一无所知。范·普林斯和他的军队正守候在村子的另一头,他知道现在还不到开火的时候。

当泰山认为所有日军兵都已从他身边过去时,他低声对囚犯们说:"你们是道格拉斯和戴维斯吗?"

"我们是。"

"门在哪里?"

"就在你前面,但是锁着呢。"

范·普林斯听到枪声,以为是冲着泰山来的,于是他带着人马跑到村子里去,分散到家家户户躲藏起来。

泰山走到门口,门柱是小树苗的树干做成的。道格拉斯和戴维斯也从小屋跑出来,紧靠着门。

泰山一手抓着一根柱子。"你们每个人都推着一根柱子,"他说,"我拉着它。"他边说,边开始用尽全身力气使劲儿往回拉。里面的囚犯还没用力,柱子就被拉断了。铁丝网和柱子一起被拉倒在地,道格拉斯和戴维斯从上面踩过,走向了自由。

泰山听到有人从范·普林斯他们的方向过来,猜想应该是他们。

他向范·普林斯喊话，范·普林斯也回了话。"囚犯们和我在一起，"泰山说，"你赶快让你们的人集合，我们撤退。"说完，他从死者身上卸下步枪和弹药，递给了戴维斯。

当全队人马撤离村子时，他们听到日本人还在吵吵嚷嚷，向村头大声叫喊。他们不知道帮助他们转移日军视线的原因到底是什么，在整个营救过程中，没有遭受任何人员伤亡，很多人都很遗憾还没等开枪就撤离了。

布博诺维奇和罗塞蒂拥向他们的两个战友，有数不清的问题要问要答。戴维斯的第一个问题是关于泰山的。"那个把我们救出来的裸男是谁？"他问道。

"你们还记得我们出发时，那个登机的英国公爵吗？"罗塞蒂问道。"是的，就是他。他是个非常了不起的家伙，你们知道他是谁吗？"

"你刚刚告诉我们了——他是英国皇家空军上校。"

"他是人猿泰山。"

"你知道你在开谁的玩笑吗？"

"是真的，"布博诺维奇说，"他就是泰山没错。"

"那个老家伙怎么不在，"道格拉斯说，"他是不是——？"

"不。他没事，他受伤了，他们不让他一起来，不过他没事儿。"

在回游击队营地的路上，这四个人的谈话几乎一直都没停过。他们曾在执行很多任务时并肩作战，他们之间的关系比血缘关系更紧密，这种关系无以言表，他们也没有想过要去尝试着表达。也许当罗塞蒂拍打着戴维斯的后背，说"你这个老家伙！"的时候，就是对这种关系最好的解读了。

Chapter 27

美国人的精神

两天后,十人外籍军团与游击队告别,开启了目标模糊的长征之路。道格拉斯和戴维斯凭借美国士兵超强的适应能力,很快融入了团队。道格拉斯称之为国际联盟。

起初,这两个新加入的美国士兵一直对两个女人心生怀疑,不知道她们能否忍受穿越几乎无迹可寻的荒山野岭的艰难险阻。为了避免与敌人冲撞,他们必须穿越这些山岭。但他们很快发现,只有保持与科里和萨琳娜步调一致,他们才能跟上队伍,而且还会有其他的惊喜。

"这小矮子是怎么回事?"戴维斯问布博诺维奇,"我还以为他没有时间找女人,他怎么总是跟那个棕色头发的女孩泡在一起。并不是说我在怪他。她可以随时把她的鞋子放在我的储物柜里。"

布博诺维奇说:"恐怕罗塞蒂中士已经被完全击垮了,起初他还忸怩作态,但现在他完全不知廉耻了。他已经对那个女孩痴迷了。"

"还有那位老家伙,"戴维斯说,"他也曾是你所谓的'讨厌女性者'。"

"不完全是,"布博诺维奇说,"不过大体上就是这意思。也许他过去是,但现在不再是了。"

"有点傻乎乎的,"道格拉斯说,"老年人对爱情了解多少?"

"小家伙,会让你出其不意的。"布博诺维奇说。

路途很艰难。他们带着帕兰刀,在原始丛林中披荆斩棘。令人沮丧的是,此起彼伏的深谷和山洪阻碍了他们的进程。他们经常遇到数百英尺高的山谷峭壁,没有可以攀爬的地方,这就需要绕很远的路。而且这里几乎每天都在下雨,一下就是倾盆大雨。他们一路泥泞前行,休息时只能穿着湿漉漉的衣服睡觉,鞋子都烂掉了。

泰山为他们寻找猎物,而那些以前不会的人也学会了吃生肉。他总是在前方侦察,挑选最好的路线,还得警惕敌人的前哨或巡逻。到了晚上,他们彼此紧挨着睡下,守卫要不停地更换,以防老虎的突然袭击。有时他们累得肌肉萎缩,但士气却依然高涨。

小凯塔一路抱怨,发着牢骚。当泰山去营救戴维斯和道格拉斯时,凯塔被留下拴在一棵树上。它懊恼极了,咬了三个想和它交朋友的荷兰人。从那以后,它就被孤立了,只和泰山在一起。唯一例外的是罗塞蒂,它主动和这个小中士交上了朋友。军队休息时,凯塔经常会蜷缩在罗塞蒂的怀里。

"它可能认为小矮子与它志趣相投,"布博诺维奇说,"要不是近亲的话。"

"它以为你是我们见过的那个大猿猴,所以很害怕。"

"我猜,你是指婆罗洲猩猩吧。"布博诺维奇说。

罗塞蒂感到十分厌恶:"我要是个诗人的话,就会写首诗。"

"关于我的吗,亲爱的?"

"从你说的话里我找到了一个押韵的词。"

泰山找到了一个可以容纳所有人的山洞,里面很干燥,于是这个晚上他们比平时提早休息了。山洞以前可能被占领了很多次,因为入口附近有烧焦的木炭,里面还残留着干柴。他们很快燃起一堆火,围坐在火堆旁取暖,烘干衣服。只有现在才可以脱下衣服,他们再也不必理会那些故作谦卑的愚蠢说教了。不论男女,他们早已把自己当作是一群"斗士"了。

杰瑞、布博诺维奇和罗塞蒂在看范·普林斯给他们画的草图。"我们就是从这里穿过,到达山脉东侧,"杰瑞指着地图上的一个位置说,"就在印度尼西亚潘姜下方。"

"天呀,这是个小镇的名字吗?还是一个城堡?"

"对我来说这只是地图上的一个点而已。"杰瑞说。

"看,"罗塞蒂继续说:"这意味着我们需要折回到下方一百七十公里处。那是在美国境内吗?"

"哦,大约一百英里。那是一条空中航线。"

"杰瑞,我们的平均路程是多少?"布博诺维奇问道。

"我估计每天在一条航线上要行进五英里。"

"今天,"布博诺维奇说,"我估计我们走了五英里,在或上或下的任意一条航线上。"

"天呀!"罗塞蒂说,"'粉红佳人号'飞二十或二十五分钟就能把我们带过去,我们这样像小兵一样埋头前进可能要花上一个月。"

"还可能时间更长。"杰瑞说。

"哇喔!"罗塞蒂说,"我们还能活着真是太幸运了。"

"那里的景色非常壮观,"布博诺维奇说,"当我们经过了千辛万苦后再看到它,一切都是那么美好而平静。"

"的确如此,"罗塞蒂说,"在那样一个美丽的国家,看起来不像是发生了战争。我还以为以前这里发生过战争。"

"是的,近一百年来这里的确经历了战争。"塔克·范德博斯说,"在整个历史时期,也可能是在史前爪哇直立猿人和莫佐克托人时代,东印度群岛的所有岛屿几乎都被交战方占领——如部落首领、小王子、小国王和苏丹人。来自印度北部的印度斯坦人、中国人、葡萄牙人,来自菲律宾的西班牙人、英国人、荷兰人先后来到这里,现在是日本人。他们带来的只有舰队、士兵和战争。在十三世纪,忽必烈派遣了一艘载有二十万士兵的舰队进军爪哇岛,因为爪哇岛国王逮捕了大汗的使臣,遣回中国时已经毁了容。"

"我们荷兰人常常对印度尼西亚人犯下的残酷暴行有种负罪感,但无论是我们还是前人,都没有对苏丹人施行惨无人道的摧毁土地、奴役和屠杀人民的恶行,而这些酗酒成性、贪婪纵欲、荒淫无度的人为了满足心血来潮的心性,肆意屠杀自己的臣民。他们把最美的妇女和处女掳掠到自己身边,有人的后宫竟有一万四千个佳丽。"

"天呀!"罗塞蒂惊叹道。

范德博斯笑笑,继续说:"如果他们仍然掌权,还会做同样的事。在我们荷兰人的统治下,印度尼西亚人才第一次知道什么是从奴役中解放后的自由、和平和繁荣。在日本人被赶出去之后让他们独立,回归到我们当初找到他们时的那一代人当中去。"

"难道不是所有的民族都有独立的权利吗?"布博诺维奇问。

"去弄个演讲台,共产主义者。"罗塞蒂嘲笑着。

"只有真正赢得了人民的独立权利才能称为独立的民族。"范德博斯说,"有关苏门答腊岛的最早记录,记载于公元二十三年前的中国新朝皇帝王莽统治时期,那一时期的古老印度尼西亚文明加上荷兰人还没有征服岛屿的近两千年间,如果人们仍然被暴君统治者奴役,那么他们就不配称为独立。在荷兰人的统治下,他们才是完全自由的,他们还能要求什么呢?"

"为了以正视听,"布博诺维奇笑着说,"我想澄清一点,我不是共产主义者,我是个反新政共和党人。但我的观点是:我认为我们应该为自由而奋斗。"

"见鬼,"杰瑞说,"我认为我们都不知道在为什么而战,除了杀死日本人、结束战争、回家。在这之后,那些该死的政客们又要搞得一团糟了。"

"挥舞军刀开始准备第三次世界大战。"范德博斯说。

"我想在一段时间内他们再战的声势不会太大。"科里说。

"下一次战争中就轮到掳掠我们的子孙了。"杰瑞说。

一阵尴尬的沉默过后,杰瑞突然意识到大家伙儿可能会对他的无心之言想歪,他脸红了。科里的脸也红了。每个人都看着他们,场面更尴尬了。

最后,范德博斯再也忍不住了,他笑出声来。大家都笑了——包括科里和杰瑞。一直忙着生火做饭的星泰,向大家重复着罗塞蒂教给他的经典之词,"来吃饭吧!"缓解了紧张的氛围。

这顿饭有野猪肉、松鸡、水果和坚果。

"我们的生活水准还是蛮高的嘛。"戴维斯说。

"德雷克酒店可不会给我们采拾坚果呢。"罗塞蒂说。

"我们有一个巨大的市场可供选择,不用任何优惠券。"泰山说。

"也不用付钱,"罗塞蒂说,"天呀!这才是生活。"

"你疯了吗?"布博诺维奇问道。

"战争结束后你再回来,中士,"范德博斯说,"我要让你看看一个截然不同的苏门答腊岛。"

布博诺维奇摇了摇头："如果我能回到布鲁克林,"他说,"我就定居在那儿不走了。"

"我要去得州。"戴维斯说。

"得州怎么样?"科里问道。

"得州是联邦里最好的州。"戴维斯斩钉截铁地说。

"但是杰瑞告诉我,俄克拉荷马是最好的州。"

"那个小印第安人暂住地吗?"戴维斯问道,"你看!得克萨斯州的面积要比它大四倍,棉花产量比联邦其他任何州都多,牛、羊、骡子的数量也是位居第一。她拥有世界上最大的牧场。"

"还有最大的谎言家,"道格拉斯说,"现在,如果你真想知道哪个州是联邦最好的州,我要告诉你,是加利福尼亚州。你要是战后到了圣费尔南多谷,就永远都不会再想去别的地方了。"

"我们好像还没听见有人说纽约州呢。"杰瑞笑着说。

"纽约人从不自吹自擂,"布博诺维奇说,"因为他们没有任何自卑感。"

"这将是一个艰难的挑战。"范德博斯说。

"你的州怎么样呢,罗塞蒂?"萨琳娜问道。

罗塞蒂若有所思地说:"嗯,伊利诺伊州有头号公敌。"

泰山说:"每个美国人都生活在世界上最美的国家里的最美的州的最美的郡县的最美的小镇上——每个人都坚信这一点。正是这种信仰使美国成为一个伟大的国家,而且会一直延续下去。"

"你可以再说一遍。"戴维斯说。

"我在你的军队里也注意到了同样的精神,"泰山接着说,"每个士兵都在你的军队中最好的团队里服役,他们愿意和你并肩作战。也正是这种精神造就了一支伟大的军队。"

"还好,"杰瑞说,"在这样一个都喜欢吉特巴舞花花公子的国度里,我们做得还不算差。我们会震惊世界。"

"你一定会让希特勒和东条英机大跌眼镜。你们要是没参与战争,先是提供物资,然后是供给人力,那战争可能现在就已经结束了,希特勒和东条英机可能胜券在握。整个世界都欠你们一大笔债。"

"不知道欠的债会不会兑现。"杰瑞说。

"可能不会。"泰山说。

Chapter 28
外籍军团首战告捷

山洞里,科里正背靠洞壁坐着,杰瑞走过来坐在她旁边。萨琳娜挽着罗塞蒂的胳膊走出了山洞。

"这个小矮子已经毫无廉耻了,"杰瑞说,"你知道吗,他真的很讨厌女人。你是他第一个能容忍的女人,他现在很喜欢你。"

"你本人似乎也并不是特别喜欢我们女人。"科里提醒他。

"好吧,你知道,我从来没认识过荷兰女孩。"

"这很好,你现在进步多了。但可别告诉我,联邦最好的州里没有世上最好的女孩。"

"世上'最优秀的女孩'只有一个,但却不是俄克拉荷马州的。"

科里笑了:"我知道你在干什么。"

"干什么?"

"你是在钓我上钩。你们美国人不是这样说的吗?"

"科里,我没有,你应该知道我对你的感觉。"

"我可不会读心术。"

"你是我生命中遇见的最美妙的东西。"

"别告诉我你现在是在向我求爱!"

"是的,这就是我想要表达的,"杰瑞说,"但我想我表达得还不够热烈。"他看着她的眼睛。他们蒙眬的目光深处放射着火一样的光芒,杰瑞看到一种他以前从未在女人的眼睛里看到过的热烈的光芒。

"上帝啊!你真是太棒了。"他说。

科里笑了:"你以前就这样说过,但那时你把我称作一个小东西。他们告诉我你是个伟大的飞行员,上尉。"

他知道她明显是在取笑他,但他并不介意——因为他看到的仍然是她眼中的光芒。

"我不是伟大的飞行员,我是个伟大的懦夫。我太怕你了,不敢说出那三个字来。"

科里笑了,她也没想帮他说出来。

"听着!"他脱口而出,"你觉得你会喜欢住在俄克拉荷马州吗?"

"我会非常喜欢的。"她说。

"亲爱的!"杰瑞说,"我想吻你!要不是大家都在这儿,我现在就要吻你了。"

"我们可以到外面去。"科里说。

罗塞蒂中士把萨琳娜抱在怀里,吻着她。她的胳膊绕在他的脖子上,紧紧地搂着他。从火光中猛一进入黑暗,科里和杰瑞差点撞到他俩。于是,他们走到远处。

"我原以为中士没有能力教他们的上尉任何东西,"科里说,"但罗塞蒂中士是个例外。"她喘息了一会儿,轻轻把他推开,"你这个讨厌女人的人!"她气喘吁吁地说。

外籍军团首战告捷 | 223

布博诺维奇中士正坐在山洞口内的火堆旁,他看到了罗塞蒂和萨琳娜挽着胳膊出去,又看到科里和杰瑞也随后走到黑暗中去了。"我也需要爱,"布博诺维奇说,他试着向小凯塔示好。小凯塔咬了他一口。"没有人爱我。"他伤心地说。

外籍军团日复一日地与大自然争分夺秒。他们当中很多人经常晚上扎好营地时就已经累得筋疲力尽,不吃东西就睡着了。有时他们累得连话都不愿多说,却没有丝毫抱怨。科里和萨琳娜跟男人们一样做得很棒,男人们为她们感到骄傲。

"很幸运,他们没带多少东西,"布博诺维奇说,"把他们加在一起,也不会比我重,可能把小矮子加上也不会。战争结束后,我就雇三个人,开一个跳蚤马戏团。"

"是吗?你真该去当海军,那样你就能拥有一艘战舰带着你到处转悠了,你这头大牛。"罗塞蒂说。

"应该说成是'What you should have done',而不是'Wot you ought to have did,'"萨琳娜纠正道,她一直在努力用天主教修女们教她的英语来教罗塞蒂,这让军队里的人都感到好笑。

布博诺维奇曾对杰瑞说:"一个婆罗洲狩猎首领的外孙女教一个美国人英语!我现在什么都明白了。"

萨琳娜没有刻意照顾罗塞蒂的感受,她当着大家的面纠正他,而且经常在他正说话时打断他。而罗塞蒂从不拒绝,只是咧嘴一笑,然后重新开始说。他进步很大,几乎不再说 dis 和 dat 了,但 did 和 done 仍然搞不清楚。道格拉斯说:"爱情真是太神奇了!"

就快到玛萨瑞山了,他们要重新穿过山脉,再下行朝大海的方向前进。他们离开游击队营地已经一个月了,一路上与数不尽的艰难险阻抗争。他们中任何一个人都没有再遇到过巨大的危险,除了他们自己也没有再见到过别人。然而,在这晴朗的天气下,灾难却降临了——日本人抓住了泰山。

军团正沿着一条有明显猎物标记的小路行进，像往常一样，泰山在他们前面不远处穿梭于树林中。突然，他看到一个日本兵巡逻队在小路上休息。泰山往前靠近，想看看他们的兵力，他还有充足的时间返回去警告他的战友，安排好一切。泰山提醒骑在他肩上的小凯塔不要出声。

泰山的注意力集中在日本兵身上，没有注意到他上方的危险，但是凯塔看见那个悬挂在泰山上方的动物后，尖叫起来。日本人向上张望着。只见一条巨蟒环绕在泰山身上，他不得不与巨蟒搏击。泰山的刀闪出一道耀眼的光芒，受伤的蟒蛇在痛苦和愤怒中疯狂地扭动着身体，松开了支撑它身体的树枝。泰山和蟒蛇一同跌落在日本人休息的小路上，小凯塔逃跑了。

日本人用刺刀和剑砍在蟒蛇身上，很快蛇就死了。泰山也只能任他们摆布了，因为他们人太多了。他仰面躺在小路上，十几把刺刀几乎紧挨在他身上，动弹不得。

日本兵从泰山身上收走了弓箭和刀。一个军官走近他，踢了他一脚。"起来！"他用英语说。这个军官身材矮小，有点儿罗圈腿，长着一副龅牙，戴着角质框眼镜，就像是从利克蒂漫画中走出来的人物一样。因为他的体形特征，他的部下给他起了个"鲸鱼"的绰号。他脚下穿着凉鞋，站在那里看上去大概只有五英尺六英寸高。

"你是谁？"军官问道。

"约翰·克莱顿上校，皇家空军。"

"你是美国人。"日本人说。泰山没有回答。

"你在这儿干什么？"他又问。

"我已经把我该说的都告诉你了，我只能告诉你这些。"

外籍军团首战告捷 | 225

"那我们就来试试吧。"他转向一个中士,用日语下了一道命令。中士马上组成了分队,以囚犯为中心,一半在前,一半在后,沿着这条路向前行进,与外籍军团正在行进的方向相同。泰山从沿途的迹象中看出,他们正从刚才停下来的位置,继续沿着原来的路往回走。于是,泰山判断,无论他们的任务是什么,他们都已经完成了任务并返回营地。

小凯塔从树林里逃了出来。一看见外籍军团,他马上从树上跳到了罗塞蒂的肩膀上,伸出双臂搂着罗塞蒂的脖子,在他耳边叽叽喳喳地乱叫。

"凯塔是想告诉我们,泰山一定是发生了什么事,"杰瑞说,"如果没发生什么的话,他是不会离开泰山的。"

"我可以去查看一下吗,上尉?"罗塞蒂问道,"我跑得最快。"

"可以,去吧!我们跟着你。"

罗塞蒂敏捷地一转身就跑了。凯塔现在似乎很满意,所以罗塞蒂确信杰瑞的判断是正确的,泰山肯定是遇到麻烦了。很快,罗塞蒂就听到了前方金属武器叮叮当当的碰撞声。日本人毫无防范地走着。罗塞蒂靠得更近了,他看到了泰山的头和肩膀,在这些日本伪君子中间鹤立鸡群。泰山成了日本人的俘虏!太不可思议了。罗塞蒂的心沉了下去——这颗心,不久前还对这个英国人充满了不屑。

罗塞蒂带回的消息震惊了所有人。森林之王的损失对军团来说是一个沉重的打击,但是他们首先想到的是泰山的安全,而将自己的生死置之度外。罗塞蒂胸中涌起的不仅仅是尊敬和钦佩,还有真诚的情感。那是因为——就像罗塞蒂曾经向布博诺维奇吐露的那样:"这家伙很合格。"

"有多少日本兵,罗塞蒂?"杰瑞问。

"大约二十个。我们是九个,上尉。足够了。"

布博诺维奇说:"我们现在就去救他。"

"我们在狭窄的小路上抄后袭击恐怕对泰山不利。我们最好先跟踪他们,找到一个更好的方位再进攻。"杰瑞说。

小路在狭窄山谷边缘的森林处断开了。泰山清晰地看到山谷下有一个临时营地,六个日本兵守卫着一些装备和驮畜。这些装备杂乱无章地堆了一地,有的上面盖着防水布,可能是一些易腐烂的供应品。这里没有搭棚子,从营地的外观来看,泰山可以断定这支队伍的军官很无能。军官越无能,泰山就越容易逃脱。

第二陆军中尉健三谦子向一名中士厉声斥责,中士将犯人的手腕绑在背后。虽然中尉的做事效率很低,但中士却不是那样。他把泰山的手腕绑得非常牢固,缠了很多股绳子,使丛林之王强壮的手臂无法挣脱。

中士又以同样的方式把泰山的脚踝绑了起来。然后,他推了推他,又把他绊倒,泰山重重地摔倒在地。这时他们带来了一匹马,驮鞍都已配齐。马鞍的一头紧紧系着一根绳子,另一端系在泰山的脚上。陆军中尉谦子走过来站在他身边,假装慈悲地笑着。

他说:"我真不想让这匹马挨鞭子跑起来,因为它会伤到我,但会让你伤得更狠。"

马已经拴好了,一个士兵拿着鞭子骑上马。其他士兵站在周围,咧嘴笑着。他们即将目睹一场激起施虐狂残忍本性的表演。

"如果你能回答我的问题,"谦子接着说,"这匹马不仅不会挨鞭子,绳子也会解开。你军到底有多少人,他们在哪里?"

泰山依然一声不吭。谦子收起了笑脸,他的脸因愤怒而抽搐变形,也或许他只是为了吓唬泰山而假装愤怒。他走近泰山,踢了他一脚。

外籍军团首战告捷 | 227

"你还拒绝回答吗?"他问道。

泰山也回应着他的目光,脸上没有露出任何表情,哪怕是对这个怪诞漫画人物的蔑视。谦子与泰山的目光对视,那眼神把他吓坏了,这令他异常愤怒。

他一声令下,骑马的士兵身体前倾,举起鞭子。突然,传来一声枪响。马抬起后腿,晃晃悠悠地倒下了。又一声枪响,第二军陆军中尉健三谦子尖叫了一声扑倒在地上。接着又是一连串的枪声。士兵们像叠罗汉一样迅速地倒下了。当九个人拿着步枪沿着陡峭的山路跳进营地时,那些日本兵已经完全丧失了斗志,他们沿着山谷向下抱头鼠窜了。

一个受伤的日本兵用胳膊肘支撑着站起来向他们射击,科里一枪打死了他。罗塞蒂和萨琳娜拿着刺刀和帕兰刀站在受伤的日本兵中间,受伤的日本人都死了。

杰瑞砍断泰山的绳索。"你来得正是时候。"泰山说。

"就像西部片里的骑士。"布博诺维奇说。

"你说我们现在该怎么办?"杰瑞问泰山。

"我们必须设法完成剩下的任务。这显然只是一支大部队中的一支,如果这些逃兵中的任何一个回到大部队,我们就会被追捕。"

"你知道有多少人吗?"

"大约二十五六个。我们杀了多少人?"

"十六个,"罗塞蒂说,"我刚算过。"

泰山从地上捡起一把来福枪,从一个死去的日本兵身上取下弹药带。"我们要回到山谷边儿上去,我走在前面穿过树林,尽力拦截住他们。剩下的人沿着山谷边缘走,走到你们能从山谷上向下射击他们的位置。"

泰山从营地往下走约半英里的地方,找到了所有日本逃兵,一共有十个人。中士正在把他们集合在一起,显然是在游说他们重新作战。他们转过身时,可以看出来大家都兴致不高,泰山开枪打死了那个中士。看到这阵势,有人开始沿着山谷往下跑去。泰山又开了一枪,那人应声倒地。现在,其他人意识到了枪声是来自山谷下方的,他们就从那个方向掩护自己。为了不暴露位置,泰山不再开火。

听到这两声枪响,外籍军团知道泰山已经定位了敌人。他们沿着山谷边缘的树丛向前走,杰瑞走在前面领头。过了一会儿,他向下看见一个日本兵躲在一棵树后面,接着他看到一个又一个日本兵。他向他们瞄准射击。泰山也再次开火。

这些日本兵在狭窄的山谷中腹背受敌,群龙无首,无计可施,最终他们用自己的手榴弹燃爆自尽了。

"他们真是乐于助人。"道格拉斯说。

"这些家伙真不错,"戴维斯说,"在帮我们省弹药呢。"

"我去帮帮他们,"罗塞蒂说,"要是还有人活着的话。"他顺着陡峭的悬崖往下滑去,萨琳娜紧跟在他后面,也滑了下去。

布博诺维奇说:"真是个贤内助。"

Chapter 29

筹备出海

六个星期以后,外籍军团一路下行来到了莫科莫克下面的海岸。这六个星期的行军异常紧张,充满了数不尽的艰难险阻。日军据点日益增多,因此需要绕很长的路避开他们。丛林之王一直行走在队伍的最前方,与军团保持一定的距离,他敏锐的洞察力帮助大家无数次脱离危险。

在距离他们隐蔽的海岸约一英里远的地方,有一个日本防空炮台,中间隔着一个土著村庄。萨琳娜打算在这个村子找到能给他们提供船只和食物的朋友。

"如果我穿着马来群岛人穿的那种布裙,"她说,"即使日本人在,我也可以在白天直接进入村子;但现在的服装可能会引起怀疑。我得碰碰运气,天黑后偷偷溜进去试试。"

"也许我能给你弄一条布裙。"泰山说。

"你要到村里去?"萨琳娜问道。

"今晚。"泰山回答。

"你可能会找到今天洗完晾在外面晒干的布裙。"

天黑后,泰山离开了他们。在赤道夜晚潮湿沉闷的空气中,他悄无声息地移动着。泰山离开的营地,实际上并不是一个营地,而只是一个隐蔽的地方,在这里剩下的人都在窃窃私语。炎热、潮湿和持续的不安全感令他们感到窒息。当他们身处高山时,他们曾感叹命运的悲惨。现在他们回想起高海拔山脉的凉爽时又感到留恋。

"我在山里待了这么久,"科里说,"几乎都忘了海岸气候是多么可怕。"

"真是糟糕透了。"范德博斯同意她的观点。

布博诺维奇说:"荷兰人一定是惩罚的贪食者,才去殖民统治有土耳其浴的地方。"

"不,"范德博斯说,"我们是利润的贪食者。这是世界上非常富裕的地方。"

"你可以拥有它,"罗塞蒂说,"但我一点儿都不想要。"

"我们希望世界其他国家也有同样的感受。"范德博斯说。

泰山荡到一棵树上,在那里可以俯瞰全村。一轮满月照亮了空地。装饰华丽的土著房屋投射出浓密的阴影。月光下,土著人蹲在地上抽烟、闲聊。死气沉沉的空气中,一根杆子上晾着三条布裙。泰山等待着人们回房子睡觉。

过了一会儿,有个人从西边走进了村落。明亮的月光下,泰山可以清晰地看到他。他是不远处防空炮台的日本指挥官,土著人看见他时,都站起来向他鞠躬。他傲慢地向他们走来,对一个年轻女子说了几句话。她顺从地站起来,跟着他进了他曾下令只有他自己才能使用的房子。

日本人转过身离开时，土著人对他的背影做了鬼脸和一些下流动作。看到这些，泰山很满意，因为他所看到的一切都使他确信，村民对日本人的任何敌人都会是友好的。过了一会儿，村民们走回了自己的房子，村庄进入一片沉寂。

泰山跳到地上，移向房屋的阴影里。他悄悄溜到一个能够拿到布裙又不被月光照到的地方。他驻足在那里听了一会儿后，迅速跨过了月光照射的地方，抓起了一条布裙。

返回途中，就在他马上要进入阴影里时，一个女人突然从房屋拐角处走出来。他们在月光下面对面相遇。那女人吓了一跳，张着嘴正要大喊，泰山抓住她，一只手捂住她张开的嘴唇，把她拖到了阴影里。

"别出声儿！"他用荷兰语说，"我不会伤害你。"他希望她能听懂荷兰语。显然她听懂了。

"你是谁？"她问道。

"你们的朋友。"他回答说。

"朋友不会偷我们的东西。"她说。

"我只是借用这条布裙，用完后会把它还回来。你不会告诉日本人这件事吧？他也是我的敌人。"

"我不会告诉他，我们什么也不告诉他们。"

"很好，"泰山说，"布裙明天就会还回来。"

他迅速转过身，消失在阴影中。那女人摇了摇头，爬上了通往她家的梯子，她把刚才的经历告诉了她的家人。

"你再也见不到这条布裙了。"家里的一个人说。

"我不在乎这条布裙，"她回答说，"那不是我的。但我还想再见到那个野人，他太帅了。"

第二天早晨，萨琳娜走进了村子。她遇到的第一个女人就认出了她，很快她就被老朋友们包围了。她警告她们离开她，因为村里的日本人可能会从她们的问候中看出来她是新来的，那样的话她就会被调查。萨琳娜不希望受到任何日本人的调查。村民们明白了她的想法，恢复了正常的活动。接着，萨琳娜找到了村长阿劳丁·沙荷。他一见到她似乎很高兴，问了她许多问题，但大多数问题她都避而不答，因为她还不确定他和日本人的关系。

她很快就了解到他很憎恨日本人。阿劳丁·沙荷是一个骄傲的老人，一个世袭的酋长。日本人曾打他耳光，拳打脚踢，还强迫他向他们鞠躬，哪怕是普通士兵。听了这些，萨琳娜很满意，她向他讲述了她的故事，解释了她和她的同伴需要什么，并请求他的帮助。

"这将是一次危险的行程，"他说，"在这些水域里有很多敌船，而且到澳大利亚路途遥远。但如果你和你的朋友确定想冒这个险，我会帮你们。沿海离村庄几公里远的河里，藏着一个大的快速三角帆船。我们会为你准备好，但这需要时间。因为我们并没有给日本人惹麻烦，所以我们还没有被他们日常监视，但是他们差不多每天都进出村子，还有一个军官每晚都睡在这里。我们所做的每一件事都必须极其谨慎。"

"如果你愿意帮我们每天都在村边的一幢房子里留点儿食物，我们就晚上过来取走带上船。"萨琳娜告诉他，"因此，即使我们被发现，你也可以免遭责难，因为你也对有人半夜来村子偷食物感到吃惊。"

阿劳丁·沙荷笑着说："真不愧是大乔恩的女儿。"

一个月又过去了，经历了一个月的九死一生，一个月的惶恐不安，但最终他们还是在这艘快速三角帆船上储备好了食物等必需品。现在他们等待着一个无月的夜晚和顺风的天气。此外，在即将出发的这条河的河口处,一直都设有带刺铁丝网和障碍物。现在,帆船准备好了,他们必须得拆除这些东西——在有鳄鱼出没的水域这是一项危险的任务。但即使这样,最终还是成功完成了。

最后,他们所盼望的那个晚上终于来到了。潮水正合适,没有月亮,还有一阵轻盈的离岸风。他们慢慢把船撑向大海,巨大的三角帆升起来了。在海岸的背风处,几乎感觉不到风,但远处强劲的海风吹来,风帆鼓了起来,帆船的速度加快了。

无月的夜晚依然晴朗。他们设定了正南方的路线,以南十字星作为北极星识别方向。他们还设计了一个简陋的日志和登录线,通过测速绳结估算行驶速度。萨琳娜猜是需要十二节,猜得八九不离十。

她说:"如果风速保持不变,我们将在明天早上两点之前驶离巴哈马拿骚岛南端。然后我们就进入西南航线,我想先驶离苏门答腊和爪哇岛的沿海水域,然后再向东南方向开往澳大利亚。这样的话,我们就能绕过吕宋岛。那么,如果考虑到登陆,只有可可斯群岛有点儿令人担忧,因为我不知道日本人在岛上布署了什么。"

"它们和基林群岛一样吗?"杰瑞问。

"是的,但是我父亲总是叫他们可可斯群岛,因为他说基林是一个该死的英国人。"她笑了,泰山也笑了。

"没人喜欢英国人,"他说,"但我不确定基林是不是英国人。"

"两点钟时就会有亮光了。"戴维斯说。

"可能到了拿骚才会有,"萨琳娜说,"但愿如此,如果没有亮光,那就是船上的灯光,我们不想和任何船只做生意。"

"我想他们的船不会发出任何亮光,"杰瑞说,"在这些水域有太多的盟军潜艇。"

早晨,他们航行到了一片空旷的海洋——这是一个巨大的、圆形的、翻滚着灰色海水的海釜。海风清新,海水奔流。罗塞蒂中士生病了,抽搐中他说:"我有个傻堂兄,他是海军。"过了一会儿,他又说:"现在没有多少日子了。这个木箱不用再装什么了,很快就要适合我了。这是我有生以来第一次想死。"说完,他靠在桅杆上,又开始呕吐。

"振作起来,小矮子。"布博诺维奇说,"我们很快就要到澳大利亚海岸了——可能只有一个月左右了。"

"天呀!"罗塞蒂呻吟着说。

"你很快就会好起来的。"萨琳娜说。

"有很多执行完岸上任务的海军将领第一次出海时总是生病。"泰山说。

"我不想当海军将领。我加入空军后又得到了什么?做了两三个月的小步兵,现在又成了个水兵。天哪!"说完,他又靠在了栏杆上。

"可怜的人。"萨琳娜说。

日子就这样一天天过去。风向已转向东南风,即将持续十个月的东南信风开始了。萨琳娜长时间掌舵,先向右转舵,然后再转向左转舵。虽然进展缓慢,但他们的运气还算不错。他们现在已安全经过了基林群岛,也没有发现敌军海运的迹象。

一直负责瞭望的道格拉斯来到船尾。"这里到处都是水,"他说,"我的意思是说,从海面上空飞行,它看起来相当大——太平洋;但从水面上航行,似乎整个世界除了水什么也没有;而这仅仅是印度洋,还不及太平洋沿岸的沧海一粟。它让你觉得自己如此渺小和微不足道。"

"世界上的确有很多水。"范德博斯说。

"地球表面的四分之三都是水。"科里说。

筹备出海 | 235

"太平洋的面积比地球上所有陆地的总和还要大。"杰瑞说。

"如果我拥有这片海,"罗塞蒂说,"我就把所有的海都用来换芝加哥随便一个老街角。"

"我不喜欢这里的原因,"道格拉斯说,"是因为这里完全没有什么风景。现在,在加州——"

"他又跑题了。"布博诺维奇说。

"但他有的想法和我一样,"戴维斯说,"上帝啊!我多么希望看到一头牛——哪怕是一头深入得克萨斯人心的可怜的小母牛。"

"我现在就要定居了,定居在任何老陆地,"罗塞蒂说,"即使是布鲁克林也不错,我甚至可以定居在那儿。我已经厌倦透了旅行。"

"旅行在增长你的见识,小矮子。"布博诺维奇说,"看看你都得到了什么。你喜欢上了一个英国人,爱上了一个女人;因为萨琳娜,你还学会了清楚地说英语。"

"我最近没怎么增长见识,"罗塞蒂反驳说,"都好几个星期了,我们看到的除了水还是水,我想看看别的东西。"

"十一点方向有烟!"杰瑞喊道,他已经向前去瞭望了。萨琳娜笑了。飞行员指示方向的方式总是让她觉得很有趣,但她不得不承认这是很实用的。

每个人都朝那个指示的方向望去,地平线上出现一股黑色的浓烟。

"现在你可能就会看到水以外的东西了,小矮子,"戴维斯说,"你的愿望这么快就实现了。"

"那一定是艘船,"杰瑞说,"我想我们最好赶快离开这里。"

"朝五点方向吗?"萨琳娜问道。

"完全正确,"杰瑞说,"马上离开。"

他们改变了航行方向，顺着风向西北方向航行，每只眼睛都注视着那不祥的黑色浓烟。"可能是英国人。"科里满怀希望地说。

"可能是，"范德博斯也说，"但是我们不能冒任何风险，也可能是日本人。"

似乎很长一段时间内，他们害怕的那个物体都没有发生明显地变化。这时，泰山敏锐地辨别出一艘船的上半部分正从地平线上升起，他仔细观察了几分钟。"它要穿过我们的航线，"他说，"它会从我们船尾经过，但他们一定会看见我们。"

"如果是日本人，"萨琳娜说，"一定是开往苏门答腊岛或爪哇的。我们只能保持这一航线，还要祈祷——祈祷风更大。如果那是一艘小型日本商船，我们就能在风大的情况下超过它。或者如果我们能在天黑之后仍保持领先位置，我们便可以远离这艘船。"

三角帆船似乎从来没有比现在更慢过。当那艘船从地平线完全升起，他们紧张地眼睁睁看着威胁逼近。"这就像一个恶梦，"科里说，"有恐怖的东西追着你，你却动弹不得，风也快停了。"

"看来你们这些家伙根本就没用劲儿祈祷。"罗塞蒂说。

"我只记得有人说'现在我躺下睡了'，其他的我都不记得了。"戴维斯说。

突然一阵风吹鼓了风帆，帆船的速度明显加快了。"有人要中头彩了。"道格拉斯说。

但是那艘奇怪的船继续追赶他们。"它改变了航线，"泰山说，"它朝我们来了。"过了一会儿，他说，"我现在能看清它的颜色了，确实是个日本船。"

"早知道我真该听妈妈的话去教堂了，"戴维斯说，"那样我就可能学会一些很好的祈祷文。但如果我祈祷得不好，"过了一会儿他说，"我肯定能射得很准。"他拿起来福枪，往弹仓里插上弹夹。

"我们都能射得很好,"杰瑞说,"但是射击就是射击,我们不能把用来射击的东西用来击沉一艘船。"

"那是一个小型的有武装的商船,"泰山说,"船上可能载有20毫米高射机枪和大口径机枪。"

"我猜在武器上我们就已经胜了。"布博诺维奇嘲弄地笑着说。

"20毫米高射机枪的有效射程只有一千二百码,"杰瑞说,"这些气枪也会比它们射得远。在它们干掉我们之前我们还应该能先喘几口——如果你们这些家伙愿意开战的话。"他扫视了大家,继续说,"我们可以投降,也可以战斗。你们说呢?"

"要我说去打吧。"罗塞蒂说。

"再仔细考虑考虑,"杰瑞劝告说,"如果我们发动一场战争,我们可能都会死掉。"

"我可不想再被那些黄皮肤的阵亡者殴打,"布博诺维奇说,"如果你们其他人不想打,我也不会去打架,但我一定不能再被活捉。"

"我也一样,"科里说,"杰瑞,你觉得怎么样?"

"当然要去打。"

他看着泰山。

"那你呢,上校?"

泰山朝他笑了。

"上尉,你觉得怎么样?"

"有人反对开战而不反对投降吗?"没有人反对开战。"那么我们最好检查一下武器,给枪上膛。我想总结一句,认识你们真是太好了。"

"这听起来像个很糟糕的结局,"科里说,"哪怕你说的是一个笑话。"

"恐怕是这样的——最终的结局而不是开玩笑。"

商船正在快速地接近他们，因为在那一阵阵的狂风过后，风力已经减弱了，甚至连船头的大三角帆也张不满了。

"很长一段时间以来我们都很幸运。"范德博斯说，"根据机会法则，应该是我们运气耗尽的时候了。"

此时，日本船上出现了一道红色的闪光，接着升起一阵烟雾。过了一会儿，一个炮弹远远地爆炸了。

"幸运女神已经准备好旅行了。"罗塞蒂说。

Chapter 30

王者归岸

"真是漂亮的射击!"布博诺维奇说,"这些可怜的傻瓜根本不知道他们枪的射程。"

"可能是手指发痒了。"道格拉斯说。

"我怀疑是那些小海军将领们在向小商人显摆他们的顶级枪炮,"杰瑞说,"所以也许我们的运气还在。"

三角帆船在翻腾的海浪中上下颠簸,几乎没有行进多远。正向他们驶来的船也在深蓝的大海里翻腾着,激起白色的水花,就像犁板犁地时翻出田地里肥沃的土壤。

日本人又开火了。这个炮弹落得很远,但轰炸时间并不那么短。杰瑞和科里紧靠着坐在一起,杰瑞一只手盖在科里的一只手上。"我想范·普林斯是对的,"杰瑞说,"他说我们疯了。我真不该带你一起来,亲爱的。"

"否则我也不会那样做的,"科里说,"我们能有这么多时间在一起相守,要是我没有和你一起来的话,我们也就不会有机会在一起了。我从来没有说机会'不论是福是祸'(注:结婚誓言里的一句话),但它一直在我心里。"

杰瑞更靠近了科里,说道:"科里,你愿意这个男人成为你的丈夫吗?"

"我愿意,"科里温柔地说,"杰瑞,你愿意娶这个女人为妻吗?珍惜她,保护她,直到死亡将我们分开吗?"

"我愿意。"杰瑞声音沙哑地说。他把纪念戒指从手指上摘下,戴到科里的无名指上。"我以此戒宣誓,奉享我所有世俗之物予你。"然后他吻了她。

"我想,"科里说,"就仪式而言,这次回忆有点蹩脚;但我们至少有了一个大致的想法。我觉得我已经结婚了,亲爱的。"

一颗炮弹险些打中他们,将他们淹没在海水中,可他们似乎都没有注意到。

"我的妻子。"杰瑞说,"这么年轻,这么漂亮。"

"妻子!"科里重复着。

"那家伙来得更近了。"罗塞蒂说。

突然,鲨鱼鳍出现在三角帆船和日本船之间。小凯塔看着鲨鱼鳍,幸好它还没有意识到那可能预示着什么。泰山瞄准步枪,朝列队在日本船围栏边上的人射击。其他人也开始效仿他,现在有十支步枪向对方开火。就算他们没有什么大的收获,他们至少清空了围栏边上的观光客,还掀起了商船上的巨大混乱。然而,他们完成的另一件事是:他们激起了防空坦克炮手的疯狂行动。一个个炮弹在海面上炸开了花。

"如果他们的弹药够用,"罗塞蒂说,"才有可能会碰巧击中我们。天哪!什么破烂射击!"

正如他们所料，最后一支炮弹射中了帆船。杰瑞看到星泰身体的一半被炸飞到空中约五十英尺高，塔克·范德博斯的右腿被炮弹片儿炸裂开，整个军团被抛入大海。当他们在海里四处漂游或抓向弹片残骸时，日本人继续进攻，开始用机关枪扫射。枪手的目标极端凶残，但这一次他们知道，这是外籍军团的终结——最终，数百发子弹将向他们呼啸齐发，歼灭所有人。

布博诺维奇和道格拉斯高举着已经晕过去的范德博斯。杰瑞正保护着科里躲避机关枪的扫射。突然，有什么东西开始拽范德博斯。布博诺维奇的一只脚踢到了正在水下移动的坚硬的物体。"天哪！"他大声喊道，"鲨鱼咬到了范德博斯。"他们周围的水面上子弹四处飞溅。

泰山被炮弹炸飞出很远，听到布博诺维奇的喊声，他朝布博诺维奇和道格拉斯游去。他飞快地潜入水中，拔出了刀。快速有力地划了几下，他靠近了鲨鱼。他的刀臂猛地一挥，撕开了鲨鱼的肚子，剖开了它的内脏。鲨鱼松开了范德博斯，转向泰山，但泰山躲开了它的嘴，一次又一次地用刀刺它。

鲜血染红了水面，另一条鲨鱼又冲过来攻击它的同伴。第一条鲨鱼慢慢地游走时，另一条依然撕咬着它。现在，幸存者暂时脱离了危险，但子弹仍在附近发出砰砰的响声。

泰山帮着布博诺维奇和道格拉斯，三个人把范德博斯拉到一大块被炸飞的碎片上——一块舷外支架的浮板。泰山从范德博斯破烂的裤子上撕下一条布，他和道格拉斯把范德博斯放在浮板上，布博诺维奇给他用布条止血。范德博斯还在呼吸，幸运的是他只是失去了知觉。

布博诺维奇摇了摇头，说："他没有机会了，"等了一会儿，他又说，"但是，我们也没有了。"

道格拉斯说："鲨鱼今天有很多美味了。"他们都在看着那艘日本船。围栏处站着一排罗圈腿小个子男人。他们中有人正向水中的人开枪。凯塔坐在一块残骸上，吱吱咒骂着，遭受着死亡的威胁。

这时，又传来一阵巨大的爆炸声。一股巨大的扇形火焰从商船的中部向空中射出数百英尺，一缕烟柱上升了数百英尺。接着又爆炸了，船炸裂成两半，船头猛地扎进水里。船的两半几乎瞬间沉没了，只留下几个烧焦的、尖叫的生物还在燃油中死命挣扎。

过了一会儿，三角帆船上的幸存者旁观着这一片令人惊愕的寂静，最终罗塞蒂打破了沉寂。"我知道她会听到我的，"他说，"她还从来没有让我失望过。"

杰瑞说："在我们还没被淹死或被鲨鱼吞噬前，她必须创造出一个真正的奇迹，把我们从印度洋的中心地带救出来。"

"拼命祈祷吧，小矮子。"布博诺维奇说。

"我就是这样做的，兄弟。"罗塞蒂说。

"看！看！"科里边喊边指向远处。

离燃烧的石油还有三百码远的地方，一艘潜艇正浮出水面。指挥塔的侧面画有英国国旗。

"这就是你要的奇迹，上尉，"罗塞蒂说，"她从没让我失望过。我的意思是在真正的紧要关头，她从未让我失望。"

"你现在怎么看待英国人，中士？"泰山笑着问罗塞蒂。

"我爱他们。"罗塞蒂说。

潜艇在燃烧着石油的风口处环绕了几圈后，停在了三角帆船的残骸旁。舱门里涌出很多人把漂流的人拉上船。泰山和布博诺维奇先把范德博斯向上递。当他们把他轻轻放在甲板上时，他已经死了。

接着上船的是科里和萨琳娜，然后是男人们。潜水艇的船长

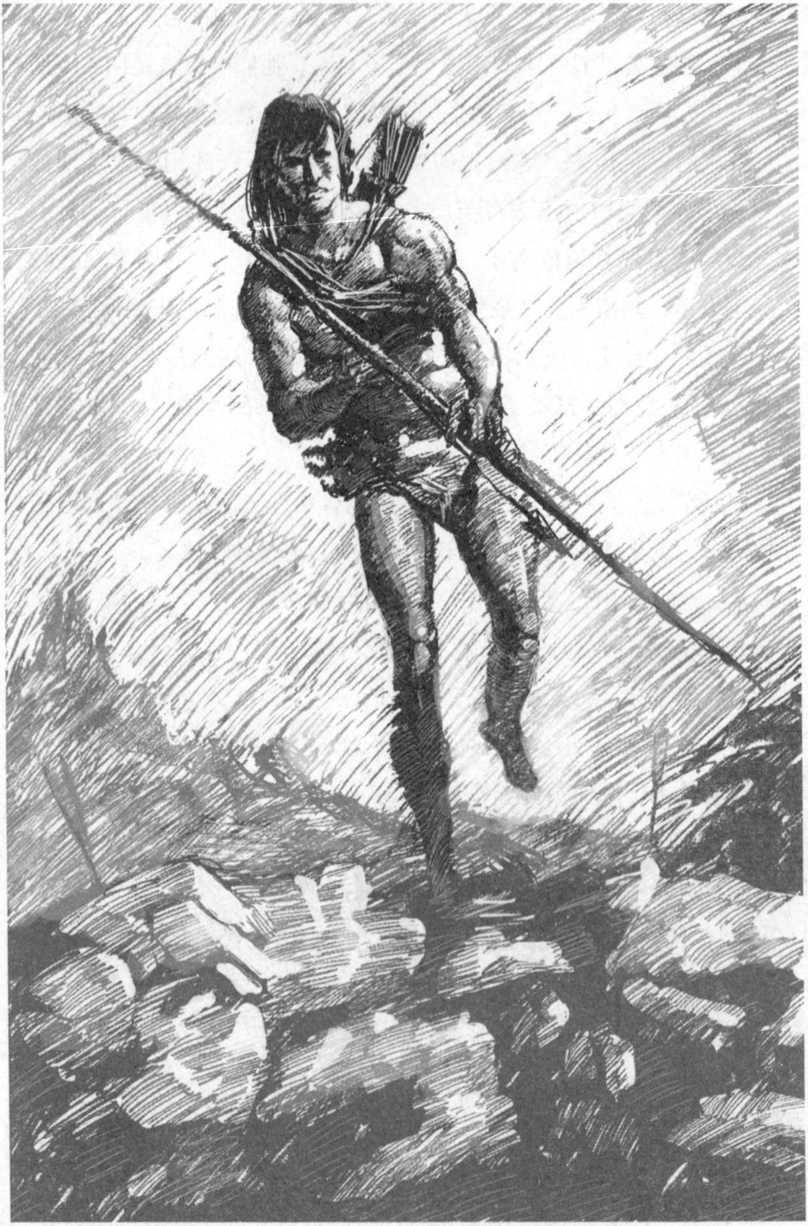

博尔顿少校感到惊奇和疑惑。

科里跪在范德博斯的尸体旁,竭力忍住要流出的泪水。这时,杰瑞也过来了。

"可怜的范德博斯。"她说。

他们没有把他带到船舱下面去,而是把他葬身于大海,博尔顿主持了葬礼。接着,他们都到舱下去把衣服弄干,喝热咖啡。不久,大家的忧伤和沮丧似乎缓解了一些,毕竟他们都很年轻,而且他们都目睹过太多的死亡。

博尔顿听着他们的经历时,说:"嗯,你们从一开始就很走运;当你需要我的时候,我刚好就出现了,这简直就是奇迹。"

"这不是运气,先生,"罗塞蒂说,"从始至终都是耶稣的母亲圣母玛利亚的保佑,包括奇迹在内。"

"我完全相信这一点,"博尔顿说,"因为从机会法则来讲,你们现在都不应该活在这个世上。只有神的干预才能保护你们。她甚至还安排我把最后两条撑夹桅杆的副木都给日本人省了。要不是她你们真的早就死了。"

"玛利亚在殊死关头确实帮了大忙,"杰瑞说,"不过,要不是泰山一直在给她替班,我们几个月前就都沉海了。"

"好吧,"博尔顿说,"我想从现在起,你不必再邀请玛利亚或泰山为你们做什么了。我奉命去悉尼,过不了多久你们就能坐到酒店里,吃上牛排和腰果馅饼了。"

"还可以喝上温啤酒了。"布博诺维奇说。

当天晚上,杰瑞和罗塞蒂来到博尔顿身边。"船长,"杰瑞说,"您有权在海上举行婚礼仪式吗?"

"当然可以。"

"那您现在有两份儿活儿要干了,船长。"罗塞蒂说。